鲁凯 著

内蒙古出版集团　远方出版社

图书在版编目（CIP）数据

一生的等待/鲁凯著.—呼和浩特：远方出版社，2016.9
ISBN 978-7-5555-0764-2

Ⅰ.①一…Ⅱ.①鲁…Ⅲ.①长篇小说－中国－当代Ⅳ.①I247.5
中国版本图书馆CIP数据核字(2016)第237342号

一生的等待

作　者	鲁　凯
责任编辑	云高娃
装帧设计	朱子如
出版发行	内蒙古出版集团　远方出版社
社　址	呼和浩特市乌兰察布东路666号　邮编010010
电　话	(0471)2236471总编室　2236460发行部
印　刷	湖南省誉成广告印务有限公司
开　本	880×1230　1/32
字　数	250千
印　张	10
版　次	2016年9月第1版
印　次	2016年9月第1次印刷
标准书号	ISBN 978-7-5555-0764-2
定　价	35.00元

如发现印装质量问题，请与出版社联系调换。

人世的晴雨跟自然的晴雨一样,都不足以让人萦怀。

序 言

　　李敖在《独白下的传统》扉页赫然写下："五十年来和五百年内，中国人写白话文的前三名是李敖、李敖、李敖，嘴巴上骂我吹牛的人，心里都为我供了牌位。"林语堂在办《论语》半月刊中有《论语社同人戒条》第十条："不说自己的文章不好。"中国文人雅士的谑语也是："文章是自己的好，老婆是别人的好。"但对于这本书的写作过程，我还是得说说心里话。

　　人的感觉跟每时每刻的温度一样，永远在变化。有些人跟事，前一天还觉得不错，过几天就感觉不行了。自己的文章，别人的女儿，大抵都如此！这是我情绪跟心理上的一点反复。

　　写这本书是以生活的蓝本展开的想像，徐绽曾对自胜说："人世的晴雨跟自然的晴雨一样，都不足以让人萦怀。"徐绽曾满带感情的把《传统下的独白》里的文章读给自胜听，这足够自胜今后回味回想！他们之间还说过许许多多的悄悄话，这本书里或许还有流露。感谢出现在我生活中的人跟事，尤其感谢出现在我眼前的女生们，书中的徐绽总是闪烁着你们的光辉。最后，愿读者生活都美如书中女主角徐绽，她是徐徐绽放的一朵花！

目 录

第一章	001
第二章	007
第三章	019
第四章	028
第五章	040
第六章	048
第七章	057
第八章	066
第九章	075
第十章	088
第十一章	099
第十二章	111
第十三章	122
第十四章	134
第十五章	142
第十六章	152
第十七章	160
第十八章	171
第十九章	187
第二十章	195
第二十一章	205
第二十二章	213
第二十三章	221
第二十四章	233
第二十五章	241
第二十六章	250
第二十七章	260
第二十八章	279
第二十九章	292

然后去远行

花开可要欣赏，
然后就去远行。
唯有不等花谢，
才能记得花红。

有酒可要满饮，
然后就去远行。
唯有不等大醉，
才能觉得微醒。

有情可要恋爱，
然后就去远行。
唯有恋得短暂，
才能爱得永恒。

—李敖

第一章

晨光冲破了薄云散向大地，万物在阳光的照耀下渐渐苏醒过来。不一会儿，东方的云层被光线照映得橙红橙红的。气象学上的解释说：早上太阳从东方升起，大气中水汽过多，阳光中波长较短的青光、蓝光、紫光被大气散射掉，而红光、橙光和黄光则穿透大气，将天空染上红橙色，是谓朝霞。这片五彩的霞光，织成了东方绚丽夺目的云彩。

这是初秋的九月，阳光消退了夏日的炙热，照在沉梦中睡眼惺忪的人的脸上，消解不了困意，一个翻身，又进入深沉的睡梦中。季羡林书中说自己是无大志的人，"文革"饿肚子时梦到的只是土豆跟红薯，而想必有大志气的人梦到的应当是山珍与海味。不得志的人，在床上打个滚，又能做一个甜甜的美梦，是笔划得来的买卖。但这一列车上的人，不论卧铺还是硬座，在火车的颠簸与呼啸中早早醒来了。

这趟K字打头的列车，从郑州开往西宁。正值九月初，乘客多是返校的学生跟去西部务工、谋生的农民。车厢里熙熙攘攘、前后接踵，三个人的座位挤了四五个人，过道也没留下一丝空隙，拥满了衣衫褴褛、疲惫不堪的乘客。尚有残力的还扶着椅背强撑着站着，困得撑不住的则折几张报纸垫着席地坐下来舒缓劳累，至于那些来自山东、东北经郑州转车的人，前一段路程耗尽了他们的体力，车开动后就把报纸铺到硬座下的地板上，弓腰缩到了座位下！但就这点拥挤中抢占的空隙也是不安稳的，列车售货员不时推着售货车来回走着，吆喝着，他们像是牵线的木偶做着往复循环的运动。

"有花生、瓜子、啤酒、饮料、八宝粥，让一让，你脚抬一下。"

"瓜子怎么卖？"

"大包十五，小包十块，要不？"

"这么贵，抢钱啊。"问价者带着嘲弄的口气。

售货员有房产经纪人的耐心与好脾气，看惯了这种询价不掏钱的事，不加理会地推着售货车往前走。所过之处，过道里挤满的人群不得不又挨紧了些，时间、空间总像海绵里的水，挤挤就有！

照例这趟列车里有一批第一次出远门去大学报到的新生。这开往西部的列车，载着一车的失意者。去务工的多是在家乡生活不如意，不得不去西部讨生活；这群新生也多是高考的失败者，在家乡竞争失败了，只能填报西部院校，真乃名副其实的"求学"！他们来自天南地北，也许是校友，可此刻绝无结识的机会，无法凑成一桌牌，借以消磨这车上显得走慢了的时间。

车窗外的风光不断往后退，新的景色不断地映入眼帘。看久了窗外流逝的原野，开始的新鲜感淡下去。看累了后他们叫住过道里来回兜售报纸杂志的列车员，高中生涯刚结束两个月，新生身上还残留着校园里的书生气，于是买上几本杂志，借以打发这无处寄托、无法浪费的时间。

清风吹来,吹散了车厢里的燠热,稍感九月的凉意,是秋天了。列车载满人世的忧扰,缓缓向西行驶着。

　　晌午时分,车开在陕西境内,窗外的绿色随之也淡了许多。快到西安站时,列车广播播起了西安厚重的历史、风土人情、景观、美味,到西安的人听到像是闹干旱时河坝干涸后淤泥里的泥鳅、鱼得到了水,精神为之抖擞,纷纷站起来翘首眺望,一并热情地跟邻座讲述起这座历史上的名城。

　　火车驶入站台,下车的乘客簇拥着挤出车门,上车的旅客又蜂拥而上,刚腾出的一点空隙又被挤满。上车下车这段喧闹中,一个女生手臂不当心一拂,桌板上的包掉到了窗外的铁轨上。离开车时间只剩几分钟,列车车门开在另一边,女生要捡包必须跑下车,从车头或车尾绕过去才能拿到包,时间明显不够。女生手足无措,慌得不知如何是好,眼眶急得泛红了!

　　女生对面坐着个脸色绀青的藏族少年,二十出头的样子,他把窗户提到最高处,没等人反应过来,已纵身从窗户跳到了铁轨上,弯腰把包捡起递了上来。紧接着他立马攀着窗口往上爬,这时列车将要开动的哨声响起,邻座的两个男乘客赶紧靠到窗边,拉着他往上拽,总算在列车启动的刹那,藏族少年从窗口跃回了车厢。就这样,列车载满人间的热忱与喧嚣发动了引擎,开离了西安,穿过无边的山峦,开向西安西边的西宁。

　　过了西安,窗外植被渐渐变得矮浅稀疏,替代了南方葱葱郁郁的田野。第一次来西北的人多少有悲凉之感,失意人心中的那份悲凉被荒凉衬托着,不免黯然神伤。

　　西北的天空澄净高远,蓝天下白云悠悠,强紫外线的阳光从窗户照到脸上有点灼人。几个小时后,列车员开始吆喝着盒饭,临近傍晚了,太阳开始缓缓落下去。夕阳残照下,荒山、戈壁像抹了层色彩,显得黄灿灿的,斜阳落下地平线之前回光返照地给大地留下它的余热。列车偶尔开过一片绿洲,远处地里的村民扛着锄头，往散落的村庄走着，收工了，一天的白昼也过去了。可是对车上查票的乘警，这一天才刚刚开始。

"查票了，都把票拿出来。"几个乘警大声嚷着。他们的声音好似泻药，每次响起，向厕所方向去的人就多。乘警逐个排查着。

"半价票拿出学生证来。"

听到此语，自胜心头一紧，新生哪来的学生证。乘警很快查到了他这。

"你的票了，拿出来。"

自胜口袋里掏了半天掏出张褶皱的车票，速度之慢足让乘警起疑心。他拿着票向乘警摇着示意票在此，乘警一手接过票仔细核对，"半价票，学生证了？"

"我是新生，没有学生证。"

"录取通知书拿出来。"有希望逮着人补票，乘警是不会轻易放过的。

自胜在郑州买了车票，回旅社怕通知书丢失，放在箱底下。现在要拿出来，非得折腾一翻不可。

"通知书放在箱子里。"他指着行李架，不紧不慢地说。

乘警听他口气，又打量一番，看他的样子像是学生。刚开学确实很多新生没有学生证，再纠缠补票等着他拿录取通知书只是浪费时间，习惯了不劳而获的人劳而不获是划不来的。乘警们把票还回来，继续向车尾搜查他们希冀中的漏网者。

自胜刚满十八岁，这是第一次独自出远门。出门时妈妈叮嘱他在车站、车上不要与人交谈，外面骗子多，凡事小心……他这次倒把妈妈的话牢记在心，十八年来从没有这么听过娘的话。一路上不与人攀谈，邻座的人问他话，他总以"嗯、哦"回应。在郑州下车出站检票时，检票员见是半价票要他拿出录取通知书，检票阿姨看了半天倨傲地跟他说了句："谁叫你到我们郑州来转车的！"自胜以为这是例行的问话，点头哈腰道："你说得对，郑州是你的，我不该在你的郑州转车，对不起！"刚刚对面大叔递过来零食，他也慨然拒绝，报纸上关于车上下迷药扒窃财物的新闻太多，他在惶恐中小心谨慎着。

列车员查完票，人声的喧扰渐渐消弭下来，斜阳没入了地平线，黑夜开始笼罩大地，远处可见闪烁的几家灯火，月朗星繁，有家乡难见的明净。

自胜强打着精神，告诫自己千万不能睡着，看好行李，但困意是附了体驱散不去，不一会儿就趴桌上睡去了。只是这觉睡得并不踏实，像钓鱼的浮标上上下下，刚按下去又浮起来，夜里惊醒了好几回。一会儿怕行李被人带下车，一会儿又醒来摸摸裤袋看钱包在不在。子夜时分又被凉意袭了醒来，西北的气温跟西北人的热情差距甚远，这一醒后，他再也没睡着，凉意清醒了他，行李架上拿行李取衣服会吵醒周围的人，何况桌椅下面、过道上都躺满了人，起身的空间也没有，他只好忍耐着，两手捂在胸前抵御西北的寒意，好不容易捱到天明拿了件外套穿上。

清晨，窗外的天空清澈湛蓝，阳光照过来带来自然的暖意。列车停靠兰州站后，车厢里的人差不多都有了位子，过道上、座位底下躺着的人终于有了空间纾解旅程的疲劳。乘务员拿着扫帚，开始清理满地的狼藉。

过了兰州就到了青藏高原外缘。昨天太阳落下去前窗外还可见稀稀落落的植被，过了兰州，窗外是一片单调的灰蒙，高山寸草不生，每隔十多分钟列车就要穿过长长的隧道，似乎是缩短了的白昼、夜晚交替。自胜望着窗外了无生机、荒无人烟的景色，新鲜感与凄凉感杂糅，他要在西北待四年呀！

过了海石湾后，不久列车就停靠在西宁站台。走出车厢，冷风吹起一阵寒意，西宁的温度跟长沙相去太大，仅两天就从夏末跨入了深秋。

　　出了站，迎面车站广场挂着巨大的迎新横幅，走去询问一翻，迎新人员给他提着行李送他上了学校的专车。自胜下车前的忐忑跟焦虑总算放松下来，校车穿过市区带着他进了校园，自胜的大学生活会怎样过了？

第二章

校车开进校园,两排白杨树夹道挺立着。窗外望出去,几百米外耸立着荒芜的高山,学校建在高山的山脚下。

下了车,一个女生领着他往宿舍走,自胜一路东张西望,最后女生带他走到一栋灰旧的楼房前。

"就这里了,你自己找楼管吧。"

"谢谢学姐,多谢多谢。"嘴巴谢人不花成本,自胜是慷慨的。

"不谢,不要叫我学姐。"

难道失礼了?自胜赶忙问道:"那怎么称呼您?"脸上夸张的表情像是打着问号。

"我知识可能还没你多,咋好意思称学姐,你进去吧。"

自胜大感意外。

拿出录取通知书验明身份,取上钥匙,到了寝室。

寝室外墙灰暗,大概是建于20世纪50年代的老房子,四周被挺立的白杨树围绕。自胜寝室东107,他满以为自己来得晚,应有人先到整理宿舍,岂知这期望之中的事给他的只是失望,铺位都空着，下午他整理完寝室后在校园转了转。

"振兴教育，加大教育投资"之类口号喊得厉害，市区寸土寸金，地价太贵，这所学校建在荒芜的郊区。围墙把它与周围的乡村隔开，可是遮挡不了风气，乡土气还是逾墙越了过来。校园里的建筑有大把年纪，古色古香，有断壁颓垣前的残余价值。后来学校决定提高资源利用率，把旧楼重新装修，结果看起来焕然一新，新生都以为是新楼，大有乔装打扮的妇女再当新娘的美意。

学校在"精简机构"的号召下把校园面积也缩减了。围墙围起来，像旧社会妇女包的小脚已成形，再穿大鞋，怎么也放不大。自胜觉得校园不过瘾，没有大学的大面积跟大厦，心里失落不少。离家两天，到得一个荒凉的地方，相距已是千里迢迢，不由而生一阵惆怅。但这涌上来的思绪还来不及凑成一段乡愁，肚子开始鬼叫了。两天困在火车上，没吃顿好饭，今晚得好好吃一顿。

学校图书馆只有一个，破旧得像是只缺了个"拆"字的待拆建筑，但食堂随处可见，装潢得比图书馆气派得多。后来据老师说学校条件再差，也要先保证学生肚子里有货。自胜不知道哪家食堂合他口味，以选女生的标准以貌取店进了川菜馆。川菜馆坐堂老板肥肠大耳，给他证明着饭菜的营养。一屁股坐下来，老板赶紧把油腻的菜单递给他，顺目看下去，有宫保鸡丁、牛肉砂锅、麻婆豆腐、蚂蚁上树，点哪一个好？自胜琢磨不定，但在老板目光逼视下不容时间来选择，他点了牛肉砂锅跟蚂蚁上树。

把菜单递与老板，老板目光一瞥，"要不要米饭？"自胜想老板不至于傻吧，吃饭问要不要米饭，这不等于问洗澡要不要脱衣服？真傻！倨傲中应了声"要"。他刚要转身往座位走，老板声音又来了，"要几碗？"

"什么要几碗？"

"要几碗米饭？"

"什么几碗……"自胜突然意识到这是西北,大概习俗不一样,要了两碗。

"先把钱付了,米饭一块钱一碗。"

这番话把书本中写的北方人豪爽大方的印象全打碎了。在湖南米饭是随便吃不算钱的,而且是吃完付账,哪里有饭没到口先掏钱的。没有交出好货,倒先收了款子,怏怏中,他开始体会西北的习俗。

菜上来,牛肉砂锅清淡如水,比不上菜单上粘手的油腻。几片薄薄的肉片在粉条中害羞地若隐若现,自胜的近视眼差点找不到,失望中蚂蚁上树端上来,粉条间或有些肉丁,今天是吃粉条当饭了。

这顿饭吃下来不尽如人意,收获却大。一来他知道了西北的口味,二来他大概知道了学校里的价位。吃完饭出来七点整,高原的地势,时区的差异,天空大亮着,白昼时间比湖南长多了。自胜无处可去,回到寝室静候夜幕来临,但西北的夕阳眷恋着高原的土地,久久舍不得沉下去,盼着夜幕像等一个久等不来的食言女人,撑不住洗漱一翻早早上床睡觉。

躺在床铺上,高中的记忆泛上来,小青到学校了吗？怪自己高中不努力,没跟她考到同一所学校,看来他们是没有机会再续前缘。钱包里翻出她的寸照,这是小青特意给他的。脑子里又想起小青给他照片时夸张的神态"要跟爱钱一样爱她,她对他比钱还重要",自胜叹了口气。下床从行李箱里把交往时收到的信翻出来,默默地看了很久,这都是两年前写的信,现在只是残留着淡淡的想念。这个回忆平静得让人心累,疲惫中很快入眠,顺带做了好些香甜的梦。

第二天将近中午时自胜拿上录取通知书到教务处报到注

册，注册完了之后在校园里转悠着。刚开学校园里热闹非凡，社团、学生会在广场都摆出了纳新展台，这对自胜是新鲜的，高中时对社团有过崇高的向往。一路走过去，各社团负责人像菜市场叫卖一样招徕着人员，自胜把各个社团看了个遍，都很好奇，但又不知社团实际上是干吗的。在纳新人员的热情解释下，听起来都不错，但听多了就不知道选哪个。报名参加社团，先留个联系方式，到时再通知面试，凡是负责纳新的女生长得稍微好看点的自胜都留下了联系方式，其中当然少不了他中意的文学社。

自胜转悠了一圈往回走了。走近寝室，里面几种口音传来，看来是来室友了。

推开门，一行人的目光都落在他身上，自胜赶忙做了自我介绍，室友来了，总算不用再独守空闺。三个室友都是家长陪着来的，他们还没开口，家长就七七八八问他关于学校的种种事宜，可是自胜也只早来一天而已。

有家长在，室友连带自胜都斯文得像女孩子，说话细声细气。在家长的带领下三个室友先把生活用品备齐，然后下午办完了报到手续。寝室里一起吃了晚饭后，家长都住到学校宾馆去了，这个时候寝室的气氛才活跃起来，大家都是刚到学校，大有新鲜之感。

"我叫陈帅，本地人。"

"我叫张章，来自陕西宝鸡。"

"我是自胜，来自湖南长沙。"

"我叫李季白，来自浙江丽水。"

自我介绍后，又各自报了高考分数，结果发现大家的分数差得太多，最高分李季白大为不满。

"我们国家的教育就是不公平，我这个分数要是在你们省份，早上更好的学校了，现在咱们竟然同住一个寝室！"

"让你屈尊了。每个省份的题目难度不一样，你考我们的卷子，还不一定能考我这么多分。"分数最低的陈帅说道。

自胜、张章立马应和。

四个人你一言我一语拉拉杂杂说开了。

"你们怎么会填报这个学校？"陈帅问道。

"当时翻填志愿的书翻到了就填了。"

"我是先选专业，网上查资料说学校专业不错，将来出来好找工作就报了。"李季白说。

"大家都差不多。今天下午班会，我坐在前面，你们坐后面的有没有看到漂亮女生？"

"是啊，你们看到漂亮女生了吗？"自胜也来劲了。

李季白、张章一本正经没应和。

"李季白，张章，我看你们从后门进的，看到漂亮女生没？别闷着不说留给自己。"

"谁注意女生，正经点。刚开学谈什么女生，谈谈学习、大学的规划吧，有点出息好不好。"李季白语气中带着轻蔑。

陈帅理也不理道："自胜，你坐得靠后一点，你看到长得好的女生了吗？"

"我是没看到啊，可惜、可恨。"

"有漂亮女生赶紧要到电话号码联系，早下手为强。你要是去追了，其他人就算是想追也会另换目标的。"

这句真理自胜表面不动声色，但立马铭记在心。

"谈谈学习吧，满口女生有什么意思。咱们寝室学习、上进的气氛一开始就得树立起来，好的开始是成功的一半，不然大学就是荒废，浪费时间。你们都有什么计划跟目标？我先跟你们说说我的吧，我的目标是每年拿一等奖学金，加入学生会，至少在大三时当上学生会部长，争取保研。你们了，至少要有我这几项中的一项吧？好歹也是同一个寝室，近朱者赤，耳濡目染,你们总要沾我一点光的。"

李季白这么雄心勃勃,自胜听得自惭形秽。

"我们是近朱者赤,你可是近墨者黑哦。"陈帅不以为然地说着,李季白大窘。

张章说道:"大学我想多参加活动,多锻炼能力,多认识女生,把生活过得丰富点。"

"自胜,你有什么计划跟目标?"陈帅问道。

"你先说吧。"

"我混到毕业证就好,反正我没想着要去找工作跟别人干,我就想搞搞生意。你想想,毕业后能拿几千块一个月?靠工资自己一个人花都不够。"

"你倒真有想法。大学四年后就走上社会了,走上社会就复杂了,我只想简单快乐地过这四年。"

"你这说的什么!"李季白大为不解。

"我看你们还是跟我一样,树立几个明确的目标比较好。有了努力的目标就能更快地成为人上人。我看我们寝室得制定作息时间及寝室的值勤安排。"李季白说着。

"哦,那你就当寝室长,你安排。"陈帅轻淡地说着。

寝室开始沉静,大家各自整理着书桌,好久李季白打破了沉静,"辅导员下午开会说明早在科技楼听讲座,你们知道科技楼在哪吗?"

"我知道。"自胜昨天在学校转时看到了科技楼。

"那我明天跟你一起去,你几点出发?"

"看吧,开始前进场就好。"

"不行,得早点去。去得早辅导员也会对我们加深印象,到时班里选班干部就有优势,还是早点去。而且辅导员说明早先采集指纹,采集指纹后再进场听讲座,讲座结束后还得在出口打指纹,不然后果自负!"李季白说着。

"那就早点去吧。"

"听说明天的讲座请的是个知名教授?"张章一边问道。

"是的,明天讲座的题目是《如何在大学里树立创业思维》。"李季白语气中带着兴奋跟期待。

"这种题目也有必要讲?"陈帅插话道。

"怎么没必要,让我们树立创业思维。社会上竞争大,早点让我们树立这种思维也是为我们好。"

"这种讲座算了吧,没意思。"

"是教授,知名教授了!"张章是崇拜的口气。

"教授?"陈帅哈哈笑了几声,"教授自己都是拿工资,没有创业,他有什么资格教别人创业。这些讲座都是挂羊头卖狗肉。"

"好像就你水平高。"李季白有点愠怒了。

自胜没听过讲座,想象中教授们都应该很博学,知识很多,陈帅这番议论听得新鲜。

"去听了再说也不迟。"自胜说道。

"我爸上过EMBA,我跟着我爸上过课,讲座听多了,水平清楚得很。你也不想想,得靠打指纹保证上座率的讲座水平能怎样。我现在说你们不信,明天去听了就知道了。"

"你这个人太……太有性格了吧,就你有水平!"李季白边说边拿着脸盆去水房打水,出门时把门掼得来回吱呀吱呀响。

话不投机,边洗漱边零碎地说着话,不久就熄灯了。

第二天一大早,自胜最先被吵醒。李季白翻箱倒柜,拿东拿西,声响一直没停过。他见自胜坐了起来说道:"快点起来吧,早点去科技楼可以坐前面占个好位子。"

也是,说不定占个好位子好睡觉。自胜起来后,张章、陈帅也被吵醒了。

到科技楼广场的人并不多。广场里摆着几张桌子，两个老师坐着招呼过来的学生。李季白率先走了过去。

自胜见李季白跟老师说着什么，李季白朝他们喊道："你们过来，在这里采集指纹。"

三个人跟过去按手指顺利采集了指纹。

时间还早，科技楼还没有开，四个人站着无所事事。

过了一会，广场上的学生多了起来，眼看着辅导员从台阶上走了过来，李季白立马朝辅导员走了过去。

"廖老师，我是一班的新生李季白，科技楼还要等多长时间开？"

廖辅导员打量着李季白，昨天才开了一次班会，当然对李季白没印象。

"哦，李季白是吧？你怎么来这么早？"

"想早点过来占个好位子好听教授讲座。"

廖辅导员正要找个听话的学生跟班里传达学校里的事情，见李季白的样子像个守规矩的学生，道："等下进场是按班级进去，你帮老师带队，并核对下人数，好吗？"

"可以的。那我就叫我们班的同学等会在这排队入场。"李季白满脸都是喜悦。

"嗯，可以。你的电话多少？老师有事通知你，你再给老师通知男生，好吗？"

"好的。"李季白报上了号码。

"自胜、陈帅、张章，你们站这边来。"

"还是你过来吧。"

"到这边来，廖老师要我负责班里的站队。"

一会，广场上的人越来越多。科技楼报告厅听说可以坐好几千人，为求报告厅坐满以显得做报告者受欢迎，学校指标分派下去，大二的不少班级也得参加。于是可以看到新生基本上都是满脸期待着讲座,而大二那边听多了讲座的大多无精打采。

采集完指纹,李季白指挥班里男女同学分两队站好,自胜纳闷刚刚他们还是谁都不管谁,现在怎么让他来指挥了。站好队后,自胜乘机仔细看了班上每一个女生,很遗憾,班里的女生没有他对得上眼的。

科技楼门开后,李季白走在前头带队进了场,进场后又指挥着同学们坐好,看着女生们对他崇拜的表情,自胜有点羡慕,看来还是得跟老师搞好关系。

报告厅很快坐满,主席台上的主持人咳嗽着试着话筒的音效。

"请同学们安静下来。"主持人走到了中间。

大一坐的这片区域立马安静下来,大二那边还在叽叽喳喳。

"请同学们安静下来。"主持人声音提高了很多,大二那边总算静下来了。

主持人从口袋里掏出张稿子念道:"各位尊敬的领导,各位辛勤的老师,亲爱的同学们,大家好!我们的讲座就要开始。今天著名经济学家杨国群的儿子杨东俊教授莅临我校,是我校的巨大荣誉。"

说到这停了下来,坐在第一排的领导立马噼噼啪啪鼓起掌来。领导鼓掌像是爆竹点燃的引线,老师、学生在领导的带动下纷纷鼓掌,报告厅一时掌声如雷。

主持人接着说道:"杨东俊教授是华海大学七级教授,学贯中西,著作等身。今天杨教授带着他的第一本著作来与我校师生交流,我校深感荣幸,请大家鼓掌热烈欢迎。"

又是一阵雷鸣般的掌声。

"与其我在这里絮絮叨叨浪费时间,让大家等得辛苦,不如让杨教授早点上场，下面请杨教授发表演讲。"

新生们带着期盼，手都拍红了。

整个演讲下来，核心部分是说自己如何如何的成功，如何如何的功成名就。本来定的主题《如何在大学里树立创业思维》倒是基本没有涉及。一开始学生们还能勉强听下去，一个多小时后基本再没兴趣。捱了一个半小时，演讲总算结束。

大二坐累了的学生见快要收场，掌声比先前鼓得更响。杨教授听在耳朵里，大感欣慰，想不到他是这么受欢迎！

主持人重新登场，"同学们有什么问题要跟杨教授交流的吗？现在可以提问。"

报告厅突然一片阒静，前排的领导、老师纷纷扭过头往后面看。

"杨教授很难得来给大家做次讲座，我们校长多次相邀才抽出了今天的时间，各位同学把握机会哦。"

照样是无人提问。沉静了几十秒，前排有个女老师站起来破了这个僵局，主持人总算放松下来。

女老师不痛不痒的问题三两句就答完了。

杨教授讲了快两个小时，撒了这么久的饵只有一个女老师上钩，这不合情理。主持人又说道："还有老师、同学有问题吗，杨教授很乐意跟我们交流，人也很亲切谦和，大家有问题赶快站起来提，机不可失。"

同学们你看我，我看你，没人把握这需要人垂怜的机会，报告厅又陷入了尴尬，学生大都低着头，漠不关心。

沉静中离自胜几个座位有人站了起来，高声喊道："杨教授您好，我是来自经济系一班的新生李季白，我有问题想请教杨教授。"

这句话像声惊雷，同学们的目光都落到了这个人身上，是李季白，李季白，旁边的女生纷纷侧过身去看他。廖辅导员见提问的是自己班的，立马跟身边的领导邀功。

"工作人员把话筒递过去。"主持人说着。

李季白拿到话筒，说道："杨教授好，我是经济系新生李季白。刚刚杨教授您的讲座我是听得额外用心，对教授现在取得这样的成就更是由衷地钦佩。我是大一新生，对大学生活很有憧憬，杨教授是过来人，想必经验不少，希望杨教授能给我们新生一些生活上的建议，好不好？谢谢。"

杨教授清了清喉咙说道："刚刚你讲用心听了我的演讲，这其实是不用强调的，像我这样的教授、专家、学者的讲座，在座的每一位学生都是用心听的！相信如果具备相当的领悟力，你一定懂得我的言外之意。能给你什么建议了？你好好回想我演讲的内容就能得出这个答案。用心想一想吧。"

李季白听得不清不楚，话筒已经被工作人员拿走，想追问也不行。但就刚刚这一问，至少让全班同学乃至全校同学记住了李季白这个名字。

前排老师勉强问着问题，这时李季白手机振动了下，掏出来一看，是廖辅导员的短信，通知要他跟同学们说散场后去教室开军训动员大会。

前排老师接连问了几个问题，显得有很多人想跟杨教授互动，这个时候第一排走上去一个人对主持人耳语着什么，主持人像是如梦初醒般接着说道："不好意思，今天最重要的一句忘说了！杨教授大人有大量，希望您能包涵我的过失。各位同学，演讲开始前我说杨教授是著名经济学家杨国群的儿子，知名的七级教授，学贯中西，著作等身，其实这些还不够，杨教授还身兼数职，是我们省的候补委员，大家鼓掌。"说完主持人紧张的神色终于稍微缓了一口气。

杨教授起身对着主持人颔首示意，然后又转过身对着学生们挥手，在前排老师的带领下，报告厅又是一阵掌声。

这趟掌声落下后,主持人接着说道:"杨教授不但学术精深,还交友甚广,多次跟享誉世界的邹恒甫、胡祖六、曼昆、平狄克、克鲁格曼等经济学家合影,大家请看幻灯片。"

报告厅主席台上的屏幕立马出现杨东俊跟邹恒甫、胡祖六、曼昆、平狄克、克鲁格曼的合照,一张张的照片以幻灯片的形式缓缓播放出来。

马上台下有学生小声议论起来。

"好牛啊!"

"这么帅!"

"哇,杨教授真厉害,男神啊!"

在第一排听众的带领下,报告厅掌声不绝。

"好了,相信还有很多同学想跟杨教授交流,但今天时间有限,提问到此为止。今天的讲座结束,出去别忘了打指纹,要不就白来了。"

不打指纹就白来,这倒是句实话。大学第一场讲座,让这些新生们开了见识。

同学们纷纷起身要走,李季白立马高声喊着去教室开军训动员大会,于是一班的学生打完指纹后都结伴往教室走去。

路上陈帅走到李季白身边说道:"我说这讲座不咋的吧,沽名钓誉,招摇撞骗。这种人也是经济学家的儿子,中国真是盛产经济学家!"

李季白淡淡一笑道:"可能吧。"心里暗笑昨天他们都还是一样,今天通过这个讲座,说不定他在全校都出名了,至少辅导员对他印象肯定更深,现在班里的事都交给他负责。

开会后第二天开始军训,军训为期半个月。军训期间的休息时间,学生会、社团纳新如火如荼,自胜撒网撒得广,收到了好多个面试通知。

第三章

军训一开始是新奇，两三天下来就是疲倦了。

每天军训的休息时间，正是各个社团招兵买马的热闹时间，大群大群穿着迷彩服的新生围着纳新的那几张桌子。负责纳新的人员受了一年冷落，现在在新生中这么受人拥趸，他们也是难得的喜笑颜开。

自胜在好多社团留下了联系方式，每天通知面试的社团很多，因时间冲突，他只能选择性地参加一些社团的面试，这中间唯一缺不了的是文学社。

一天总算收到了文学社下午六点面试的通知。下午训练到五点半，晚上训练七点开始，这中间有一个半小时的时间。自胜匆匆吃过晚饭往面试地点走去。他尽可能快地赶，但到指定教室时里面人坐满了。

报名时听说只招十来个，想不到这么多人报名，看来竞争不小。自胜敲开后门，在靠窗的座位坐了下来，站讲台上的女生示意大家保持安静。

又过了会，女生看了好几次表后说话了。

"已经过去五分钟了,该来的同学都来了,没来的我们也不再等。开始面试前我们请社长给大家讲几句话。"

旁边站着的瘦高个子走上讲台,台下继之以热烈的掌声。

社长站讲台上忘情地享受着掌声,好久才停下来。自胜心里很看不惯这种排场,但不拍手无疑显得不合时宜,勉强做着样子鼓了鼓掌。

教室安静下来后,社长咳嗽几声说道:"诸位报名参加文学社,足证文学后继有人。我大四了,人也老了,文学社需要新鲜的血液,新的酵素。你们都是文学新的生力军,文学的前途在你们的笔下。希望今后在文学社的培养下你们能写出色彩,写出光芒。"

"我们文学社很有前途的,比如我自己吧,在文学社这三年就写了十多篇散文,几首小诗,我自己一点都不满意,但是省作协的老师却说好,还在省里的杂志上发表了。你们进入社团后可以跟你们的学长学姐们多问问,多了解了解我的个人事迹。胡适说传记文学可以起到树立伟大人格的作用,相信你们了解我的事迹后不会比看一本传记文学差,对你们整个大学生涯会很有鼓舞的。"

"我们文学社面试流程公平公正,我们绝不会跟刚刚最后进来的那个同学一样,"边说边望着自胜,"敲后门,走后门。"

教室里立马哄堂一笑,纷纷扭过头看着自胜,自胜脸都羞红了!

社长的这句幽默赢得了满教室新生的钦佩,只有老社员知道他这句话都讲了两年了。

"好了,我讲话讲完了,你们一个个上来自我介绍吧。"

新生你看我,我看你,都等着别人先上去。

主持的女生说道:"按座位依次来吧。"

第一个人挠着头上去，自胜看着那窘态，自己本来的紧张也忘了，闷着心里哈哈笑着。

自我介绍像是汇报户口资料，自胜看不起，这般毫无新意的人还能搞文学。

轮到自胜，踏上讲台，先前的紧张全吓得不敢冒出来。他咽了口口水说道："大家好，我叫自胜。之所以叫自胜，取自'凡古来能成大事者，必其自胜之力甚强也'这句话。林语堂说'演讲好比女人的裙子，越短越好'，所以我的介绍也是从简。"

"我觉得中国文坛是潭死水，希望我的加入能泛出点涟漪。期望与各位结为社友，为文学事业共襄盛举。言多必失，我就讲这么多，谢谢各位。"

这番话讲得极不谦虚，乃是大忌，不料却暗合了更不谦虚的社长的胃口。

等新生自我介绍完后，社长做总结陈词。

"你们的发言都很精彩，都很有个性啊。尤其有位同学说演讲跟女人的裙子一样，越短越好，但依我看他那寥寥几句，似乎这女人都没有把裙子穿好，差不多是一丝不挂吧。"

台下的男生大笑，女生瞬间涨红了脸。社长没料到这些女生这么羞涩，于是自己也伴着笑想以此来减轻这话的严重性，好比自己放了个屁以为故作淡定就能减轻味道似的。自胜表情微妙，不知社长是在赞赏他还是在奚落他。

最后社长以领导口吻道："我讲最后一点……"

几年的历练，社长已深谙领导的艺术，短话得长说，以此来建立自己的威严！这最后一点长得足够把刚刚说到的一丝不挂的女人穿上长袍。总结起来大意不过是说大家口才都不错，文人本相轻，搞文学就应该有舍我其谁的气魄。社长又说了些本社的历史、荣誉后叫大家回去等通知。自胜无必取的把握，在楼梯口等着社长，想攀攀交情。

社长长篇大论后拍着自胜的肩膀道："小伙子，文学要出自本心，不可过分注重名利。你看我，从不注重名利文章却屡屡发表，真是无心插柳啊。所以了，在不在文学社不重要，只要识字，哪里都可以玩文学。你先回吧，我们的录取结果一定公平公正，出来后会在学校布告栏公示。"

社长这番话自胜听得一头雾水，闷头回了寝室，在寝室也不敢张扬，以免落榜遭人笑柄。无暇多思，晚上的训练马上要开始，没休息多久就被教官号令着去操场站队了。

训练快十点钟结束，回到寝室洗漱一番又到快熄灯的时间。白天劳累了一天，大家都没有什么兴致，躺床上立马呼呼入睡。

李季白己是辅导员正式委任的男生寝室负责人，每天一大早就把他们叫醒。在李季白的尽职下，别的班人还没有到齐，他们班已经站好队了。

立正，稍息，正步走，多少次来来回回。不知不觉又到了吃早饭的时间，解散后新生们纷纷往食堂跑，走到综合楼广场远远看到布告栏前挤满了人，自胜跟陈帅凑了过去。

前面几排人走了他们才得到了空隙。布告栏上贴的是些社团录取新生的名单，自胜逐一看过去，看到了昨天去面试的文学社。陈帅也参加了其他社团面试，看自胜站着不动，就看别的告示去了。

想着昨天表现不算好，尤其那几句话不谦虚，不知社团的人是不是反感？这样想着索性从榜单的后面看起来。这一看还真省了时间，倒数第三个就是他。自胜这两个子扭扭捏捏舒展不开，像是为所处的位置羞于见人似的。

找到了自己的名字，虽然排名不靠前，但总算稍慰于心。榜单末尾还附着几句话，仔细看下去是："落选的同学，不是你们不行，实在是本社这个台面不足以让你们施展才华，你们一定能在其他舞台找到属于自己的一席之地的。"这几句话看得心里不是滋味，怎么选上的人还不如没选上的？但转念一想，这只是文化人的春秋笔法，也就释然了。

昨天还有点忐忑，想不到今天就榜上有名，看来还是有点实力的。而且这榜单全校师生都在看，自胜心情大好。

陈帅在旁边的榜单上找着名字，脸色一直没有舒展开来。自胜拍着他的肩膀道："走，今天心情好，请你吃早饭。"

陈帅不为所动，还要把没看的榜单看完。

"你报哪个社团？"

"校会跟羽毛球社。"

"什么校会？"

"校学生会。"

"你胃口还挺大。"

告示栏的榜单全部看下来只看到了羽毛球社，陈帅大为扫兴。

"这种官僚机关就是效率低，都是昨天面试的，羽毛球社这么快就出来了。"自胜没做表示。

吃过早饭回寝室休息了一会又开始了训练。

每天八九个小时的训练，每一天都很难熬，但等回过头再看，时间又是飞快地过去了。

打靶、检阅，十五天的军训结束。

军训结束后放两天假，第一天寝室里四个人去市里转了转。第二天张章跟李季白不知去哪了，自胜跟陈帅吃过中饭待寝室里没事干。

"你上次参加学生会的面试，怎么样了？"

"还没出通知，这种官僚机构真是拖沓。"

"可能吧。"

"你还别说，想起个事，挺有意思。"

"什么事？"

"那天参加学生会面试，你猜我看到了什么？"

"你看到了什么？"

"我看到学生会办公室走廊挂着一大幅照片，我以为是什么名人，走过去一看，下面的介绍是主席与著名企业家刘立果合影。"

"刘立果可是全国知名企业家！"

"是啊。你猜那主席是谁？"

"工会主席还是什么政协主席？"

"不对，那主席就是校学生会主席。听说是之前省团委有个活动，邀请了商界名人跟一些团员，学生会主席当然在列。席间学生会主席特意去给刘立果敬酒，并在去之前吩咐手下在他跟刘立果碰杯时拍照，于是拍到了这么一张照片。回来后又吩咐下属把照片放大冲洗出来并在下面配字：'主席与著名企业家刘立果亲切交流。'就这样一幅照片挂在学生会，告诉你，那相框可能有一个平方米哦。"

"有这种人，真是附骥尾以出名。这又是一个'克林顿是我老朋友的人'啊！"

"是啊，这个人的攀附心理。最近新闻上说某某大学学生会藏污纳垢，看来所言不虚。"

"要藏污纳垢哪里都可以，也没必要特意去学生会吧。"

"我啊，我还真想藏污纳垢，就看有没有机会了。"

自胜没接上话，寝室里又安静下来。

"对了，你交过女朋友吗？"

自胜顿了下说道："有过。"

"真的假的，你都谈过女朋友？"陈帅满脸的不相信。

"信不信由你。"

"得到人家就抛弃了？"

"不是那么回事，这都过去两年了。"

"靠，过去两年了？高一就分了？"

自胜点了点头。

"你小子战绩还不错嘛，说给我听听。"

"也没什么说的。就是高一后她转学了，后来就写信，寄照片，一个学期下来信越来越少，慢慢地慢慢地，几乎就没有了联系。通信多的时候约定考同一所大学，后来这想法也不那么强烈。她是考了个比较好的学校，我了，当高考分数出来之后我就知道跟她没有机会在一起了。她寄给我的信跟照片我都随身带着了。"

"还在留恋过去？"

"说不上留恋，现在我都很少想起她。"

"长得怎么样？把照片给我看看。"

自胜掏出钱包，里面是个笑容明媚的女生。

"长得还不错。"

"你了，你追过女生吗？"

"我对女生都不抱希望了。"

"好像看破了红尘。"

"也不是，曾经沧海难为水。我谈过两次，都是羞涩的笑脸中开始，最后总是带着眼泪转身离开。"

"学校里赶紧找一个吧，好打发无聊的时间。"

"也是。多认识些女生总是多些美好，只是少认识些女生又会少些遗憾。"陈帅像是回想着什么说着。

这句话似乎有点什么意味，自胜没接上，翻着刚发下来的新书，内容有点新鲜，大学生活就要正式开始。

过了一会陈帅说道："你说我们就上课、下课这样混日子，四年毕业后工作还不知道找不找得到，找到了也拿不了多少钱一个月,得早点做打算。"

"想那么多干吗,把当前的事情做好就好。"

"我不跟你这么想,得提早规划。李季白跟张章去哪了,他们有活动也不通知我俩。"

"他们有他们的事吧。"

"你发现没,李季白可能跟我们不是同一类人。才十几天辅导员就把什么事都委托给他,估计等选班干时他是内定班长。"

"第一天晚上聊天他就显得跟我们不一样,他有追求。"

刚说完没多久,李季白推门进来了。

"你去哪玩了,张章了?"自胜问道。

"给廖老师整理档案去了。"

"张章没跟你一块去?"

"他没。"

"下午打球去吧?"

"我还得帮忙组织院里的迎新晚会。你们有什么拿得出手的才艺,比如主持什么的?"

"我们能有什么才艺。"陈帅不屑地说道。

寝室里又是一片宁静。

接近五点的时候张章回来了。

"你们在寝室都干吗了,我今天爬山去了,腿都走酸了。"

"跟谁爬山?"

"锅庄舞社团。"

"你都加入了锅庄舞社团?"陈帅大为惊讶。

"这社团女生多,今天爬山就没几个男生。"

"那你是长在花丛中,左右逢源,随便你挑了。"陈帅说道。

张章憨笑着道:"当然的,不然加那社团干吗。"

"这么好的事也不通知我们,贵社还招人吗?"自胜开玩笑说道。

"等明年排队吧,面试可严了。"

"到时你做了部长通融通融。"

"没问题。"

"有漂亮女生记得多给我们介绍。"

"可以,包我身上。"

当天晚上廖辅导员召集班会,议题有两个:一是把班干部选出来;二是把学校纪律,选修课必修课什么的交代清楚。

不出所料,李季白十多天来传达辅导员口令,在班里脸混熟了,顺利当选班长。陈帅以微弱优势抢得体育委员一职。自胜、张章对当干部不感兴趣,做了单纯的投票者。

明天就开始上课,大学生活正式拉开了篇章。校园的环境已经基本熟悉,大学教授上课是怎么上?新生们都带着新奇跟憧憬迎接大学的课堂。

第四章

据说大学是必修课选逃,选修课必逃,但这些新生们显然还没有领悟这个真谛。

"别说话,睡觉,明朝还有选修课。"

李季白嚷了几句,无人回应,好久一寝室的人才沉入了梦乡。

清晨,自胜似醒非醒。还早着了,再躺会吧,他心里嘀咕着。

不久,走廊里穿梭的脚步声密集起来,人声喧扰,大家都赶着去水房洗漱。

自胜侧过身拉开窗帘,窗外的阳光耀花了眼睛。

"走,上课去,陈帅。"

陈帅蒙着头,"我不去了,点名给我答个到。"

自胜打开手机,已快八点。洗漱好后,陈帅起来了。

"想想这课我还没去过,今天去看看老师长啥样。"

"快点,要迟到了。"

两人慌忙奔出寝室,道路上拉出了长长的自行车流,自胜好半天才找到他那辆破自行车，陈帅在一边已经等得极不耐烦。

西北的初秋，天空蔚蓝如洗，晨曦照在人身上，留下丝丝暖意。白杨树枝丫上的叶子开始伴着秋风飘落。在校园里，上课前十分钟最拥堵。

自胜、陈帅一开始齐头并进，但马上被车流冲散开了。刚开学时买的新单车被偷了，为了保险这次买了辆女士二手车，刹车不灵，陈帅骑到前面去了他也不敢骑太快，只能顺着大部队的洪流前进。心里憎恨着这劳什子的选修课害得他早饭都来不及吃，单车也蹬得有气无力，陈帅甩开他好远了。

入隧道口，清晨的明亮变成了黄昏的阴暗。长明的灯盏挂在隧道壁顶，发出幽幽的白光，一下子由白昼进入黄昏。

隧道里路面宽阔了许多，本来挤在一块的车流像收起来的网散开了，拉得更长，散得更阔。这样的车距自然加快了车速，但自胜还是不急不缓地踩着脚踏板，他甚至还哼起了小调。

后面的单车接二连三地超过他，单车不争气，自胜不能逞强，望着一个个前去的背影，只能望洋兴叹。不过也不用急，反正只要去了，就算到晚了点过名了，跟老师说说也没问题，能来课堂已经给老师面子，老师也大都识趣。

突然，后面一辆大山地车掠起一阵风飞快地超过了他，自胜几乎没反应过来，山地车疾驰而去。骑车的女生背着书包，穿运动鞋，风吹起的头发高高扬起。蹬车的速度并不快，但山地车脚踏板踩一圈跑出去好远，俨然成了隧道里的风景。这个女生背影这么潇洒，长得如何？自胜兴趣大起，他赶忙使劲蹬了起来，单车越来越快，吱呀声越来越响，像是要散架。但这吱呀声也给他开出了条道，前面的单车都纷纷避开。快到前方隧道出口，单车愈加密集，骑山地车的女生慢下来，自胜的破车离得越来越近。

"怎么突然这么快？"陈帅在后边问着，自胜理也没理。

离出口越来越近，前面的自行车越来越挤，大家都不得不放慢了速度。骑山地车的女生反踩着脚踏板，车子慢悠悠的。自胜加紧蹬着单车，终于在快出隧道口时追上了山地车女生。女生弓着腰，速度降下来，先前随风飘起的长发贴到耳畔遮住了脸颊。自胜不断地扭过头看，可恨的是始终没有看清。

到隧道口，光线亮了起来，车速也更慢了。自胜跟在山地车后，唯恐被甩脱。出隧道口路面又窄了，单车挤到一块更难前行。女生扶着车把左右小幅度地摇晃着保持着平衡，自胜在后面看着她靓丽的背影，心急火燎地想窥得她的真面目。好几次领先了半个身位，但他总不好意思直接回头看人家，两眼的余光有限，只得沉浸在自己的想象中。

哐当一声，自胜从臆想中回过神来。

女生半个车身在他前面，自胜躲闪不及前轮撞到了她的单车后轮。

女生回过头，明媚的脸庞挂着笑影。自胜刚要张口表示歉意，前面的单车开始涌动，女生的山地车立马前行。自胜愣了愣，赶忙跟了上去。山地车在车流中拐来拐去，很快出了拥挤的路段，自胜被其他自行车掣肘，有力使不上来，空看那女生的背影消失在炫目的晨光中。本来只是个平平常常的早晨，现在心里却掀起了涟漪，这对他会意味着什么？

赶到教室，老师正在点名。公共选修课，大教室可坐一百八十多人，各系的学生都有。旁边一个不认识的学生问自胜道："需要帮忙答到吗？"陈帅来了，自胜对说话的同学说不必。那学生接着说道："那你帮个忙好吗，等下点到于实保应一声。"自胜答应了。

团结就是力量，讲台下学生的声音盖过了老师。自胜心不在焉，脑子里全是那女生回过头来的笑脸，想着想着嘴角都露出了笑意，今天这课看来没有白来。

"闷着笑什么？"陈帅拍着自胜的肩。

"我看到一个女生。"

"靠，难怪隧道里你骑那么快。长得漂亮吗？"

"没看清楚。"

"没看清楚你还这副神情。"

"我看到了她阳光下的笑脸，一瞬间，还有她的背影。"

"一个背影让你这么着迷，背影美女多着了，得了吧。"

台上老师把幻灯片念完后不再需要学生交头接耳以掩饰他讲课内容的空洞，大声咳嗽示意安静下来。学生们还不敢这么明目张胆，教室里说话声越来越小，总算静了下来。

"今天的内容讲完了，不过我还要说点事。这教室只有一百八十个座位，选课系统里选这个课的有两百多号人，如果所有学生全来了那肯定是坐不下的。但刚点名才缺了三个人，这里面有什么名堂我也不明说。你们有心思敷衍，总算不是无视我，也算是给面子。生活工作不是都哄一哄就过去了吗。你们配合我的工作，不给我难堪，考试我也不会为难你们。"

老师说完在讲台来回踱着步子等着下课，下课铃没辜负老师的期望，不久就响起了。

上课进教室时稀稀拉拉，下课鱼贯而出，走廊里拥满了人。

"去干吗？"

"没事干。"

"没事干陪我看球去，湖人对凯尔特人。"

"妈的，带钱没，不要像上次又叫老子掏钱。"

陈帅作歉地笑，"你又不是没看，正中间的位子你坐着了。"

到楼梯口，人散开了些。前面三个女生手挽着手边说边笑着。三个女生个子差不了太多，中间那个女生披肩的长发随着步子掀动。

"是她。"自胜指着中间那个女生。

"她是谁？"陈帅莫名其妙。

自胜来不及回答，三个女生转身出了教学楼。他快步跟了上去。

走出去，三个女生推着自行车已经起步，中间那女生骑的正是山地车。

自胜连忙开锁，骑上破车冲了出去。骑山地车的女生跟另两名女生说着话，速度并不快。自胜全速追上去，本想追上去探听她们都在聊什么，但冲得太快刹车又不灵一下子冲到前面去了。他脚点着地让单车慢下来，三个女生超过他时总算看清了高个女生的侧脸。

陈帅追上来，自胜手指着三个女生道："早上我看到的就是那个骑山地车的。"

"哦，追上去，看你的眼光怎样。"

距离马上拉近了。

"看背影还是不错的。怎么样，敢向她们吹口哨吗？"

自胜不能说不敢，装出不屑的表情道："这有什么不敢的！"

几声哨音引得三个女生都回了头，这回头的瞬间，三个女生完全看清楚了。自胜说的那高个女生确实漂亮，但陈帅不愿长他的志气，他略微带着轻蔑的口吻道："也不过如此。"马上又觉得这话太重，对自胜打击太大，像是打了别人又不失仁慈地给其上膏药般的加上一句，"不过也还过得去，配你足以！"

他以为这话伤到了自胜，孰料自胜注意力全在女生身上，对他的话充耳不闻。他心里思量着就这样一路跟到寝室，以后买个望远镜欣赏她。

三个女生骑着自行车有说有笑，自胜、陈帅速度降下来落在后面跟随着。到岔路口，正往右拐，一个女生向这边挥手，自胜、陈帅均不解。

挥手女孩停下来，"陈帅，我今天运气这么好，这都碰上你了。"

这个人是谁，陈帅一时想不起来，但有女生主动跟他打招呼，这在自胜面前可是长了面子，他赶忙说道："是啊，真巧，你也是这个时间下课。"

"是啊，我们下课的时间竟然相同，真有缘分。"女生哈哈哈笑着。

实在记不起这女生在哪认识的，陈帅只好没话找话地说道："你准备去哪？"

"我去图书馆，我同学她们都到了前面。周末办公室开会，不要忘了。"女生指着往图书馆去的三个女生。

这女生认识那个骑山地车的女生？

女生骑上自行车好几次回过头来跟陈帅说着再见，再跟上去是不可能了。

"跟你说话的女生你认识，看来她跟那个骑山地车的也认识。"

周末办公室有会，陈帅总算反应过来原来这女生是在学生会办公室见过的成谣，可惜是张大众化的脸，并没有留下多少印象。

"是啊，她认识我，我现在才想起是在学生会纳新时见过她。"

"这就好了。你给我问问那骑山地车的女生叫什么名字，电话号码是多少。"

"那女生号码我都没有,我去办公室通讯录查查吧。不过我跟她不熟,怎么好意思问,起码要请人吃几顿饭什么的吧?"

"你帮我要到号码给你报销。"

"这倒不必,我是怕你白费精力,那个女生条件不错,追她的人多,肯定不好追的。"

"这你不用管,你说难追,太容易到手还没意思,这正好激起我的斗志,反正是打发时间。"

"要没追到怎么办?"

"要追到了怎么办?"

"那就跟你打个赌,没追到你给我五百,追到了我给你五百。"

"可以,电话号码你还是帮我要一下。"

接下来,陈帅花了一周的时间请成谣吃饭、看电影,暧昧的似乎谈起了恋爱。在陈帅面前,成谣时而娇羞,时而跋扈,每天晚上在校园里散步,直到快关灯才回寝室。

"怎么回这么晚?"室友李华问道。

"好几个小子非要请我吃饭,我可没有分身术,只能接受一个。跟一个小子吃完晚饭刚准备回来,又有另外的帅哥约我喝奶茶,喝完奶茶我想今天结束了吧,结果刚进寝室大门又有短信来说有话想跟我说,这小子约了我好几次,我要再拒绝他会掉头的,要给他抛点饵,让他咬着但又吃不到嘴里,这样就会对我不离不弃,于是就要他到我们寝室这边来,我以为有什么重要的事,跟着他绕着校园转了好几圈,腿都走酸了,结果那小子一共都没说几句话。这些男生,讨厌死了。"

"哦,你是万人迷啊。"李华恭维着。

"什么万人迷,这些校园里的小子,我一个也看不上。"

"那你要什么样的人?"

"我啊,我看中的人得帅,有男子汉气魄,得有钱,有大钱。"

"要求不要太高哦,这么多人约你随便挑一个就好,你比我们强多了,我们只能乖乖待在寝室。"

"我倒是羡慕你们,多清净,那些小男生烦死人,每天电话、短信响个不停,哎,太骚扰人了,你们要是有这么多人追就能理解我的苦衷了!"

成谣话刚落音,埋头写作业的姚莉莉也不抬头,对着作业本说道:"只怕那些男生也不是认真的吧,都没认识几天,见了几面就天天骚扰,太轻浮了吧,只怕是什么样的人吸引什么样的人!"

这话惊鸿一瞥,李华听得哗然,真担心她俩会起冲突。

"明天要交的作业写完了吗?"她赶紧问成谣道。

被人揭开了面纱,成谣不好再说下去。

陈帅每天约着成谣,眼看时机差不多了。

星期天下午看完电影回来,离吃晚饭的时间还早,在隧道里陈帅感叹如果真有时光隧道能回到过去多好,成谣羞答答问希望能回到什么时候,同时身子往陈帅这边靠。陈帅见气氛不对,再这样下去会自投罗网,再也脱不了身,得赶紧完成任务。

他稍微退后一点说道:"回到你跟我挥手的那天。"

"那天有什么特别的吗?"

"那天你特别吸引人,一下子被你迷住了。"

成谣格格笑着说道:"讨厌。"

陈帅故作不经意地说道:"那天一块去图书馆的几个女生跟你是同一个寝室吗?"

"有一个是,另外两个是隔壁寝室的。"

"看你们玩得挺好的。"

"跟她们玩,她们一天可忙了,每天约会忙都忙不过来,不答应人家,又吊着别人的胃口。"

陈帅噎了下,同时也为自胜着急,自己说得没错,那个女生真有很多人追!

他岔开话题道:"她们学习怎样?"

"徐绽还好,挺勤奋,可惜天资不够。我要像她们那么用功,早去更好的学校了。"

"徐绽是那个高个子吗?"

"高个的,最矮的那个姚莉莉更一无是处!"

"嗯。我有同学想认识你说的高个徐绽,你有她电话吗?"

成谣斜着眼警惕地瞄了下他,"是你要还是你同学要?"

陈帅慌张道:"当然是我同学要,我不都已经有……"目光注视着她。

"把她号码告诉你同学,我有什么好处?我自己都没人追,把她的号码给你同学,让人家去追她,这不是不给自己机会,她已经够招蜂引蝶了。哈哈,我这是跟你说笑话。"

成谣停了会又接着说道:"不过告诉你同学也没关系。我才不要被动地等男生来挑我,我要去挑他们。她的号码我只说一遍,你记住了。"

陈帅慌忙拿出手机记下了号码。

接下来陈帅又没话找话地说了番话,压了段马路。西北的夜色来得晚,陈帅敷衍的功夫全使出来后再没心思找话题去取悦她,一路沉默不语。成谣见他这个样子以为他在酝酿要表白,形式再发展下去估计会亲她,绝不能轻易地让他吻了。

她赶忙说道:"今天累了,我要回寝室了,你送我。"

陈帅出于义务求她再坐一会,她娇滴滴地说道:"不坐了,再坐一会等下你要干什么傻事我都不会拒绝了,不能让你轻易得逞。"

陈帅心里一阵暗笑，表情却是失落、恋恋不舍的样子，满心愉悦地把她送到了寝室楼。

回到寝室，赶忙跟自胜邀功。

"一开始那女的不肯告诉我，为了让她开口，请她吃饭、看电影、逛街、提包，身心俱累不说，还花了不少钱。"

自胜不耐烦道："好了，号码多少？"

"我还没说完，不跟你算账，但这个月我的生活费都花光了，下半个月的饭得跟你混。"

"好。号码了？"

陈帅说完号码，补了句，"听成谣说徐绽好像有男朋友，每天晚上电话打到很晚！"

自胜一阵失落。

陈帅怕电话号码白要了自己没功，接口说道："只是好像，我看多半是嫉妒她。"

自胜没有作声。

"为了你这事，我可是亏大了。一两个星期跟她出双入对，弄不好别人以为我在追她。你这事办成了，我也再不用讨好她。可大家看在眼里，这样不理她，她怕是背后会中伤我，我也落个花心的名声！"

"那便宜你了，风流才子。"

"便宜什么，你都找到目标了，我还一无所获。加油啊，追到了输你五百块也好。"

终于有了心仪女生的号码，自胜激动不已。怎么联系她？贸然地自荐看来也不是办法，原来一个问题解决随之而来会带来其他问题。自己对她毫不了解，在联络之前是不是应该做点功课，怎样才能知道她的性格及喜好了？

"你说这个女生有哪些兴趣爱好，她如果找男朋友的话有哪些要求？"

"这还要我打问？"

"不用你打问，我是想联络前先把这些都搞清楚，真正做到知己知彼，尽早拿下。"

"不交往怎么能知道？"

"我有主意了？"

"什么办法？"

"可以搞个问卷调查叫她选，这个问卷调查就叫大学生恋爱观念调查。反正她现在又不认识我。有了这份问卷结果，今后投其所好，那就是手到擒来。"自胜得意地笑了。

"哦，你小子还真有你的。"

有了这个主意，自胜从网上搜集了多份大学生恋爱观念调查问卷，在参考别人的基础上改进得特别详细，诸如星座、籍贯、喜欢的颜色、水果、菜都在调查之内，问卷很快设计好并打印出来了。

根据一个星期来跟踪的结果，自胜发现徐绽一般晚上会去图书馆自习，他还知道了徐绽常坐哪个座位。有了这点信息，问卷调查就可以顺利开展了。

一天吃过晚饭，自胜、陈帅带着一百份问卷到了图书馆。不出所料，徐绽跟寝室的几个同学坐一块看书。

他俩找座位坐下来，自胜取出问卷，特别在一张问卷的反面做了个记号后把问卷分成了两份。

"你去隔壁自习室发，我在这里发。"自胜对陈帅说着。

"我看我就不必发了，干脆省事点，其他人都不发了，就给徐绽一张。"

自胜没有理会，他把做了记号的那张放在最后面，从自习室入口那头发了起来。

看起来平平常常的问卷调查，但自胜发着发着心怦怦跳起来。

离徐绽越来越近,她聚精会神的神情看得越来越清楚,这张问卷她会怎么选择,等会拿到问卷结果后她所选的选项会不会是自己中意的?想着这些问题,很快到了徐绽坐的那一排。

"麻烦了,我们社会学系在做个课题,多谢帮忙。"自胜每发出张问卷都这样说着。

到了徐绽坐的这排,几步之后就到她了,兴奋中掺杂着紧张。

显然这样发问卷打扰到了同学们自习,徐绽坐的这一排好几个人抬起头来看着他。自胜逐一发过去,轮到徐绽的时候,他把最后面一张发给了她,同时看到徐绽面前摆着的书是《Gone With the Wind》,《A Farewell to Arms》。这个女生这么强,竟然看原版英文!

调查问卷放在徐绽眼前,她抬头带着笑脸瞟了眼自胜。这个笑脸像是清晨朝阳下的蓓蕾,自胜陶醉了瞬间,本来该说的话都忘了说。再停着不走显然不合适,他继续发完了问卷。

十几分钟后,问卷逐一收回。当从那一百份问卷中挑出做了记号的那张后,自胜迫不及待地看起来。年龄十八,籍贯山西吕梁,最喜欢的水果哈密瓜,最喜欢的菜新疆大盘鸡,对待恋爱感性……对在大学里想不想谈恋爱这个选项,徐绽选的是C:倒是挺憧憬的,不过也顺其自然。看到这,自胜热血沸腾,在他的想象中已急不可待地要跟徐绽好好发展发展!带着这个胜利的结果,自胜开始给徐绽发短信。

第 五 章

　　陈帅帮自胜要到电话号码后再也没有联系成谣。开始的几天成谣以为陈帅是在给她准备什么惊喜，她也就没联系他。舍友们见她几天都待在寝室没有出去约会，打趣她道："怎么，约你的人多了不好挑吗？天天窝寝室，多无聊。"

　　成谣表示确实有很多人约她，但她不是随便的人。对他们不理不睬想试试他们的诚意，考验考验他们，看他们哪个最没骨头，对我最服服帖帖。那天那个陈帅想拉我的手，被我拒绝了。这几天叫他好好反省反省。舍友们对她的魅力跟行事作风均表钦佩。

　　跟舍友说这话时意气风发，但随着日子一天天过去，陈帅照旧没有联系，这时她才感到哪里出了问题。其实她口中的那些追求者都是子虚乌有，之所以这样说完全是为了增加她在女生中的优越感。她的手机震动，电话铃响起多是调闹钟时间到了，但就这个成了她口中电话都接不过来的凭借。难得有个男生对她有热情，但怎么不到两周就不理她？是不是上次没迎合他，让他信心受挫了？这样想的时候总是宽慰地一笑，想着她得放下架子，好好安抚安抚陈帅受伤的心。

短信发过去陈帅看都没看就删了，电话打过去无人接听。原本一个眼神都能让陈帅立马会意，现在怎么一下子摔了下来，是怎么了？陈帅一下子变得这么冷淡，她哪里做得不对了吗？这个时候成谣再没有骄傲的资本，她开始心慌起来。

一再地约陈帅见面没有回应，好不容易等到星期天晚上学生会开会才见到了他。开完会，她把陈帅拦在了路上。

"这些天你很忙吗？"

"还好，也不忙。"陈帅是爱理不理的态度。

成谣克制着，语气尽量平和。

"怎么突然不理我了？我哪里做得不对吗？"

"没有。"

本来以为自己这点热情会得到陈帅加倍地回馈，但陈帅冷冰冰的态度显然是回绝了她。她琢磨着前两周跟陈帅在一起的点滴，心有未甘。

"是不是我太自我了？对不起。"

"没。"陈帅没耐心多说一个字。

"其实我们能好好发展发展的。"

"免了吧。"

前些天陈帅在她面前还是诚惶诚恐，今天态度一下子变成这样，成谣猛然记起陈帅给她最后一个笑脸是她告诉他徐绽的电话号码时，难道她被愚弄了，给徐绽做了嫁衣。陈帅之前之所以接近她，完全是为了徐绽的电话号码？心里的怒火猛烈燃烧起来。

"我对你没利用价值就不理不睬是吧？"已是怨气冲冲。

陈帅不置可否，一想起前两周在她面前的窝囊，他也是心有火气。但事情已经到了这个分上，陈帅克制着不想跟她发生争吵，他只想着怎么能尽快撇开她。

"我回去还有事。"陈帅绕开拦在前面的成谣,往寝室走去。

"陈帅,你就撇下我走了吗?你这样对我,这样戏弄我的感情,你怎么这么残忍!你!我不会轻易放过你的!"语气斩钉截铁。

一个不在意甚至还有点轻蔑的女生说的话怎么会放心上,陈帅迈着轻快的步子往寝室走着。

他竟然毫无留步的意思,成谣急了。两周来在他面前的骄傲跟跋扈,只是学电视剧里面那些女主角,想让他多疼她,多宠她,多让着她,也怪太把自己当回事没照顾到他的情绪。这一番自省,她追上去拦住了陈帅。

"我有话跟你说。"

陈帅是一脸的不耐烦。

"你别不耐烦,我就跟你说几句话。"语气完全没有前两周的神气。

"那你说吧。"

"之前如果我有不好,对不起。我想我可以改过来的,你不要再对我冷若冰霜好吗?我觉得我们还是可以好好处下去的。"

"算了吧,你这种女人,脱光了也不会有人多看你一眼!"这么多天在她面前低三下四,今天终于吐了一口气。

陈帅这话说出来,等于是断了成谣所有念想。本来以为她不会把自己放在心上,现在看这形势,再拖拖拉拉只是浪费精力,自己断没有时间跟她耗。

她镇定着情绪说道:"原来你完全是利用我,利用我认识徐绽,要到她号码后我没利用价值了就可以抛弃是吧!我告诉你,要我给他人做嫁衣不可能!"

说完,头也不回地往寝室跑去,风似乎吹落了眼角的泪水。

　　爱情，对成谣来说，刚刚有所憧憬，可是还没有正式开始就已结束。如果陈帅对她最初的动机能含有感情，或许还能有一份回想。但事实上她的价值只是别人认识徐绽的中介，自己固然表现得娇贵，但相比陈帅接近她的卑鄙动机，强烈的报复情绪蔓延开来。徐绽！好一个徐绽！拿我去点缀他们的生活，这两个人我绝不会轻易放过！

　　第二天天刚蒙蒙亮，早起的学生经过布告栏被上面的告示吸引了。一联排的大宣纸上用毛笔写着：

　　陈帅，08级工管学院，自认长得帅，朝三暮四，朝秦暮楚，极为好色轻浮，常常在女生间招摇撞骗。望全校女生引以为戒，提高警惕，千万不要被此人的花言巧语蒙骗。切记切记。

　　布告栏前的学生看后露着笑脸指指点点走开了。

　　天色越来越亮，校园喧扰起来，聚在布告栏前的学生越来越多，想不到校园里竟然还会有这样一幕，同学们都有说有笑，不可思议又很有意思，女同学更是议论开了。

　　"想不到我们学校竟然有这样的败类！"

　　"贴布告的这人怕是上了陈帅的当吧，这女孩子真是可怜。"

　　"这种骗子多着了，女生们得擦亮眼睛。"

　　众人叽叽喳喳地发表着意见。

　　口耳相传，布告栏事件马上在学校里人尽皆知。陈帅当天上午没课，等张章回到寝室告诉他消息时已接近中午。

　　他立马跑到布告栏前，大宣纸上的字让他目瞪口呆！这是谁写的？谁贴到布告栏的？自己跟人无冤无仇为何要毁人名声！谁这么无耻做这种事？哎，四年大学生活还怎么过！大学里追女生谈恋爱的机会就这样断送了！

旁边的人纷纷说笑打趣着，陈帅无地自容。他想上去把宣纸撕下来，但这一撕无疑向旁人印证他就是纸上所说的那个人。看布告的同学都笑意盈盈地交流着表情，陈帅也只能装作怡然自得并附和着众人摇头叹息："哎，我们学校怎么会有这样的人！"

好不容易捱到中午，学生们吃过午饭回寝室了。趁着布告栏前没人，陈帅慌忙把宣纸扯了下来，他感觉撕的不是张宣纸，而是一道咒符！

到底得罪了谁？这布告到底是谁贴的？一下让他在全校得了这个名声，今后怎么办？推算来推算去，大概只有成谣，也怪昨天说话太狠，陈帅怏怏不乐地回了寝室。

"大名人，回来了啊。"自胜翻着书说着。

"妈妈的，不晓得谁这么缺德，把我的名声给毁了。"

"名声算个什么。"

"名声不算什么，这四年在学校找女朋友是不可能了。"

"你得罪了什么人？至于这样来搞臭你？"

"哎，大概是成谣，跟她要到徐绽的号码后就没理过她。"

这样一说，跟自胜扯上了关系，他安慰道："那你就等一年，等下一届的新生来了再追。"

陈帅坚持要驳倒自胜，以杜绝自己的希望，"下一届的女生听人一说，那也没戏。"

"那你找外校的总可以。"

"哎，看来也只有这条路了！"陈帅哀叹着。

成谣贴了布告后像是若无其事，中午回到寝室室友正谈论这个奇观。

"布告栏的告示你看了吗？"

"看了。"

"上面说的那个陈帅是不是追你的那个？"

"嗯。我早就怀疑那小子花心，所以这些天他怎么约我我都待寝室不出去，想不到还真被我猜中了。"

"那布告会是谁贴的？"

"应该是被他骗了的女生吧。"

"不会是我们班的吧？"

"不大可能，不大可能，应该是别的学院的。"

"不会是你贴的吧？哈哈，说着好玩。"姚莉莉说道。

成谣怫然道："这能说着玩吗！"

寝室一下子安静下来，大家各忙各的去了。

对大一新生来说，最迫不及待的都是忙着谈恋爱。电话，短信，公共课坐一块，课后有意无意地尾随搭讪，徐绽、自胜渐渐熟悉起来。

接下来的日子，上课时他就在看《Gone With the Wind》跟《A Farewell to Arms》，以此来琢磨徐绽喜欢什么样的书及她的性情，空闲时间全在想着怎么跟她发短信。徐绽不知这人是谁，几天都没有回复。没见到短信，自胜又从白天盼到晚上，手机不敢离身，生怕短信来了回复晚了。后来琢磨徐绽根本不知道他是谁，于是又发短信说有天自己跟她吹了口哨，徐绽恍然记起像是有这个人。三言两语的闲聊中，自胜知道了徐绽学法律，她也选修了那门公共课。

以后的选修课自胜早早就到教学楼门口翘首盼望着徐绽。每一次徐绽过来了，他总是想方设法跟到她后面。徐绽坐哪，他就坐她后座。有时没有座位，那也要坐在尽可能离她近的地方。下课后又盯着徐绽的一举一动，一有机会就上去攀谈。这样的次数多了，徐绽对他有了基本的印象。自胜更是推断出徐绽没有男朋友，论据是她上课从来都是认认真真，没见她发过什么短信，想必恋爱中的人手机应该是忙个不停。

为了早点拿下徐绽，接下来的一个星期，自胜想起什么笑话就发给她，然后拿着手机盼着她的反应。很多时候什么都等不到，偶尔徐绽会回复两个字"哈哈"加几个夸张的表情，这个简单的回复比以往任何成就带来的欢乐都要大，自胜都不知道怎么突然对她这么着迷，徐绽一点小小的回应竟然引起他这么大的波澜。每天沉浸在对徐绽的想念中，世界上似乎没有比追到这个女孩更重要的事。

周三晚上，自胜考虑着明天的选修课。酝酿了好久鼓起勇气给徐绽发短信叫她帮忙占座，说怕坐后面看不清楚幻灯片，不好抄笔记。徐绽收到短信后犹豫着答应下来。收到回复后他心里漾开了花，这是个好苗头，整个晚上都在思考着明天的语言跟举止怎样才得体，梦里都是笑着。

第二天早早赶到了隔壁教室，看徐绽进教室一会后他走出教学楼绕着跑了一圈，气喘吁吁的样子进了教室。进教室门徐绽跟他招手，自胜欣喜中走过去，心潮澎湃！

徐绽不着脂粉，白里透红的脸蛋散着青春的光泽，目光清澈灵动，含笑看着自胜。

"以后你自己早点来。"

自胜点头应答。

该说什么话？先前想好的话像太阳升起后的雾气飘散了。明明琢磨了一个晚上，上了考场却交不出答案。自胜拉开书包，拿出书后翻开想跟徐绽说点什么，以前在女生面前如鱼得水，现在面对徐绽，再没有最初课间搭讪的随意。斟酌着说点什么放松放松，上课铃适时响起。徐绽翻开书，拿出笔记本一本正经地听起了课，自胜在旁边听得心猿意马，两眼的余光全落在她身上。

这堂课过得又快又过得很慢。就这样接近了徐绽，像是飘在梦里，生怕醒得太早仓促地结束了这个美梦。课堂上讲的什么也没听清楚，满腹心思全在她身上。怎么样才能更多地跟她接触？怎么样才能给她留下好的印象？自胜一举一动、一个微弱的表情几乎都是经过番细思熟虑，他还没为哪个女生这样动过心思。

下课后，两人随便拉着话。自胜像是随口说道："徐绽，你帮我占了座位，我该怎么谢谢你了？我看就让我请你吃饭吧。"

"不至于吧，这有什么谢的。要不下次你早点来给我占座位？"

"好，好，好，可以啊。"自胜求之不得。

"哈哈，那我今后可以睡会懒觉了。"徐绽跟个小姑娘似的得意地笑着，大合自胜口味。

"下课后请你吃饭，我知道你最喜欢新疆大盘鸡。"

"你怎么知道我最喜欢新疆大盘鸡？"

"秘密。我还知道你家在阿克苏，但籍贯是山西吕梁。"

"你怎么知道的？"

"我神通广大，关于你的事我知道得多着。"

"你真会开玩笑，这些都谁告诉你的？"

"秘密，下课后一起去吃饭。"

自胜、徐绽的故事会怎样发展？往后的岁月他们又将怎样回忆这相邻而坐的时光？人跟人的相识多是机缘巧合，这看似不可捉摸的随机概率是不是暗含着命运的必然？生活是条奔腾的河流，穿山越岭才能到达广阔的海洋。

第六章

　　十一月，高原的季节加速奔到了冬天。清晨，严霜覆地，风霜刺骨。除却晌午短暂的晴热，一到傍晚太阳西沉，又迎来寒夜的前奏，整个高原笼罩在寒气逼人的夜幕中。这个时候，夜空皎洁的月光是冰冷的。走在户外，常常冻得牙齿都打哆嗦。

　　天气尽管寒冷，但在校园里，在偏僻的角落，在夜幕的遮掩下，在灯光照不到的暗处总有男女相拥取暖，喁喁情话。再冷的天气也抵挡不了火热的青春。

　　自从那顿饭后，自胜、徐绽的联系频繁起来。自胜没想到他会这么费尽心思向徐绽献殷勤。清晨，他总是早早起床候在徐绽寝室楼下，以便巧遇她，顺便请她吃早饭。除了那次调查问卷，为了掌握徐绽更多的信息，他又找人复印了徐绽的课表，凡是能跟徐绽搭上关系的人都是笑脸相迎，话题间总是隐隐约约会谈到徐绽。见不到她的时候老情不自禁地给她发短信，他能想到的有趣笑话差不多都发完了。

　　对这样的偶遇，徐绽总是莞尔一笑，然后从寝室的队伍中朝他走来。在他们转身走后,自胜常常听到背后她们室友夸张的大笑声。

巧遇的次数多了,两人很快熟悉起来,并肩走在校园里,总引得人侧目而视。

闲散的大学生活,恋爱不是必需品,却是一副很好的佐料,有了这个生活会丰富得多,有滋味得多。

这一天,周五。吃过晚饭回寝室,寝室里空荡荡的,百无聊赖,怎么打发这寂寞的时间?

自胜掏出手机,翻了遍号码,联系人有几百个却不知道联系谁。他又翻开短信收件箱,不由自主地看起了徐绽的短信。

每次跟她发短信,她总是有意想不到的回复,常常看得忍俊不禁,似乎从短信的字里行间看得到她眉飞色舞的调皮表情。本来是想逗她一乐,但徐绽的回复总是加倍地回赠了他,想起来心里甜丝丝的。

现在她在干吗?在教室自习?在网吧上网?自胜心痒痒地急切想见到她。

短信发过去后徐绽马上回复过来,她在寝室。

自胜暗喜,但又紧张起来,他还没有在晚上把徐绽约出来过,这样贸然地提出这要求,她会答应吗?会不会太着急?如果她肯出来,去哪?又说些什么?外面天寒地冻的!

也不知是暖气太热还是什么原因,自胜额头上冒出了汗珠。本来只是跟陈帅打了个赌,没料到自那顿饭以后真的开始投入了感情,他再也不能用戏谑、轻浮的态度对待她。这些细微的变化,他有些恼,但更多的是带来了快乐跟期盼。

去哪?说什么话?把她约出来再说!

自胜壮着胆把短信发了过去:我想见你。

从一开始的毫无顾忌到现在的字斟句酌,他明白徐绽再也不只是他跟陈帅打的一个赌,他再也不能把她不当一回事,轻视她了。

短信马上回复过来,徐绽迂回地问他有什么事,在自胜胡诌的借口下徐绽答应了!

开心得想吼出来!没想到徐绽会这么爽快地答应晚上出来跟他相会。他赶紧整了整衣领,又对着镜子梳了梳头发,飞奔出了寝室。

这个时候月亮升起来了,月光从树杈的间隙照过来,洒下层银白色的光辉。星星透出云层,在这清朗的夜空显得额外地明亮。周末校园里显得空旷,偶尔的人影也是步履匆匆。自胜顶着风飞快跑到了徐绽寝室楼下。没等他喘过气来,徐绽已经站在他面前。

"叫我出来有什么事?"徐绽哈着气说。

"叫你出来想……就想见见你。"自胜支吾着。

"那你已经见到我了,没事的话我就上去了。"徐绽哈哈笑着开玩笑作势转身要走。

自胜急了,他赶忙说道:"有事,有事,我有话跟你说。"

徐绽回过头对他调皮一笑,道:"就知道你有事。"

自胜打量着徐绽,夜色下她的美带着朦胧,这越加撩动自胜的心弦。

"这件衣服挺合身的,好像你白天不是穿的这件?"自胜说着。

"嗯。上周末在阿依莲新买的,这是第一次穿,怎么样,好看不好看?"徐绽边说边抿嘴笑着。

两人顺着大道走着,半天没说上话。寒风呼啸着袭来,冻得人发抖。徐绽边走边看着自胜,自胜紧张得不知说什么好。

"你叫我出来有什么事,风这么大,叫我出来喝西北的西北风吗?"这句在别人说来会是嘲讽的话以徐绽的口气跟腔调说出来,分明是开玩笑,自胜的思维一下子活跃起来。

他接口道:"这里的西北风,那是正宗本地特产,原汁原味。"

徐绽格格地笑着说:"你叫我出来干吗,冷死了。"

"有话想跟你说。"

"说什么?风太大,找个地方避风吧。那边,人少,又黑乎乎的,走,我们去那边。"

人少!又黑乎乎的!这正是自己想要的。这话从徐绽口中说出来,有着无穷的韵味,自胜差点大笑出来。她看穿了他的心思?自胜完全没有料到徐绽会直接这样说。这是他经验之外的,好比第一次见到西北的风光,自胜大感兴奋。

夜色中的校园有点冷寂。灯光树影交错着,白天喧哗的校园此刻安静下来。他们踏着树影,在昏黄的灯光下朝徐绽指的地方走去。

自胜表面上平平静静,内心却在翻江倒海,接下去说什么话好?敢不敢直抒胸臆?

"终于没有风了。"徐绽站到墙角,手捂着脸哈着气。

"有什么就说呗,好冷啊。"她边说边跺了几下脚。

四周静悄悄的,躲避了光线的角落里听得到彼此的呼吸声。这样的环境下跟心仪的女生站得这么近,免不了让人呼吸急促。

"你今天上了什么课?"自胜不知怎么会蹦出这么一句话。

"你叫我出来就为问我这个问题?下次我带上课表,直接给你看,嘿嘿。"

"那你别说,我来猜,看猜得准不准。"

自胜想着徐绽的课表,又做出很难猜准的表情道:"上午英语,下午法律基础,对吗?"

"你怎么知道的?莫非我上课你跟踪了?我的情况你怎么知道的这么多?对了,怎么好像开学不久有人搞了什么课题在图书馆做问卷调查,那个人是不是你?"

自胜立马矢口否认:"什么问卷,肯定不是我。"

"哦,怎么想起来像你?我这记性,来大学第一次做的问卷调查竟然是关于恋爱的。"

徐绽说起问卷调查这件事,自胜强忍着没笑出来。

抱着打发时间漫不经心地打了这个赌,一开始举重若轻,谈笑无忌,现在却多了几分拘谨。自胜缓了缓气,尽量表现得自然。

"奇怪了,刚认识你时你不是这个样子,不是挺能说的,怎么现在倒变了。"

事情的发展出乎自胜的意料。一开始他只是觉得徐绽漂亮,可以打发闲散的时间。如果追上手,不但赢了赌,带着她在校园里转也是长面子的。他高中时有过些恋爱经验,不会轻易付出感情。

现在,徐绽站在他面前,他却有些紧张,手掌心都出汗了。

人的一生会有几次在异性面前怦怦心跳?在以后的岁月里,能够回想怀念的又有谁?

自胜发现再也不能用玩世不恭的态度面对她。

"徐绽,我想认真问你个问题。"自胜神情严肃。

"你说,之前说话没认真啊?"

"听说你有男朋友,是这样吗?你直接告诉哦。"

"这个,你太直接了吧,咱们有这么熟?"徐绽抿嘴看着他笑。

"你告诉我有吗?"自胜声音打颤了。

"谁跟你说我有男朋友的?"

"听说开学时你晚上打电话打得很晚,我猜的。"

"没了,晚上熄灯就睡了。"

"真的啊?"

"真的。"

听到这两个字,自胜多天的担心跟疑虑终于可以放下来了。

月亮越来越高,星星越来越繁密。偶尔刮起的寒风呼呼作响。自习室、图书馆灯光通亮。他们躲在这避风的角落里似乎忘记了逼人的寒气。

两个人相互看着,一阵沉默。

"我们就这样你看着我,我看着你?你不是有话说吗,你说。"徐绽像是期许着自胜说点什么。

徐绽说话跟之前接触过的女生完全不一样,她的坦荡、随和、有话直说还带着趣味,给自胜开辟了一片新天地。想起来是从跟她的交谈中得来的愉悦越来越多,不知不觉就开始对她愈加重视了。

想说的话到了嘴边又溜了回去。这话说出来她会如何反应?自胜从未有过的紧张,生怕说错什么会冒犯她。

"我喜欢你。"斟酌良久,这话跟关不住的猛兽一样闯了出来。他目光灼灼地看着徐绽,在说话的时候,手捏到了徐绽的指尖。

紧张、忐忑,怕她生气,怕她拒绝,怕她断然把手抽回去……

这句话说出来后会是一个起点还是就此打止?在人生中会占据什么地位?今后回首往事,会有一席之地吗?

自胜凝神屏气,怔怔地看着徐绽。他像个做错了事的小孩子,拉着大人的手似的恳求着。

对徐绽来说,她有女孩子的心思。她也憧憬着感情,自胜刻意跟她接近她当然感觉到了什么。但现在这突如其来的表白她也不知怎么表示。

上高中时虽然有男同学关系不错，但那时根本没有那心思，这是男生第一次向她表白，第一次被男生拉着手指尖，身体里泛起股激流，脸已经火烫火烫的。她身体倚到墙上，被捏着的指尖试探着缩回，但被自胜捏得更紧了。

隔着一步的距离，你看着我，我看着你，脸都已涨得通红。

"这，你说什么我没听见……这太突然了……我得想想。"徐绽避开自胜的目光，吞吞吐吐地说道。

不知哪里来的勇气，自胜双手搭到徐绽的肩膀上，两人贴得更近了。咫尺的距离，感受得到对方的呼吸。

他们默然不语，这个时候任何细微的反应都会引起对方莫大的想象。什么话也没说，就这样一语不发地看着对方，空气中传递着情愫，还有比这更美好的时刻吗？

不知过去了多久，自胜额头贴着了徐绽的额头，徐绽往后退，后脑勺碰到了墙壁上。

"徐绽，我喜欢你。"自胜捏着她的手尖，眼里尽是恳切的目光。良久，徐绽似乎轻轻地嗯了一声。

这一刻的喜悦不知如何来形容，徐绽轻声的一个嗯字，超过了他以往任何成绩所带来的愉悦。一个女生能让他有这么大的欣喜，生活看来没有比这更大的意义。

月亮挂得越来越高，先前繁密的星空疏朗起来。图书馆、自习室开始关灯，学生们三三两两结伴往寝室快步走着。

"要回去了。寝室快关门了。"徐绽嘀咕着。

"再等会，我送你回去。"

自胜端详着徐绽，徐绽已是满脸潮红。

徐绽被看得怪不好意思，想着说句玩笑话化解下这点尴尬。她略微想了下说道:"你要是看到我双胞胎妹妹,就不会再这么看我。"

"真的?"

"真的,她皮肤比我好。"

"你还有双胞胎妹妹?"

"你看你,现在就开始三心二意!"徐绽佯装生气。

"没,你说起了,我就问问而已。"

"那我告诉你吧,我没有妹妹,但有个哥哥,还有个弟弟,都是一米八多,又高又壮。你今天跟我说的这些话要是在跟我耍花枪,我就把他们喊过来……"说到这徐绽停住了。

"喊过来干吗?"自胜脱口而出,但说出来后马上意味到了其中的深意,还蛮有趣,但他忍着没笑出来,而是换上一副木然的表情。

"喊过来对你不客气。你放心,只要你不骗我,我不会叫他们过来的。我们回吧。"

徐绽进寝室楼后,自胜在楼下张望了很久,直到临近寝室关门的时刻,他才飞奔回了寝室。

进寝室楼后,徐绽回想今晚发生的一切,很突然,但又像在期盼之中。自此两个人的生活像两条单独的河流交汇到了一块,再也分不清你我。

天气很冷,全身却暖洋洋的。推开寝室门,王晴在等着她。

"你去哪了,这么晚回,约会去了?"

正好同寝室另外两个女生去水房洗漱去了,徐绽点了头。

王晴现出极度夸张的表情,说道:"跟我说,跟我说说,谁约你了?"

"那个骑自行车吹口哨的。"

"哦。"王晴是心领神会的表情,"这么晚回,他对你做什么了没?"

"没什么啦。"

"你都开始维护他了。"

"怎么样,要不要我给你看看。下周上课你叫他一起来上,我给你把把关,看这小子成不成。跟你说我可是经验老到,很会看人。"

熄灯后,躺在被窝里,自胜翻来覆去地睡不着。晚上发生的一切不敢想象,但又真切地发生了。像做了个美梦,但这美梦是真真切切的。徐绽真的跟高中交往的小青完全不一样,跟她表白后她那么轻松,还能开玩笑,难道这是北方女孩的热情奔放?比扭扭捏捏有趣多了,真是有意思。自胜陶醉在夜晚的回忆中,空气似乎都是甜蜜的,他给徐绽发起了短信。

徐绽躺床铺上,回想着今晚的每一个细微的动作跟眼神。自胜表白时的不知所措想起来滑稽,只是自己怎么那么轻易就答应了他,太没架子。

短信一来一往,最平常简单的对话背后都带着无穷的情意,短信似乎驱散了倦意,这个夜晚不知什么时候睡着的。

第七章

　　当爱情在一个人身上发生,世界上再没有比对方更重要的事。期盼、等待都是甜蜜的。挖空心思去取悦对方,对方一点细微的反应往往能够带来极大的快乐,天下还有比这更美好的事吗?

　　每天都浸在蜜罐里,梦里都是笑着。恋爱之前觉得社会有诸多不善,但现在看来,眼中所见总能看到好的方面。天气纵然寒冷,身心都是暖呼呼的。冬寒中,自胜甚至感到了春暖的气息。

　　在自胜跟徐绽去上课后,她班上的同学都注意到了他。正式的婚姻见父母基本上就会定下来,校园里的恋爱关系见过双方的室友、同学也基本无虞了。

　　自胜以为徐绽只是想让他陪她上课,徐绽愿带他到班上露脸他是很高兴的,露脸等于宣示主权,那些对徐绽打主意的人都可到此为止。他在得意之时,王晴在暗中观察他,好在他表现得中规中矩,勉强通过了考察。

　　于是,跟所有校园情侣一样,徐绽、自胜开始了他们的生活。

早上，自胜总被手机铃声吵醒，这是徐绽叫他早点起床到她寝室楼下等她。手机铃声就像徐绽下的命令，自胜马上起来手忙脚乱地穿衣、洗漱，然后飞奔徐绽寝室楼下。而徐绽每天起来后总要为梳什么样的头发，穿哪件衣服琢磨半天，要是自胜夸她衣服好看，头发梳得漂亮，这一整天她都会是好心情。一般情况下，自胜总要等到鼻子冻红了徐绽才下来。有时徐绽见他冻得可怜会说道："等得越久，越有风度。"自胜辩不过她，他只能摇摇头，某种程度上他喜欢徐绽的蛮不讲理。

一起吃过早饭，打笑着往教室走去。一方没课时另一方总要跟着去上课，两人都有课时不得不短暂地分开，但课堂上也频频短信。

晚上一块吃过晚饭，在图书馆相对而坐，做作业，看同一本书，他们熟悉了对方聚精会神的凝思。时常相视一笑，这里面蕴含着无穷的滋味，不在言语中而只有他俩才懂的默契。

图书馆关门后，他俩总是拉着手落在人群后面长久地徘徊，在瑟缩的寒夜中体会着他们才懂的温暖。纵使冰雪覆地，他们感觉也是置身在冰雪消融的春天。

每晚都是依依不舍，回到寝室后又是短信，又是电话，有说不完的话，这些话在外人听来基本上是废话，但从对方口中说出来却有言说不了的味道，他们只恨不能时时刻刻腻在一起。

西北高原的冬天温差极大，晚上零下十几度，中午太阳高照时又能到十几度。中午吃过饭，草地上常坐着三三两两的学生。

徐绽、自胜也常置身其中，晌午的片刻感受着阳光的光热。一天，他们背倚着背晒着太阳，自胜拿出一本书。

"你下午有课吗？"徐绽眯着眼问着。

"有。"

"我下午没课,我跟你去上课。"

"好。"

阳光照得人发热,徐绽身体突然往前一挪,自胜差点躺到了草地上,她乐得哈哈笑起来。

"太热了。"徐绽把羽绒衣的拉链拉了下来。

"你看的什么书,给我看看。"徐绽把自胜手里的书拿了过来。

"《传统下的独白》,书名倒是有点意思。"徐绽是赞赏的神情。

"这本书好看吗?你看了多少?"

"好看,早看了,现在再翻翻。"

徐绽随手翻着书,草草浏览了目录。

"这篇好看不好看,《红玫瑰》?"

自胜点了点头。

"那我读给你听。"

徐绽坐过来,他们又后背相互倚靠着。

"那一年夏天到来的时候,玫园的花全开了。玫园的主人知道我对玫瑰有一种微妙的敏感,特地写信来,请我到他家里去看花。"

"三天后的一个黄昏,我坐在枚园主人的客厅里,从窗口向往望着,望着那一朵朵盛开的蔷薇,默然不语。直到主人提醒我手中的清茶快要冷了的时候,我才转过头来,向主人做了一个苦涩的笑容……"

阳光照着人的脸,耀得眼花。徐绽缓缓地读着《红玫瑰》,把自胜慢慢带进了文章所写的意境中。

"我们同看日出,看月华,看眨眼的繁星,看苍茫的云海;我们同听鸟语,听虫鸣,听晚风的呼啸,听阿瑞尔的歌声……"

他微闭着眼,静听着徐绽朗诵,一字一句带着感情流到了心田。

"李敖看起来张牙舞爪,想不到能写出这么细腻,感情又深的文章,他对Rosa念念不忘了。"徐绽把书合起来,见自胜没有接话,用后脑勺磕了自胜后脑勺几下。

"你倒是有点反应,人家跟你说话了。"

对自胜来说,他从来没有想到过看一篇文章还有这样的看法:喜欢的人读给你听。这什么感觉?鲜花为你盛开,阳光因你普照,雨水因你而丰润,你得到了天地间的厚爱。

"读得真好,字里行间的情感都被你读出来了。"

"听起来怪怪的,你是在夸我还是骂我?"徐绽鼓着脸颊目视着他。

"当然夸你,人长得赏心悦目,读起书来还像唱歌一样好听。"

西北的冬天浑然一色,都是灰蒙蒙的。但谁又想得到正是在这单一的色调里孕育着来年的春天。

"你觉得我什么发型好看?"

"你啊,什么发型都好看。"

"说嘛,什么发型好看?是留刘海还是不留刘海,是直发还是卷发,哪个好看?"说完转过身摇着自胜的肩膀。

"你说哪个好看,我周末做个头发去。"

自胜听得心喜,撩拨她道:"做什么发型,这个月的钱都请你吃饭了,没钱。"

"谁要你出钱,我自己有钱好吧。"徐绽赌气转了过去。

"真是不解风情。"她又幽怨地说了一句。

"不知道谁不解风情。"自胜坐到徐绽对面,捏着她的双手。

"你什么发型都好看，长得这么标致的。"

"别奉承我，我会信以为真的。你说嘛，要不我染个发去？"

"千万别染，我是乡下人，最看不惯黄头发。"

徐绽嘿嘿笑了。

"你喜欢哪个女明星？我就做个你喜欢的女明星那样的发型去。"

"你就是我的女明星，电视上的那些只会搽脂抹粉，哪能跟你比！"

"说话一点也不正经。"

语气中带着责备，心里却是美滋滋的。

"你不喜欢看女明星吗？那你喜欢胖一点的女生还是瘦一点的女生？"

徐绽转过身来，像小孩一样嘟着嘴看着他。

"胖的女生还是瘦的女生？当然是胖的。将来娶你是要出聘礼的，钱都出了，何不挑个块头大点的。"

"哦，所以你请我吃饭是为了让我长胖？我可没说要嫁你，想要我，嘿嘿……"徐绽骄傲地显露着她的神气。

"把你的MP4给我听听。"

徐绽把一个耳机塞到了他耳朵里。

音乐旋律响起，几首歌听下来都是自胜不熟悉的。

"你这里面都有哪些歌，怎么我都没怎么听过？"

"最多的是莫文蔚的，我喜欢莫文蔚。"

"君子豹变，其文蔚也。她的歌有什么好听的？"

"好听，我喜欢听，就是好听。因为我喜欢听，你也得喜欢。"

"那我仔细听听。"

"晚上熄灯后我经常在收音机里听到她的《电台情歌》跟

《宝贝》，好好听啊。尤其这首《宝贝》，很适合睡觉前听。"

说到这徐绽已是陶醉的表情，一边还哼唱起来。

"不知从哪天开始，不知到哪一天止，你一直都藏在我心里……"

这首歌唱完后她又接着说道："接下来放的这首叫《忽然之间》。"

自胜仔细听着歌词：我想起了你，再想到自己，我为什么总在非常脆弱的时候怀念你；我明白太放不开你的爱，太熟悉你的关怀，分不开，想你算是安慰还是悲哀……

歌词、旋律都有点伤感。

"这有什么好听的，千篇一律，难听死了。"自胜拔出耳机还给了徐绽。

"你不听我自己听，我就是喜欢莫文蔚。"

太阳渐渐向西边的山头靠去，阳光已没有晌午的热量。一阵风吹来，带来了凉意，枯草地上的学生开始散去。

"七八节有课，跟我上课去。"

徐绽伸出手，自胜把她拉了起来。

赶到教室，课已经开讲。自胜、徐绽慌忙落座，引得前排的同学纷纷扭过头来看。徐绽红了脸，低头翻开了书。

讲课很有意思，翻幻灯片，念幻灯片，也不管有没有人听，颇得自娱自乐。讲话时还时常中文中夹杂着零星的英文。譬如：China的国内生产总值翻倍了，我们的工资怎么不见翻倍了；我们下一次课找个topic来做个presentation好不好，你们的opinion了；对于这个问题你们有idea吗；你们只有好好听我的课，才能写出高水平的paper，将来才能多拿几个好offer啊。

自胜对徐绽轻声说道："中文里加无谓的英文单词，如钱锺书说的，表示自己吃了顿好饭，要露出牙缝里的肉屑炫耀炫耀。"

"这有什么炫耀的，现在吃顿肉还能炫耀，眼界这么低？"徐绽在桌底下偷偷拉着他的手在他耳边细声说着，自胜差点笑了出来。

"中文里加英文单词不算本事，要是英文里加汉字，那才说明英文过了关。"

"你怎么有这么多看法？不过英文中加汉字还真没看到过，想想挺有意思。"

"嗯，英文不过关，又想挟洋文以自重，或者来装饰吧，崇洋媚外又没本事。"

"注意课堂纪律，是我讲还是你们讲？understand？"

教室里哄堂一笑，讲台上的老师脸都气红了。

"笑，还笑！我教书这么多年，还没见过纪律这么差的班级。是我讲得好还是你们讲得好？来，你们谁认为自己讲得好就到讲台上来讲。"

同学中有人还在嘀嘀咕咕。

"你们是80后还是90后？怎么这么不懂规矩，我这个课你们能不能过，课堂表现可是占百分之四十的，表现怎么样自己掂量掂量。这课可不像别的老师一样考前会给范围，我这个不会给的，你们最好平常给我好好表现，给我好好学。"

听到期末考试不给范围，教室里立即一阵抱怨声。

"他敢不给范围，要知道期末考试太多人不及格的话就是教学事故，他敢挂科挂多了，那评优评先都没戏。"自胜听到陈帅在前一排小声跟边上的同学说着。

好久课堂总算安静下来。

校园是恋爱最好的地方。没有生活的压力，没有家庭的羁绊，抛开了大部分的世俗。也许只有在校园里才有纯粹的男女相悦。上课下课，教室图书馆，操场基本涵盖了所有的生活。

当爱情在两个人间发生，男女相悦是世界上最美好的事情吧。有了爱情，最平淡枯燥的生活也会变得多彩。想着对方的某个表情，想着对方的某一句言语，自己哪句话说得不好，对方会不会误会？思绪、情感全系在一个人身上，取悦了对方似乎就得到了整个天地。

对年轻人来说，有次刻骨铭心的感情是必需的。虽然人生的道路不是坦途，结局也未必完美，但在花开的季节盛开过，即使风吹雨打也不负这个时节，过往的风花雪月总是值得留恋的。有个人值得你全身心付出，也许是上天对你的恩惠。

他们在秋天开始的时候相识，在寒冬渐隆的月份感情越来越炽热起来。

一起吃饭，一起自习，一起上课。如果见不到对方，总像丢了什么东西似的怅然。

图书馆、食堂、自习室总有他们相偕的身影。他们过了不说话就会尴尬的时期，常常相对无言却有无穷的滋味。这样的时候徐绽常忍不住扑哧一笑，自胜忙追问她笑什么，但徐绽怎么都不说，急得他心里痒痒的。徐绽看他那急不可耐的表情却越加快乐。

为了解徐绽，自胜看遍了她空间里的每一张照片，每一篇日志，每一条心情，每一条留言。凡是看到QQ号为男性的足迹他总忍不住会点到那空间去看看，如果看到徐绽在空间里跟哪个男生互动得多，他又总有淡淡的醋意。但理智提醒他这不过是她朋友罢了。

自胜还时不时开始在百度搜起了新疆的风土人情、地貌气候。因为徐绽来自新疆阿克苏，他对新疆有了更多向往，甚至还有些感情。他已知道阿克苏在维语里的意思，他期盼着徐绽哪一天带他去她成长的地方看看。

一天晚上图书馆闭馆的音乐响起后两人收拾好书包从图书

馆走出来，自胜突然说道："徐绽，要是你一个人在图书馆自习会不会有人问你要电话号码？"

"我怎么知道。"

"那我们明晚试试，分开坐，看有没有。"

"你是想看我有没有人要是吧？告诉你我可抢手啦，嘿嘿。"

"有人要你还真给啊？"

"你准许我给吗？当然不给，不都有你了。"

自胜边嘿嘿嘿地傻笑着边拉着徐绽小跑到了避风的墙角，来不及说什么，急不可待地紧紧搂住了她。

"搂这么紧，勒得我疼，放松一点。"徐绽像是推却着。

自胜当是没听到，他已完全陶醉在徐绽醉人的气息中。

"放松一点，抱得太紧了。再不放松一点我喊了……"徐绽边说边笑还边挣扎了几下。

"哈哈，你喊吧……"

每晚都是寒风刺骨，上完自习回寝室他们总要在人看不到的地方依偎，直到寝室门快关的时间点才依依不舍地回去。还有什么比校园黑暗角落里的亲昵更醉人心的事呢！

第 八 章

　　大一新学期,各个院系、社团总少不了迎新活动,最简单的莫过于组织各类球赛。

　　自胜所在社团熟悉了彼此,社长组织过一次聚餐,爬过一次山了。相互间的关系虽然没有融洽,但好歹混得了个脸熟。一切社团,一旦深入,往往像过了时节的女人,了解越多失望越多。刚入社团时的新鲜劲过去,以后就了无滋味。开会、座谈,发些不痛不痒的言论,就是不干实事。虽然如此,一个组织总有各种各样的职位,社团不吸引人,但职位可都是香饽饽,社团的社长、部长这些头衔是长面子的,混个一两年也许就能得到,熬资历得从当下做起。

　　社联接到团委的通知,要丰富校园文化生活。社联召集各部部长商讨后决定组织各社团间的球赛。

　　各社团接到通知后纷纷召集人马,又制定了大概的训练计划。自胜所在文学社把他选为了替补,徐绽凭着身高优势入选了雨湖爬山社的中锋。接下来一周多的时间,每天白霜融化,温度快要升起来的时候,原来空荡的操场变得热火朝天。徐绽、自胜都要参加各自社团的训练,这让他们相聚的时间少了很多。

这天,第四节课一下课,自胜匆匆奔往操场。徐绽跟他说今天在球场训练,让他早点去吃饭,但自胜急切地想见到她。

已是午饭时分,球场上的人员开始散去。在靠里的球场,十多个女生在进行着半场训练。自胜背着阳光在台阶上坐了下来。

快接近一天温度最高的时刻,场上的队员都脱了外套训练着。

徐绽身材高挑,她更多地是在篮下接球投篮、抢篮板。在社团人员的吆喝指挥下倒是有模有样,跑位、掩护、防守,都有板有眼。这样来回跑动拼抢着,徐绽头发被汗湿了。

徐绽的篮球技术在女生里算过得去,但动作看起来还是有些笨拙,她这点不灵敏在自胜看来却是增加了她的可爱,自胜看得心喜,想着怎么打趣她。

一声哨响,分组对抗训练结束。社团指导训了几句话后各自散了。

自胜拿着矿泉水,往徐绽走去。

"你就吃过饭了?"

"还没,你喝水。"徐绽接过矿泉水,咕隆咕隆喝了两大口。

她用手肘擦着额头的汗水道:"你怎么跑来了,还好不知道你在场边看,不然我更放不开手脚,下次你不要来了。"

自胜本想开她玩笑,听她这么一说改口道:"哪里,你不是投进了几个球,动作还挺优美。"

"言不由衷。"徐绽把他的话截断了。

队友见她跟自胜说着话,纷纷打个招呼先走了。很快,整个球场只剩下他们俩。

学生们往食堂走去，每天这个时候挤得水泄不通。

徐绽刚打完球，汗都没有干，自胜提议先坐一会再去吃饭，徐绽点头称是。

阳光直照着有点灼人，他俩坐到了白杨树下。

徐绽拿着纸巾擦着汗，自胜侧目看着他，脸突然涨得通红。

徐绽擦完一边脸，扭过头看到他不自然，有点莫名其妙。他们关系确定有一段时间了，好久没见自胜脸红成这样。

"怎么啦？"她反倒不好意思。

"有什么不对？你这个花痴。你也会脸红，真是难得看到。哈哈哈，看来你是单纯的，我捡了个宝贝啊。呃，你不会是有什么非分之想吧？千万别打歪主意，大白天的……"徐绽已是夸张戏谑的表情，边说还边往四周看了一圈，然后对着自胜挤眉弄眼。

被徐绽当小孩评价打量，好气又好笑，想反击却找不到恰当的话来。他转过脸说道："你自己低头看看，胸口的衣领太低了。"

徐绽低下头，红晕瞬间在脸上蔓延开来！

原来大号的球衣一坐下来，领口掉得很低，从上面看下来，凸起的胸脯几乎一览无余。她马上把外套披上，原来自胜脸红的原因是这个！刚刚被他这样看了，徐绽脸红得烫起来！她双手抚着脸颊，真想找个没人的地方躲起来，羞死人了！

他刚刚因为这个脸红，本以为他老实纯真，想不到眼睛这么不规矩，这么色眯眯的。想到这，徐绽有点愠怒。但一想起自胜羞红了脸的表情又觉得好玩，她嘟起了嘴。

好久，脸终于不烫了。余光看去，自胜斜侧着背对着她。

该怎么办？叫他坐过来？脸颊又感觉发烫了，就这样坐着吧。

阳光下刮起了一阵风，风扬起灰尘袭来。

两人几乎同时背转身，目光撞到了一块。

自胜发现徐绽把外套的拉链拉到了脖颈，他神情略带着猥琐想笑但勉强忍住了。

"笑，你还笑，有什么好笑的！这会食堂人少了，吃饭去。"徐绽快步往拉面馆走去。

自胜追上去，在她耳畔说道："下次打球把球衣套外面。"

"不用你操心，跟我妈似的。"

一个星期后，社联组织的篮球赛如火如荼开展起来。

比赛已经打过两场，同组实力过于强大，自胜所在社团立马把争金夺银的目标调整为友谊第一、比赛第二。主力无心恋战，自胜以替补身份反倒获得了很多上场时间。本来担心徐绽要来看他比赛而他又没有多少上场时间丢人，现在上场时间足够，于是他总是有意无意地把赛程透露给了她。

虽然比赛胜算不大，但社团的热情并没有减少，尤其女生们，矿泉水、毛巾备得齐齐的。

一天下午，自胜、徐绽所在社团都有比赛，徐绽的比赛时间早了半个小时。

经过一番争夺，凭着徐绽最后抢到的几个篮板球，她所在社团侥幸取得了胜利，欢呼过后她找到了自胜的比赛场地。

时间早的几场比赛都结束了。学生们把正在比赛的场地围了一层又一层。徐绽从人群里挤了进去，自胜看似矫健的身姿看得她心欢，好几个球差点就进了，可惜运气不好，她在心里为自胜不平，怎么老是差那么一点点，该死的篮筐！几个来回后上半场结束。

自胜社团的队友们走到场边，一群女生围了上来，送水，递毛巾，又见他们叽叽歪歪地不知说些什么。徐绽本想走过去给自胜说几句鼓劲的话，看那么多人围在一块，她就没过去，站在人群里看着他。

　　自胜仰头喝了大半瓶水，在地上坐下来。

　　这时，一个女生拿过毛巾给他擦起了脸颊上的汗，自胜顺从着、配合着，丝毫没有拒绝的意思。

　　女生动作斯斯文文，一边还有说有笑，感觉好奇怪，自己都没有给他擦过汗，他们之间是什么关系？怎么这么亲密？猛然间像是打翻了醋坛子，徐绽看得心里酸溜溜的。

　　这是她从没有过的感觉！她虽没想到要给自胜擦汗，但现在被另一个女生如此僭越，她真想上去主张权利，但剩有的理智把这点冲动压了下来。她站在原地，目不转睛地注视着自胜的一举一动。自胜一直跟那个女生说笑不停，他们关系有这么好？他把她当什么了？嫉妒混着猜疑，让原本平静的心翻腾起来。

　　看着他们离得那么近，时间分秒难挨。半场休息的时间真是漫长，下半场开始后徐绽已无心球赛。等自胜上场后，她走到他们社团成员处，站在刚给自胜擦汗的女生旁边。那个女生转过身看了她一眼，又把注意力放到了球场上。

　　徐绽站后面打量着这位女生，平心说来这个女生除了比她矮了点外其他方面都过得去，她怎么会跟自胜那么熟？他们社团不是就开了几次会吗？是不是自胜对她不专一，开始拈花惹草？起了这个念头再也不能淡然。

　　徐绽拍着女生的肩膀问道："你是哪个系的？"

　　"建工系。"

　　"你也是文学社的？"

　　"是啊，我是。"

　　"我是雨湖社的负责人，想跟你们社团一起搞次活动，你叫什么名字，能留个联系方式吗？"

"我叫万心怡。"万心怡接着说了电话号码。

"好了，到时跟你联系。"

"你们社谁球打得最好？"

"拿球的那个还不错啊。"

徐绽看过去，拿球的正是自胜。

"你看，长得还挺帅，动作也还潇洒。"

这句话徐绽真不知是该开心还是该愤怒！

万心怡带着社团成员喊起来："文学社加油，自胜加油。"声音响彻了整个球场。

像是属于自己的东西没被告知就被别人擅自越权，自胜是她的男朋友，这女生难道不知道他有女朋友吗？怎么这么不识相？怎么可以在大庭广众之下对他表示着什么！一点也没有女孩子应有的矜持，徐绽大为光火！

"要一起办活动，随时联系，我找我们社长协调。"

万心怡漫不经心地说着，侧过脸看到徐绽是一副严肃的面孔。

说错什么话了？场上的比赛你争我夺，她也没想那么多了。

比赛结束的哨声响起，自胜随着队员走了过来。徐绽立马抢着给他递上了水，自胜接过去后徐绽神气地看着万心怡。

"你怎么来了，你的比赛怎么样？"

万心怡一脸诧异，她看着徐绽，徐绽是满面春风，像是在跟她宣战，瞬间她明白了什么。

"我们当然赢了。你累了吧？"

"不累，有劲还没使完了。"

"休息会陪我吃饭去，吃完饭把球衣给我，我给你洗。"边说边拉着自胜要走。

不等自胜回答，万心怡转过身说道："自胜，今晚上我们社团聚餐。"语气平和，说完也不看徐绽，徐绽倒是急得不知如何是好。

她没理会万心怡说话拉着自胜道："走嘛，陪我吃饭去。"

自胜甩开徐绽拉着的手，"心怡，真聚餐吗？刚不是说这个周末？"

"就今天吧，周末是周末的。"说完不以为然的地瞟了眼徐绽。

自胜转过身，一脸的无奈，"你先去吃吧，我们社团聚餐，不去不好，吃完晚饭晚一点找你。"

万心怡脸上露着笑影，昂首挺胸从徐绽面前走了过去。

本来带着骄傲来宣示主权，想让万心怡知趣点，不料就这样云淡风轻地被她挫败。自胜不听她的话，反倒对万心怡显得热情，真是莫大的羞辱！

徐绽退后一步，瞪着自胜道："你要跟那女生去吃饭，早点跟我说，我站场边等你好久了！"

自胜刚要分辩，徐绽转身快步走开。快走几步后她又放慢脚步，她想看看自胜会不会追上来拉住她，但直到出了操场也没听到背后追来的脚步声。

这段时间积累的感情一下子坍塌，想不到他是这样，这样轻视她，还在别的女生面前伤她的面子。他到底是看重她还是看重万心怡？等着他吃饭，结果他却跟万心怡去吃了，真是可恶！徐绽憋着满肚子的委屈气冲地回了寝室。

太阳在西沉，晌午短暂的热度过后微有凉意。自胜穿上了万心怡递过来的外套。

几个不怎么熟的社团成员先走了。

"他们不去吃饭？"自胜问着。

万心怡轻淡一笑，"刚跟你开玩笑的，聚餐是在周末。刚那个女生过来，那是你女朋友吧，大概她见我跟你站得太近，走过来一直对我板着脸。她对我不客气，刚她叫你去吃饭，我头脑一热就开了这个玩笑，你不要生气。"

"哦。"

自胜又忙接口说道："这有什么，没事，没事。"

"你女朋友挺漂亮，看起来也很在乎你。刚比赛结束你一走过来她就给你递水，一边还看着我，她是误会了，你赶紧哄人家去吧。"

回到寝室，徐绽躺床铺上蒙着脸，想放空自己什么也不想，但自胜跟那女生说笑的情景挥之不去，像是白纸上滴了墨水，怎么也擦不掉。我全部心思在他身上，想不到他还和别的女生打得那么热闹。

他不够喜欢我，还是我不够好？

之前一直都是甜甜蜜蜜，现在怎么会是这样？徐绽眼角的睫毛润湿了。

细想着交往以来的细节，自胜一直在哄她开心，而她并没有做什么，好像一切都是天经地义，有像刚才那女生那样体贴过他吗？想到这，危机感汹涌而来。

门砰啪作响，她也懒得起来开。

"怎么不开门？"王晴回来了。

徐绽没有应声。

"今天这么早回寝室？"

徐绽还是没理。

好久她掀开被子说道："你吃饭没，一块吃饭去。"

"没跟自胜吃饭啊？怎么怏怏不乐，吵架了？"

"没，走吧，我请你吃饭。"

徐绽像有心事，王晴本已吃过饭，但她愿意陪徐绽再吃一顿。

点过菜后,她们在饭桌上谈起来。

"今天怎么愁容不展,自胜欺负你了?"

徐绽不置可否,等了一会强作平静地把今天的事情说了一遍。

王晴是有恋爱经验的,她完全能体会徐绽现在的心情。

"会不会是你想多了?我以前也有过这样的心思,见不得男朋友跟别的女生亲近,但最后发现是自己太敏感。"

"你没看见,那女生跟他多么亲密,还给他擦汗了。"

"那是你看中的人有魅力,不要空想着让自己不开心,你试试几天不理他,看他着急不着急?"

徐绽点了点头又接口说道:"不理他还不够,我还要看看他是不是真的三心二意,还想着别的女生。"

"这怎么能知道?"

"办法我已经想好了。"

"什么办法?"

徐绽嘴凑到王晴耳边轻声说着。

等她说完,王晴忍不住笑了出来,"这办法好,你可真有心情。"

徐绽自己也忍不住露出了笑脸。

第九章

　　当晚,自胜打来的电话没接,短信也没回。她背着书包去了图书馆,坐在一个不起眼的角落里。

　　下午的那一幕难以释怀,但想着将要做的事,似乎又有些滑稽,情绪一下子振奋了许多。徐绽拿出钢笔跟信纸,略作思索后埋头写了起来。

　　自胜:

　　你好!

　　大概当你看到这封信时一定会感到讶异吧?

　　在手机、电脑的时代,谁还会写信?但对于你,我却忍不住要写这么一封信,希望你不要觉得冒昧。

　　先跟你介绍一下我自己:我是大一女生。自军训起,我就注意到了你。后来在校园,多次跟你擦肩而过。一开始,你还是单身一人,或者跟你同行的也是男生。但后来,随着时间的过去,我时常看到你跟一个并不怎么出色的女生走在一块,那一刻你不知道我是多么难过。你不知道,自那以后我的天空似乎再没有晴朗过。

想打探你的消息，但无从下手。多少次我想破开脸皮跟你搭讪，但女孩子的那点羞怯心让我始终没有那个勇气，在你面前我本有的自信也荡然无存了。

在我以为只能远远地看着你，没有机会靠近你的时候，上天却给了我惊喜。上天总是眷顾有心人的。

那天，经过球场，震耳欲聋的呐喊声把我吸引了过去。一开始我并没有多大兴趣，但偶然间在人群里看到了你的飒爽英姿，那一刻你不知道我是多么激动。

于是，我的目光全落在你身上，你矫健的身姿，健美的体型深深吸引了我。你那男子汉的体格，更是让人朝思暮想。

从此，每一场比赛我都会去找你的身影，通过社团慢慢知道了你。我想，我该把握这次机会，免得今后彼此遗憾，于是就提笔给你写信了。

我自信比你同行的女生漂亮百倍，是百倍哦。如果你见了我，你一定会弃暗投明，张开怀抱接纳我的。

想知道我的庐山面目吗？星期五晚上七点，科技楼207教室等你哦。不见不散。

钦慕你的女生

写完后，徐绽从头到尾读了几遍，然后她又修改了部分措辞，尽量让文字声情并茂，具有诱惑力。一开始是带着怒气起的这个念头，但写完后自己都有点忍俊不禁。

回到寝室，徐绽把写好的信叫王晴誊写一遍，第二天一早买上信封，下课时找了个不相识的同学把信给了他。

见信到了自胜手里，徐绽心怦怦直跳，她快跑着回了教室。

"信给了？"

"给了。"

"你真是小女生，还有心思玩这个，我们这种经历过波澜的就没这个兴致了。他要是真去了，你打算怎么办？"王晴不经意地说着。

这句话是响起的惊雷，徐绽这才意识到这里面的问题所在。自胜要真去了怎么办？这时候她才发现这封信倒是把自己逼到了难处，怎么办，万一自胜去了怎么办？那可就没退路了。真是冲动！可惜开弓没有回头箭，短暂地懊悔后她又自我安慰到，也好，他要真是三心二意早点让我看穿更好。

素不相识的人拿来个信封，说是给他的，自胜接过来看信封上写着他的名字正要详问，递信的人转身就走了。

他把信封翻转着看，一阵纳闷，谁会给他写信？等上课铃响后拆开了信。

信封拆开，一股清香飘来。自胜取出信，信纸是带着浪漫的彩色，还折成了个心形，写信人显然是精心挑选准备的，这是怎样的一封信？自胜愈加不解。

小心翼翼地把信纸拆开，字体娟秀，字句疏密得当，显然是女生的字体。自胜翻到后页看落款人，只有"钦慕你的女生"六个字。这信是谁写的？真是一头雾水！他从头看了起来。

匆匆览过，原来是封示爱信。想不到他还有这个魅力，自胜有点意外，但也心头一热，身心荡漾起来。隐藏在信纸背后的会是一个怎样漂亮的女生？信上说她比徐绽漂亮百倍，想着徐绽的模样，徐绽已经够漂亮了，比她还好看百倍，那是怎么个漂亮法？自胜实在琢磨不来那到底是有多美了。

这一堂课上得心猿意马，信读了多遍，正面、反面看了无数遍，甚至想象会不会有侦探小说里的情节，把信纸浸在水里或许还有更多内容显现，想得飘飘然，希冀着找出点线索，但全是惘然。

沉浸在对写信女生的想象中，时间过得很快，下课铃响起后自胜把信夹在书里,强按着兴奋出了教室。

一路上东张西望,心里都在笑。一边打量着漂亮女生,只要哪个女生像是瞟了他一眼,他总免不了多看几眼,同时想着给他写信的是不是这位女生。这样一想,自胜的目光更肆无忌惮,好像凡是长得好看的女生都给他写了信似的。

中午打电话叫徐绽吃饭,徐绽没接电话,短暂地不快后又抛之脑后,一个人吃过饭哼着小调回了寝室。

寝室里闹哄哄的,几个MP4争雄把音量放到了最大。

自胜把书包放下,在床铺上躺了下来。

陈帅对着镜子边梳着头发边哼着小调。

"张章,把声音放小点,你放的那首歌太吵了。"

"关了,关了。"李季白应和着。

今天收到女生给他写的信,自胜洋洋得意。他像是不经意地说道:"昨天说好的星期五聚餐我不去了。"

"咋了?"陈帅立马追问。

"说好了寝室里聚一次的,怎么又不去了,是不是约了女生?"张章柔声柔气地说着。

"叫你女朋友一起来,让我们也饱饱眼福。"李季白说道。

"没,不关徐绽一点事。"自胜又戛然而止。

"那是?昨天跟我妈说了周五不回跟室友聚餐,你还能有什么事,除了徐绽?"陈帅不高兴了。

"不关徐绽的事,中午休息会吧,下午还有课。"

"真是让人扫兴。"

"到底能有什么事?来学校这么久,大家还没痛快地喝过一次。这次说好的又取消,你不说就不说吧,我们也不想听。"陈帅有点愠怒了。

"他要是有事就取消吧,我得去院团委值班,可能没时间。酒有什么好喝的,多参加学校活动发展发展人脉才是,对以后有帮助的。"李季白求之不得想取消。

再不说看来他们是不会再追问了。自胜仰着头看着天花板像是漫不经心地说道:"也没什么事,今天收到个女生的信,叫我周五晚上到科技楼去见她。我是不想去,不过她信上说比徐绽漂亮百倍,我倒是很好奇。哎,事情多,真麻烦!"

陈帅想追问,但马上察觉出自胜的得意,话到了嘴边又吞了回去。

寝室里谈话声静下来,只有MP4争鸣着。

饵抛了出去没有人上钩,石子抛在湖里却没有引起涟漪,自胜有点不痛快。他接着说道:"你们说我是去还是不去?给我拿个主意?"

"你刚不是说不去聚餐了?"张章说着。

"去吧,陷阱等着你,你去。缺了你咱们三个照样能喝,是不是,李季白?"

陷阱?像电光火石般闪了下,自胜满腔的得意一下子泄掉了大半。陈帅随意的一句话像一片阴影投下来。陷阱?自胜有点不思其解,这能有什么陷阱?

心理上不断宽慰自己,但又不能释怀。自己哪有这么大魅力引得女生写信,想来有点蹊跷。

"陈帅,你说我该不该去?昨天说好了的喝酒食言也不好。"

"我怎么知道该不该去,去吧,就算是陷阱,这陷阱也不会太深。"

这句看似支持他去的话实在只是坐实了陷阱的印象。室友的三言两语一下子把他炫耀的气焰浇灭。平心想来,的确有点不平常。这信会是谁写的?他忙掏出信,"陈帅,你给我看看这信,看去还是不去。"

"我没这心情给你看,自己想去就去,怕什么。"陈帅扳俏了。

"给我看一下。"自胜把信递到了他面前。

陈帅勉强接了过来,草草看过。

"字还是不错,你到底想去还是不想去?"

"去嘛,多一个选择也好。女人嘛,也要货比三家的。"李季白说着。

"不会吧,李季白,你这么正经的人也会说这样的话。要不要我给你多介绍几个锅庄舞社团的女生,上次那两个发展得怎么样了?"

李季白红着脸说道:"那两个我都看不上。谁要你介绍,等我大二或者大三当了学生会主席后学妹随便追,你们没看到那些贪腐官员哪个不是有很多情妇,有权力去追容易多了。我可不想花心思去讨好她们,得让她们来取悦我!"

"有志气,好好奋斗。"陈帅轻笑着说道。

"陈帅,你刚看了信,给我点参考。"

为挫败自胜的得意,陈帅随口说道:"这封信就是骗子写的,你看那字里行间多轻佻,什么'你健美的体格'。"

"骗子,那不至于,我有什么骗的?"

"就骗你。这信什么时候收到的?"

"上午上课时。"

为极力证明这信不是其他女生写的,陈帅信口说道:"徐绽最近跟你闹矛盾没有?"

"昨天发了点脾气。"

"我看这封信就是徐绽写来试探你的,女生这点伎俩,你不知道?"

陈帅随意地推论一下让自胜目瞪口呆,难道自己真是被这信冲昏了头脑?徐绽平常古怪精灵,对这封信他拿着虽然开心，但心里也早有疑虑，只是不愿揭开而已，他多么愿意相信是自己有魅力，能让女生主动给他写信。为了在室友面前显派头，他尽量不往那方面想，现在被陈帅随口点中，更加坐实了他的不安，自胜倒吸一口凉气。这个徐绽鬼点子这么多！不过还是被他识破了，失望中又带着几分喜悦。

但为了保住颜面，他驳斥道："怎么可能，徐绽的字我还不认识。"

"管你信不信，反正喝酒多你一个不多，少你一个不少。"

信纸背后的女生是徐绽？想象中其他女生带来的虚荣，徐绽的鬼点子有点防不胜防，真是惊险，但想来又有点趣味。真的会是徐绽写的？自胜再不敢掉以轻心了。

怎么办？直接问徐绽信是不是她写的，这样有点冒昧，而且也显得不懂情调。略作思索后，自胜决定先把这戏演下去，这是他表现的好机会。

在王晴的提醒下，纵有不乐，徐绽偶尔还是会接听自胜的电话。在周五之前，她要尽可能地不让自胜有所疑虑。

自胜了，他也乐得装作若无其事，反正一切都在他的运筹帷幄中。

几天来毫不露声色，徐绽倒是开始慌张。周五会发生什么事？他会不会瞒着不告诉她收到的信？自己出的主意现在压力全在自己身上！他要是在意她，怎么会不把收到的信告诉她？

一边告诫自己不要朝这方面想，但思维总是忍不住地翻来覆去，心里一阵阵难受。

周四吃晚饭后，自胜还没有跟她说收到信的事，徐绽有点黯然。她幽幽地说道："你最近怎么样？"

自胜看着她的神情，爽朗地说道："什么都好啊。"

"你是不是有事瞒着我，过了今天，我们还会这样面对面坐着吃饭吗？"

徐绽动了感情，自胜有点不舍，好在今天是周四了。

"你最近有没有收到什么？"

"没收到什么。"自胜还是表现得若无其事。

"哦。"徐绽神色落寞地看了他一眼，低头拨弄着饭菜。

"我不想吃了，先回寝室。"说完起身了。

"不去散散步？"

"算了吧。"徐绽快步出了食堂。

徐绽的神态跟情绪让自胜更加肯定信是她写的了。

几天来她都在试探着问收到什么没有，而他半个字都不跟她透露，是不是太残忍？这几天她明显的情绪低落。

自胜收到了信竟然提都不跟她提，刚开始还觉得正好考验他，但现在她倒慌了。进也不是，退也不是，真是煎熬。明天会怎么样，他要真去了科技楼207,他们的关系该如何处理？

这天夜里，徐绽很晚很晚很晚才睡着。

星期五一大早，自胜提着早饭到了徐绽寝室楼下。等徐绽下楼，他脸已经冻得通红。

见他在寒风中候着自己，徐绽有点心痛。一想到他现在还不说收到的信，又免不了的伤心。徐绽勉强挤出了个笑脸。

"你先吃早饭，吃完了我告诉你一件事。"

告诉我一件事？徐绽一愣，会不会是说那封信？

"什么事，你直接说？"她急不可耐。

"你先吃了早饭再说。"

徐绽一口一个包子马上吃完了。

"吃完了，可以说了。"她哽着喉咙说着。

"说了你不要生气。"

"你说，我不生气，大清早的。"

自胜拉开书包，拿出封信举到徐绽眼前晃着。

悬着的心终于可以安稳了。为此忐忑了好几天,今天他终于跟我坦白,他终究是喜欢我、在意我的。疑惑消散,徐绽心里笑开了花。

"这什么?是信吗?"

"我不知道,前几天别人给我的。"

"谁写给你的?"

"你自己打开看。"

徐绽佯装看了信,脸色一下严肃起来。

"想不到你这么有魅力,还有人给你写求爱信!"

"我有什么魅力,不过说实话,这封信文笔还过关。"

"什么叫还过关!"

听着心喜,但要表现得生气,这为难了徐绽。她装作随意地说道:"真的写得还过关吗?"

"真的不错。"

"那你今晚去见这女生去吧。"徐绽脸色马上晴转阴。

到了自胜表演的时刻,他说道:"要去今晚咱们一起去。"

"女生单独约你我去干吗,我字没人家写得好,文笔也不如人家,她还比我漂亮百倍,见了她我会自卑的。"

"哪里,你最好看,哪方面都是你最好。"

"信你留着吧,这是你今晚跟人会面的情物。"

心里的包袱放下了,但还不是表现心喜的时候,徐绽一本正经地说道:"信早收到了吧,怎么现在才告诉我?"

不等自胜接话,她又换上责备的口气接口说道:"是不是收到信的这几天在做思想斗争,做选择?真是三心二意,差点就见异思迁了吧。你去找那女生吧,反正你喜欢美女,她又比我漂亮百倍。"

说完快步往教学楼走去。自胜赶忙追上去说了一堆自责的话，徐绽表现出勉为其难地宽恕了他。

表面上产生了隔阂，但在内心各自都让对方的满意了，心贴近了许多。

当天下午，自胜叫徐绽陪他去科技楼见写信的女生，徐绽还佯装吃醋发了脾气。

傍晚七点，太阳已经沉落，但是西北的天空还是留在白昼的余韵中。蓝天白云渐渐隐去，天空慢慢变得灰暗。

这个时候，白天阳光带来的热量已经散去，温度一下子从暖秋到了寒冬。西北风怒吼着把白杨树干刮得哗哗作响，户外的行人行色匆匆。

"冷死了。你干吗要告诉我，要不这会一个人偷偷约会多好，我也不用跟你吹冷风。"徐绽缩着脖子搓着手倒着走，自胜正对着她，见她夸张的表情意蕴无穷。

一阵风袭来，卷起了漫天的灰土，自胜拉着徐绽躲到了墙角下。

避风的墙角，四目相对，隔着一步的距离，两人心都怦怦直跳。

徐绽温情地看着自胜说道："你要干吗？快去教室，不然女生会等得着急。"

"我不想去教室了。"

"不去教室，叫别人等着也不好吧，走吧，去教室，我在外面等你，你进去看看那女生长得怎样，要是真比我漂亮百倍，你也多个选择。不是多个选择，你就跟她好吧。"

"说什么了，你一个我都吃不消。"

"哦，原来你是想两个都要。"

"不是这意思，不是这意思，你怎么这么说，我……我就没那么想。"

自胜急迫地想解释，但又不知说什么好，徐绽看着他挺可爱。

"真的是这样啊？真的不去教室见那女生？"

"嗯，真的不去。"

"多么好的机会，这样白白浪费，不值得吧。"

"值得，为了你，值得放弃整个花丛。"

"真的？"

"真的。"

"没有说谎？"

"没有说谎。"

"你这个白痴，真傻。哈哈，你真不用去教室，那个写信的女生就在你面前。"

"什么？就在我面前？"自胜表现得一脸惊讶，表情滴水不漏。同时心里想着真险，还好陈帅提醒了！

"是的，就在你面前。信是我写的。"徐绽已是得意的表情。

"你写的？"

"嗯，怎么样，上我的当了吧，哈哈哈，白痴。"

自胜完全进入了角色，"上你的当，我早就知道是你写的，所以才告诉你，不然……"

这句话在徐绽听来是狡辩，对自胜差不多是完完全全的大实话。

"你还嘴硬，在意我不好吗？你通过考验了。"

"我早就知道信是你写的。"

"还不服输，输给我又不丢面子。"

自胜想起陈帅电光火石般的"陷阱"二字，嘿嘿笑了出来。

"好冷。"徐绽跺起了脚。

"你抱抱我，冷死了。"

自胜把徐绽揽入怀中,她的气息扑鼻而来,心里一阵骚动,自胜陶醉了。

"以后我再也不试探你了,这次是我不好。你不知道我多么担心你不喜欢我了,信写好后又害怕你不把收到信的事告诉我,这几天课都没听好。"徐绽双手贴着自胜的肩膀,看着他说着。

"那天打球,给你擦汗的女生是叫万心怡吧,你怎么跟她那么亲密?我看得很不开心!"

"她给每个队友都擦汗的,又不单单是我,只是那天你凑巧看到的是我。"

"那天叫你吃饭你还不跟我去,跟她去了!"徐绽想起来就有气!

"那是公事啊,你理解下,不要生气,后来也没去。"

"你们联系多吗?"

"不多,没怎么联系过。"

徐绽也知道自己有点强词夺理,就没再说了。

风呼啸而过,自胜猛然间把徐绽搂得紧紧的。

徐绽略微挣扎了几下后顺从了。

他们就这样依偎着传递着情愫,不言不语却有无穷的滋味。外面天寒地冻,他们的世界却是暖意洋洋。

不知依偎了多久,自胜松开搂着的徐绽,双手搭到了她肩上。这个动作让两人隔着点距离正好四目相对。

"爱你。"自胜轻捏着徐绽的肩膀。

"没称呼。"徐绽脸色含着红润。

"徐绽,爱你。"自胜喘着粗气急不可耐地说道。

"没主语。"自胜的窘态,徐绽憋着闷笑着。

"徐绽,我爱你。"

"哈哈哈,好啊。"

"亲亲你。"
"亲了我以后就只能亲我哦。"
"嗯。你猜用我们那的话怎么说亲你?"
"怎么说?"
"跟你打啵。"
"那就是跟我打啵后,就只能跟我一个人打啵咯。"
哈哈哈,两人同时大笑出来。
夜色宁静,这躲避了西北风的角落里,是两个年轻人火热的青春。还有比这甜蜜温馨的时刻吗?

第 十 章

　　时光匆匆，日升日落，阴晴雨雪，一年半过去了。

　　一年中，大学生活的滋味都已尝遍，学生会、社团、大学的课堂、考试，原来的想象基本都已颠覆。尤其课堂跟考试，上课大多数课堂以点名来保证出勤，考前又怕不及格的人太多造成教学事故而划所谓的重点。大学考试成绩要好，先保证出勤，在考前一周照着重点背一背就可以。多数考高分的表示比较顺从，不缺课，然而课外知识又狭窄罢了。分数的含金量虽不高，但高分能评奖学金。为得奖学金，不只是考试分数得高，有远见的学生总处心积虑地去参加各种能加分的组织跟活动。人跟人的区别也许在于有的人为了目的可以做自己不喜欢的事，而有的人做事完全是兴之所至。

　　一年半里，李季白在世俗眼中算成功的。他在院学生会当了部长，学院有什么活动基本上都少不了他，有了部长这个头衔，他还真换了好几个学妹了。每个学期开学他都会给团委老师带点特产，由此他如愿以偿地得到了优秀学生会干部、优秀团员等诸多荣誉称号，靠这些项目在期末评测中加分，随之而来就是一等奖学金,真是真金白银!他还参加了老师的课题研究组,不为研究问题,而是志在跟混得好的老师攀交情,每天忙忙碌碌,早出晚归。据最新消息,这个学期团委老师有意擢升他为院学生会副主席,真是官运亨通。照他的说法,今后女朋友更加可以随便换了。

张章比较守规矩,从不逃课,作业按时完成,与女生关系处得很好,但没一个发展成女朋友,生活属于不温不火,有点平静。

陈帅在校学生会已是副部长,左右逢源。他不怎么上课,大把的时间花在兼职跟生意上。他在学校里卖过手套、袜子、化妆品,正谋划着在学校开个什么店好。因为大一时在布告栏出了名,他也没谈女朋友。

自胜跟徐绽恋爱后,徐绽成了他生活的中心,跟室友在一起的时间少了。这一年多的时间里,他钱包里的照片由小青换成了徐绽,跟徐绽的感情由最初的激情转成了现在的温情。寝室里大家各有各的事,基本上每天晚上都是十点之后才回。

又是三月,开学了。白杨树上的树叶还没冒出嫩芽,校园的草地也是一片枯黄。为早点见到徐绽,自胜早早来到了学校,他在火车站接上了她。

虽才一个多月不见,但对他们来说,这一个多月却实实在在地感受到了什么叫如隔三秋。每天日思夜想,只恨地球自转不能转快一点好缩短每天的时间。

对自胜来说,他假期通过各种渠道了解了许多新疆的风土人情,历史渊源,把对徐绽的想念寄托在新疆的点滴之上,想象中什么时候徐绽能带他去她的家乡看看。他甚至还想见到徐绽家人该说什么话,随之而来的是莫名地激动跟紧张。如果真见到她父母,说什么了?

当徐绽从出站口走出来,她每一个细微的表情都落在他眼里,她像朵蓓蕾,让人忍不住地怜爱跟喜欢。心里漾起欢乐的海洋,得到了徐绽似乎就拥有了整个天地。

在家里过了一个年,徐绽明显得比放假前胖了。

自胜从她手里拉过行李箱,目光热切地看着她。徐绽本已习惯了这种侵略的目光,但大庭广众之下,脸蛋还是微微涨红了。

"看什么看,你这个白痴,等多久了?"

"刚到。"

"我该把时间说早一点,让你在这多站几个小时,哈哈哈。"徐绽一脸的坏笑。

"给你带的,和田玉。"

自胜接过来细看了一番,揣到了怀里。

"好好保存哦,我不在你身边你又想我的时候就看看这块玉吧,这块玉我戴好几年了。"

上公交车后,两人并排坐着。街上喧嚣,他们没说什么话,只是紧紧拉着手。

大一到大二,除了教材换了,生活的一切都在原本的模子里,毫无新意,但也安然地过着。

一起吃饭,一起上课,一起徜徉在黄昏的校园。斗嘴、奚落、追逐,世界上没有比他们更快乐的情侣。

每天都生活在喜剧中,阳光都似乎额外明媚,一草一木都让人心情畅快。

很快,五一将近,同学们开始筹备出游。

一天,吃过晚饭,自胜一如既往兴致勃勃,但徐绽明显情绪不振。自胜逗了她好几次,她都是沉着脸,没有往日的生气。

他们绕着校园走啊走,夜幕不久降临了,自胜拉着徐绽在操场上的长椅上坐了下来。

西北的夜空呈淡墨色高挂着。弯月、星星点缀着夜空，遥望着人间的景象。

"看你今天怏怏不乐？"自胜捏着徐绽手指头。

徐绽反捏着自胜的手，沉默一会后，抬头说道："学费没交清，老师催着，说再不交给家里打电话。"声音轻得像是灰尘落到了地面。

这个情形跟生动活泼的徐绽相去甚远，这不是平常嬉笑、逗乐的徐绽，自胜有些不习惯。

他略做斟酌说道："怎么没交？"

"去年我哥结婚，爸妈把婚事办出了排场，超出了计划的开支，于是上个学期开学时拿不出那么多钱，只给了一半，说另外的再想办法。这次来学校我也没开口要，现在辅导员开始催了。"

"你们系还催学费，我们系都没听说过这个事。"

"每个系不一样吧。"

"那你打算怎么办？"

"跟辅导员说好话呗，反正只要不打电话到家里就好，父母负担不轻，我弟还上高中。只要不打电话到家里，课余时间可以找几份兼职做，生活费再省一点，估计我自己也能交上了。"

平常嬉皮笑脸的徐绽说出这番话，自胜心里有点不是滋味。

上个学期开学廖辅导员没催交学费，他也就没交，现在钱还在卡里。自胜想也没想说道："你们专业学费多少？"

"六千。"

"那还有三千没交。"

徐绽点了点头。

"我卡里有钱，周一取上你去交了。"

徐绽一脸惊诧,"你哪有这么多钱?"

"这你不用管。"

"你家里生活费一次给你了?"

"不是,这是瞒着你的私房钱。"

徐绽嘴角露出了笑影,但马上消失了,一股暖流在心里流淌开来。自胜主动说帮她交学费让她感动,但又觉得哪里不合适。

"不行,我是你什么人,拿你的钱。咱们关系还没到那一步,我不能拿的。"

"还分你我,你是我心爱的。"自胜说着搂住了徐绽的肩头。

夜色变得浓重,虫鸣声此起彼伏,初春的夜晚是男女幽会的好时光。

"你们院刷卡还是交现金?"

"能刷卡。"

自胜拿出银行卡,"给,周一你自己交去,密码是你的生日。"

徐绽把自胜伸过来的手推开了。

"我不能用你的钱,我们只是谈恋爱,你又没有收入,绝不能拿你的钱交学费。"

热情被泼了瓢冷水!

徐绽接着说道:"你不要操心,我自己想办法,还有一段时间的。"

徐绽把他们的关系划得这么清楚,自胜有点受挫,他情绪一下子低落下来。

这点变化没有逃过徐绽的眼睛。

"你不要多想,我没别的意思。将来你娶了我,我不但花你的钱,你赚的钱还得交我保管。现在我们只是恋爱,又都没收入，我不想掺进金钱的因素。"

听起来是有道理，冷冰冰的道理把他推得远远的。两人不搭言语，沉默了好久。

"这样，你还是先把学费交了，算我借给你的。"

"不了，不必。我跟辅导员讲些好话，会宽容一段时间的。"

头一次没把话说到一块，原来他们之间还隔阂着什么。这话题不能再谈下去。

"五一想去哪玩？"

"你想去哪玩？"

"只要跟你在一起，去哪都好。"

"那我们就去青海湖吧。"

"五一去青海湖，会不会有点早？去青海湖最好的季节是六七月吧？不过要是五一有兼职的话我想去做下兼职。"

自胜只听到了前半句，"六七月要有时间再去就是。"

"嗯。其实我很想去桂林看看，不过现在没钱，这两年多做些兼职攒钱，等毕业的时候我们一起去桂林玩玩。"

"好啊，桂林山水甲天下，阳朔山水甲桂林，到时候我们一定去。这个五一去青海湖，我们先把景点什么的熟悉熟悉，不要到了那里什么都不知道。"

徐绽含笑赞赏了自胜的主意。听说青海湖湖水湛蓝，辽阔无边，她在头脑里开始憧憬着相偕漫步湖边的场景。

夜色慢慢变得浓重，校园的人声开始稀朗，时候不早了。自胜恋恋不舍地把徐绽送回了寝室。

第二天课间休息时间，自胜到财务处报上徐绽姓名、学号给她交了学费。当出纳员把收据递给他时，似乎从来没有什么事比这个时刻带给他更大的成就感。能够给徐绽解忧，让她不再为学费操心，总算能够为她做点事了。不过不能告诉她，告诉她她会生气的，说不定又要分得清清楚楚把钱还给他。

　　五一在即，自胜找中午休息时间去市里报了旅行团，接下来的日子上课开始心神不宁，时时刻刻盼望着假期的到来，他跟徐绽要同游青海湖了！

　　徐绽这边了，为学费的事总是惴惴不安，不过辅导员好久没找她提学费的事，大概是辅导员忘了吧。于是她把学费这个事放到了身后，开始每天对着课表倒数着离放假的天数，期盼着同一件事情也是一种甜蜜。

　　五一假期是商家做促销活动最密集的时候，临近五一时校园布告栏各种招募兼职的广告贴得满满的，吸引不少学生驻足。有的学生为减少竞争者，往往自己记下电话后就把广告扯下来扔垃圾桶，结果去应聘的学生寥寥无几，这当然增加了他的成功率。在布告栏前驻足的学生，当然也少不了徐绽。兼职多是鸡肋，钱并不多，如果有出游活动根本划不来，不过如果没事假期只能窝在学校倒也能做做。一开始徐绽看到的兼职就是给她这个印象，这使她对出游的期盼更加强烈。但是，五一前一周情况却发生了变化。

　　那天跟自胜一块晚自习后刚进寝室门，王晴满脸笑容跟她说有件好事告诉她，徐绽把书包一放，没把王晴的话当一回事。

　　"我跟你说有个大好事等着你去做，就看你去不去。"

　　"什么大好事？"

　　"当然是赚钱的大好事啊。"

　　"钱哪有那么好赚的。"

　　"我叔叔的朋友开了家婚纱店，现在正找模特儿，就是那种化好妆穿着婚纱站那里装点门面的那种。你条件不错，你要愿意，肯定可以的。这工作虽然有点无聊，但收入还可以，不少于三百块钱一天，还包中午饭。"

三百块钱一天，这钱比其他兼职多多了。

"就这个五一七天吗？"

"五一是五天，不过那婚纱店经常周末要人的，如果对你满意的话，说不定今后每个周末都可以去。"

三百块钱一天，要真是这样，每周就能有六百块钱收入，这样学费很快就能交上。

"我这条件能行？我从来没有浓妆艳抹过，何况还得穿婚纱跟高跟鞋，我不习惯的。"

"你条件肯定过关了，咱们学校比得过你的没几个。这样，你要真觉得可以，我就介绍你过去。其实我也想去，可我身高差了点。"

"婚纱、高跟鞋，总觉得哪里不对劲。"

"一两天就习惯了。"

于是，找着课余的时间，王晴带着徐绽到了她口中所说的婚纱店。

当浓妆画在脸上，镜子中的徐绽像是换成了另外一副面孔，这还是她吗？艺术照拍得都不像自己，这美体现在哪里？徐绽突然想起在梁实秋书里看到的"化妆是上帝给了你一张脸，自己再画一张脸"，真是身临其境。婚纱、高跟鞋穿上后，这是以前根本没有过的经验，极不自然。化妆化得都不像自己，蓬松曳地的婚纱穿着一点都不舒服。这西式礼仪，总觉得怪里怪气。

"很好，很好，很少见到外形这么好，同时还有文化气质的模特。你不要这么羞涩，轻松一点，再挂上笑脸就完美了。"老板边打量着她边说道。

徐绽勉强挤出了个笑脸。

"我就说你不错吧。"王晴对徐绽的这番新形象赞赏不已。

"来，到大厅来走走，试试感觉。"老板吩咐着。

徐绽别扭得走了个来回，高跟鞋走得一点都不平稳。

"很好，很有感觉嘛。是这样，大多数时候你就坐在玻璃窗边上的椅子上，但表情要端庄，以前有的模特能做到让顾客分不清是塑像还是真人，好多人围着看了，你要能做到是最好不过。忙不过来的时候得站门口帮着招徕顾客。这个五一我们店会到中心广场做活动，到时候你就站我们店面前就好，工作很简单的。"

"工资一天多少，我叔叔说你这最少三百。"

老板眯眼上下打量着徐绽，看得她极不舒服。

"工资是看个人条件开的，这女生是叫徐绽吧，条件不错，又是你叔叔介绍过来的，一天最少四百，另外看每天营业额提成。"

王晴对着徐绽眨着眼，表示自己没有骗她。

就这样谈拢下来，五一做五天婚纱模特，目前算起来收入至少有两千，学费只差一千块了。如果做得好，每个周末还能去的话，那学费很快就可以交上。高跟鞋、婚纱虽然穿着别扭，但照王晴说的，多穿几天就习惯了，想想也是这么回事。终于可以自己挣学费，说不定从此可以自食其力，再也不用问家里要钱。想着父母这些年来操劳的身影，徐绽甚至想着就以这个为起点，赚钱孝敬父母，让父母早点穿得好一点，吃得好一点，再也不必那么辛劳。当天晚上，当她兴奋地把这个消息告诉自胜并说五一不陪他去青海湖后，自胜大为不悦。

"早就跟你说好了的，团也早报了，你现在说不去！"

"你别不高兴嘛，你要一个人不想去，就去退了。"

"不能退的，报团的时候就明说了。"

"那怎么办？要不转给别人？"

"怎么转啊，想去青海湖的早报团了，谁会等到现在。"

自胜满口的怨气。

"你要实在一个人不想去那就别去,等我赚了钱,明年我请你去。老叫你掏钱,我都不好意思。这可是我上学以来碰到的最好的兼职机会,你就体谅体谅。赚了钱,让我包养你不是挺好,哈哈哈。"

自胜被她逗得勉强笑了出来,这徐绽还真拿她没办法。气氛有点暧昧,自胜搂着徐绽的肩让她靠到身上来。

"这次兼职是几天?"

"五天。"

"高跟鞋、婚纱,这些累赘穿着不累吗?"

"我还没穿这个站一整天过,大概不会轻松。"

"那就别去了,还是咱们去青海湖玩好。"

"五天可以赚两千块,学费很快就能交上。说不定还能长期做下去,学费、生活费都不用问家里要了。"

"学费,学费早就……"自胜止住了话头。

不知为什么,他不想在徐绽面前说给她把学费交了,他不想让徐绽感到受了他恩惠似的。现在徐绽有这么好的一个兼职机会,虽然他更希望能一起去青海湖,但平心来说,让徐绽错失这个机会有点过分。

"那你就去做你的兼职,我就独自过我的无聊假期啦。"

"等我忙完了一定抽时间多陪你。"徐绽靠得自胜更紧了。

"你实在不能去,这团也退不了,我还是去青海湖转转,总不能让这钱打了水漂。"

"嗯。你今年去了,熟悉了路线,今后有空好带我去。不过你可以叫个室友一起去啊。"

"他们各自早安排好了。"

"哦,不好意思,你只能一个人去了。"

他们就这样商定了假期的安排。

第十一章

五一倏忽而至。大二的学生，离毕业还远，他们还有大把的时间体会大学的自由与轻松。

一大早，自胜、徐绽一起吃过早饭后，徐绽出了校门坐车赶往市里的婚纱店，自胜则在学校广场等着旅行大巴。如果把时间的误差扩大到半个小时，旅行大巴还算是准时的。报团时说好的八点出发，但大巴车到学校已是八点半。不过从等候的学生们的表情来看，大家不但没有恼怒反而都还挺高兴，没等到九点已是庆幸，有时候降低期望倒能带来更多快乐！自胜在人群中挤上了大巴车。

大巴车开离市区，在城乡接合部一阵颠簸后拐上了高速公路。城市的繁华抛到了后面，窗外远处高山下的平地间或有着劳作的身影。车快速向前，窗外一直都是连绵的远山。

刚上车时都议论纷纷，兴致勃勃，这个时候大多安静下来了。自胜一个人也无趣，看尽了窗外一成不变的景色，他倚着靠背闭目微酣。这趟旅行少了徐绽大打折扣！

不知过去了多久，车里广播伴着乐声响起来了。

"各位旅客,前面是倒淌河。倒淌河东起日月山,西止青海湖,一脉清凌凌的水,静静地、悄悄地、温柔地流淌着。一路蜿蜒四十多公里,不见滔滔,不闻哗哗,像雨中的一束彩虹,像夜空中流动的星河,清冽淡泊,透明晶莹,一条从东往西的河流……"

不等播送完,车停了下来。

导游举着喇叭大声喊道:"这里是倒淌河,有三十分钟。你们看好表,三十分钟后没上车的话车就开走了,你们自己负责。"

另一个声音接着说道:"大家千万不要走得太远,就在这附近看看吧。"

这个声音有点熟悉,自胜起身一看,原来是成谣,她什么时候当导游了?

下车来,成谣正好离车门不远,自胜打了个招呼。

"巧啊,你跟徐绽出来旅游了?"

"没,我一个人。"

"哦,怎么是一个人?"

"她有事没来。"

"一个人可不好玩。"成谣边说边像还在思考着什么。

"你什么时候开始做的导游?"

"上个学期考了导游证,放假来当帮手赚赚外快。"

自胜表示钦佩。

"你去看倒淌河吧,不要急,我给你占位子,半小时回来就好。"

众人都结伴往倒淌河走去,自胜这个时候才知道原来一个人出来旅行还让人不自在。

倒淌河映入眼帘,河水像从群山中闯荡而出,顺着河床急速地奔流而去。自胜随着游客们走到河边,俯身试探着河水,水冰凉冰凉的。其他人站河边都是有说有笑,自胜一个人了然无趣,踟蹰了几分钟就往回走了。

"怎么没多玩会?时间还早着。"成谣站车门口说着。

"没意思,本来跟徐绽约好一起来的,结果她临时有事。"

成谣略作思索说道:"前几天好像听她说有同学可能要过来玩?"

"没有吧,她都没跟我说起。"

"我也不清楚,听别人说的。她没跟你说吗?奇怪了。"

"如果她同学来看她,她肯定会跟我说的,她是做兼职去了。"

"原来是这样,那是我听错了。这几周熄灯后,常听到她在走廊打电话打得很晚,你们谈了两年感情还这么甜蜜,真让人羡慕。哦,你上车坐吧,时间也不长了。"

自胜当作没有听见成谣的话,上去坐了个靠窗的位子。只是他也纳闷,上个学期以来熄灯后很少跟徐绽打电话,成谣口中的徐绽是跟谁聊电话那么晚?

窗外的景色几乎一成不变,人烟荒芜,地面上有了稀疏的浅绿。在日月山短暂地逗留后下午一点到了青海湖。

走下车,天地瞬间变得广阔,天空额外的高远,雪白的云朵在蓝天下悠悠地飘着。远望去,湖水湛蓝,一直延升到看不尽的天边。无尽的美意给人无限的遐思,自胜仰望着蓝天,琢磨着要是徐绽来了该多好。他一个人没有多大兴致,到湖边走了段距离后就坐草地上休息了。一个多小时候后大家又上了大巴车,开往这趟旅行的最后一站金银滩。早上早早起来,大部分的时间又在坐车,这时大多数人都已有了倦意,最后一站也没抱太多期望。意兴阑珊,晚上八点多回到了学校。

下车后拨徐绽电话,好半天电话才接通。一天没见她,怪想的。

"你在干吗?"

"躺着了。"

"几点回来的?"

"快七点吧,下午人少了就回了。青海湖好玩吗?"

"一个人有什么玩的。今天累不累,是不是站了一天?"

"嗯。穿高跟鞋站一天,累死了。我都不会卸妆,还好有王晴帮我。"

"我想见你。"

"这会吗?"

"嗯。"

"不啦,太累了。"

"我到你寝室楼下等你,就在附近坐会。"

"改天吧,听话,我真的连下楼的力气也没了。"

徐绽这样冷淡,自胜一阵失落。

"那好吧,你早点休息。"

本来还想着怎样跟徐绽讲今天见到的风光,为此下车前还好好想了一遍。他也想当面问问徐绽兼职怎么样,辛苦不辛苦,可是徐绽冷淡地回应了他,看来她真是累了。挂断电话,怅然地回了寝室。

第二天接近十点才起床,室友全出游了,寝室里空荡荡的。期待中盼来的假期过了一天就索然寡味,都怪徐绽临时更改了计划,她要是早点说的话自己现在跟同学们在外面玩了,接下来这六天只能在校园里耗着了。

下午发短信给徐绽问她几点回,等她吃晚饭,短信发过去后一个小时才回:你吃吧,今天回来得晚。自胜怏怏地独自吃了晚饭。

就这样一连三天,电话打过去接不上,短信总要隔很久才有回复,跟以前比起来似乎还越来越短,她工作这么忙,自胜突然有这样的想法:毕业后一定要让徐绽过阔太太的悠闲日子,不要让她为了赚钱而疏远他。想到这,生活又多了一份努力的动力。

三号晚上,自胜等到九点多才等到她,徐绽一脸的倦容看得他心痛。

"搞这么晚,累了吧?"

"嗯,今天加班了。"

本来想跟她多处一会,但徐绽劳累了一天,两人就一路说着到了她寝室楼下。

自胜拉着徐绽的手,"看这兼职把你累的,今后我一定要多赚钱,再也不要让你因为要去赚钱而没有时间跟我在一起。"

"嗯,好啊,我等着。"语气中带着喜悦,但没有以往的生机。

"好了,你回寝室早点休息。"

自胜目送着徐绽进了寝室大门。

回到寝室,室友刚旅游回来,都在床铺上躺着。一人无趣,洗漱好后打开了电脑。

登上QQ,匆匆浏览了弹出来的新闻窗口后点开了空间。心情,日志,照片,同学们假期的状态一览无余,可是徐绽一连三天都没有更新了。自胜找到她的图像,点进了她的空间。

空间还是十多天前的样子。点到留言栏,十多天没来看,新留言多了好几页,这足证徐绽人缘之好。自胜逐条看着,等翻到第三页,同一个人连续多天给她留着言。自胜看下来,留言多是些名人写的情诗。这个人是谁?他突然起了嫉妒,是谁这么肆无忌惮地发这些情诗?逐条细看起来,心里的醋坛子早打翻了。

这些情诗文字优美，又意味深长，唯一给自胜安慰的是相比其他留言，徐绽并没有回复。接着往下看下去，刚刚的安慰立马粉碎了。

四月二十八号有一条留言：我临时决定来看你，一号到。留言下徐绽回复着一个笑脸，妒火瞬间熊熊燃烧起来。

给她留言的人是谁？他们又是什么关系？竟然在空间这样毫无顾忌地表达着什么！这个人难道不知道他自胜的存在吗？难道徐绽一直都没跟她以前的熟人说起过自己？自胜点开了留言这个人的空间。

网页打开，熟悉的音乐旋律响起，这是徐绽喜欢的歌。自胜迫不及待地点到留言板翻看起来。

留言总共有七八十条，近段时间都没有徐绽的留言。但再看下去，上大学前徐绽在留言中有过几次互动，看来这个人比他还先认识她。

点开相册，为数不多的几张照片有张高中毕业照，照片上标示的校名跟徐绽是同一所高中，但是高了两级。这个人是她高中学长？

接下来日志、个人档、音乐，只要能够看到的信息自胜通通看了一遍。综合看来，这个人对徐绽似乎早有意，而且条件也不差，自胜第一次有了危机感！不过琢磨下来，徐绽现在不是跟自己在一起吗，以胜利者的姿态一想，心情马上平伏多了。

到熄灯的时候了，他关了电脑，拿着手机上了床铺。

手机看着新闻，又想着徐绽，忽然发现大一后很久没有在晚上打她电话，此刻真想听听她的声音。不过明天她要去做兼职，应该睡了吧，现在打过去会不会吵醒她？犹豫再三，自胜还是忍不住地拨了徐绽的号码。

满心的期待又略含着歉意，徐绽要是睡着了被吵醒该说几句什么样的玩笑话逗逗她？

还没琢磨过来，听筒里传来"您拨打的电话正在通话中"。

是不是打错了，现在几点了还在通话中，谁会这么晚给她打电话？自胜核对着号码，没拨错，是徐绽的号码，那怎么会在通话中了？他再一次拨了过去。

传来的声音依旧是"您拨打的电话正在通话中"。

奇怪，都这么晚了，她跟谁有这么多话说？她不是说今天累了吗？明天还去不去做兼职？一连串的问题涌来，等会再打过去吧。

自胜挂了电话，对着时间看起了新闻，好不容易五分钟过去了。现在那电话应该挂了吧？

号码拨过去，再次传来的声音打碎了满心的期待，她到底是跟谁有这么多话说？怎么我想跟她多待一会她就说累，要回去早点休息，她不会是要早点回去接电话吧！自胜猛然想起那天去青海湖成谣说的话"这些天她在走廊打电话打得好晚，真羡慕你们感情好"，疑虑夹杂着妒火让这个夜晚丝毫没有了睡意。

看这电话到底能打到什么时候！

自胜看着时间，每隔一分钟打过去。也不知道到底拨了多少次，在他都习惯了提示音是在通话中后突然变成了"您拨打的电话已关机"！就在这一分钟不到的间隙里，徐绽关了电话。她这个电话总算打完了！等了这么久就想问问她跟谁有这么多聊的，今晚是得不到答案了！

本以为徐绽跟自己无话不说，想不到她还隐藏着什么。自胜躺在床铺上，疑心大起。但理智又告诫他不要想得太多，只是打个电话而已，应该相信徐绽。思考来，思考去，不能因为她跟别人打个电话就这样揪心吧？是不是自己没对她用心，疏忽她了,有些话她只好找别的人说?疑虑跟反省织成一个结,怎么也解不开。

第二天醒来,已快中午。

吃过中饭,鉴于昨晚的自省,自胜琢磨着怎样给徐绽一点惊喜。有了,为表示对她的重视,今天下午去市里接她吧。

自胜跟王晴打问了徐绽兼职的地点,挂电话时还特别叮嘱王晴不要告诉徐绽。

几天来跟她在一块的时间才几十分钟,今天等她下班后可以一块吃饭,吃完饭还有时间的话,如果她不累还能陪她逛逛,这样想的时候,所有的疑虑都抛之脑后了。

公交车在中心广场停下来。下车后往广场走,隔着很远,自胜在广场的人群里看到了穿着高跟鞋、婚纱的徐绽。她是这样的光彩夺目,你在人群中第一眼注意到的就是她。徐绽洋溢着笑脸,热情地招徕着驻足询问的行人。自胜在尽可能近地看到徐绽而她又不至于会注意到他的距离坐了下来。这个漂亮女生是他女朋友,生活竟是这样美好。

徐绽忙得不可开交,又穿着那么高的高跟鞋,看得人心痛。

兼职是五点钟下班,自胜在广场周围转悠着总算捱到了将近五点。

当自胜出现在视野,徐绽是一脸的惊讶,她对自胜使着眼色叫他不要过来,自胜只好远站着等她。

终于等到下班了。

工作人员开始收拾展台,徐绽从后面走出来换上了自己的衣服。哈哈哈,前后差别这么大,自胜一脸坏笑地看着她。徐绽目光似乎有些躲闪,自胜大步走了过去。

他没走几步,有人已经走到了徐绽面前,并说着什么。

自胜快步走近只听到那人用徐绽跟家里打电话的腔调说

道:"徐绽,吃晚饭去,今天还是去昨天你喜欢的那家。"

自胜惊讶地看着徐绽,她的目光躲闪了。

这时候,一个西装革履的年轻人走过来道:"徐绽,你今天表现不错,我爸说明天给你结工资。"

"谢谢你,少东家。"

穿西装的人又吩咐员工搬这搬那去了。

"走吧,吃饭去。"那人拉了下她肩膀。

这个人是谁,还跟她拉拉扯扯,他们昨天还一起吃饭了?

"徐绽,咱回学校吃吧!"自胜高声说着。

那人转过身来,一脸诧异,倨傲地看着自胜,两人目光对峙,激烈地交锋着。

这人是谁?犯得着对他动气?

自胜走上去拉徐绽的手,徐绽却躲开了。她后退一步,轻声说道:"这是我大学同学,这是我高中时的学长。"

大学同学!原来只是大学同学!她为何要遮掩?她这位高中学长有多重要,都不能在他面前坦白他俩的关系?自胜大为不满!

"走,我请你们吃饭去。"徐绽换上了一副轻松的口气。

自胜立马挂上笑脸道:"徐绽,你高中学长来了,我们好好款待。你说咱们请他去哪里吃好?"

边说边试图拉着她的手,但她又避开了。

高中学长看在眼里,上前一步把徐绽挡到身后道:"我跟徐绽从小就是校友,老相识。徐绽,还是我们请你这位同学吃,还是我们昨天吃的那家。"

徐绽涨红了脸说道:"你们别争了,我就请你们吃新疆拌面。"

"好,你知道我最喜欢吃拌面了。"自胜抢嘴说道。

高中学长不以为然地瞟了他一眼。

三份拌面,一份新疆大盘鸡,又点了几个小菜。

"你们不要再有火药味了,你们都是我朋友,我也希望你们能成为朋友。这是自胜,这是我们村从小一起长大的张达。"

席间徐绽多次试着把气氛搞得活跃起来,但两人均不领情。吃完面,天幕还没有黑下来,但城市的灯火亮起了。

"徐绽,你昨天说的看电影,今天一大早我就把票买好了,我们看电影去。这位同学你就不去了吧,没买你的票了。"

他们竟然还相约去看电影!自胜火冒三丈,但他还是尽量压制着。

不等她回答,自胜说道:"徐绽,我们早点回学校,等会没车了。"

"你们非得这样吗?我们去人民公园走走。张达,你第一次来,去公园看看花灯。自胜,你也一起去。"

总算同时说到了两个名字。

走马观花,花灯看得心猿意马。

自胜开始是一脸沉闷地跟在后面,但看徐绽在前头跟张达有说有笑,他才恍然大悟怎么能这么傻。他赶忙笑脸迎上去,想方设法地东扯西扯。这样的心思只有刚刚追求她的时候才有。

从公园走出来,已快九点。

"我要回学校了。"

"你不送我回酒店吗?我路不熟。"

"那我们送一下他吧。"徐绽看着自胜。

自胜对她这个表示很满意,徐绽征求他的意见,这表明她更看重自己,自胜立马是藐视一切的心态。

"你一个人送我就好,我还有话跟你说。他就先回学校吧。"

"有什么话就在这里说吧,她一个人回去我不放心。"

徐绽面露难色。

"徐绽,我这么远来看你,你就不能分点时间给我?"

"你先回去,我送了张达马上回来。"

"徐绽,到底是你大学同学重要还是我重要?你这样勉强,算了,我独个回了。"张达不开心了。

不等徐绽反应过来,一辆出租车停了下来,张达坐进去,出租车马上开走了。

自胜终于松了一口气,两人坐公交车回了学校。

进了校门,自胜本来板着脸一语不发,但略作思考后换成笑脸。

"明天还有最后一天兼职吧?"

"嗯。"

"累不累?"

"站一天当然累。你今天怎么去市里了,还真巧就碰上了我。"

"我去转转,你那么夺目,谁都会注意到你的。"

两人边说着走到了寝室楼下。

"明天还得早起,你早点休息。"

"好的。"徐绽进了寝室楼。

回来的路上,徐绽一直琢磨着自胜要是问起张达怎么跟他说,但他没有提起,看来他是相信自己的。

自胜回到寝室,满心疑虑,再没有刚才强装出来的笑脸。他登上QQ,又把徐绽空间里所有的信息一点不漏地翻看起来。

徐绽跟张达到底是什么关系?他们间发生过什么?这个张达来看她是什么意思?这些问题翻江倒海般向他涌来。

十一点半熄灯后,自胜试着拨徐绽的电话,又是在通话中！他们间怎么有这么多话说！他们的关系是有多亲密！她会不会一直跟张达纠缠不清而自己蒙在鼓里吧？肯定是这么回事，亏得自己还一心一意待她！自胜又想起张达的模样跟谈吐，相比之下自己似乎也没多大优势，对徐绽的不满及随之而来的危机感让这个夜晚不再平静。

　　这是之前那个嘻嘻哈哈的徐绽吗？她背后到底有多少故事？她对自己又有几分真意？今后她说的话还能相信吗？

　　这些从来没有想过的问题如暴雨后的热带植物，蓬勃生长起来。

　　辗转难眠！夜，从来没有这么长！

第十二章

徐绽有多少事瞒着自己？不在一起的时候她都干些什么？她身边的同学就王晴跟成谣比较熟悉，王晴一向都是说她好话，成谣上次开玩笑说羡慕他跟徐绽晚上打电话打那么晚，结果徐绽还真是打电话打那么晚！成谣应该是个好的切入点。

思绪混乱，入眠时窗外有了薄光。

接近晌午醒来，睡眼惺忪中拨了徐绽的电话，电话打过去长久的无人接听。她是真忙还是不愿接他电话？气头之下又增加了疑虑。

挂断电话后自胜拨了成谣的号码。

"有什么事吗？"

"你吃中饭没有？"

"还没。"

"在学校吧，我请你吃饭。"

"有什么事？"成谣略感意外。

"有事想问问你。"

成谣已经猜得自胜要问她什么了。

大一时陈帅为了跟她要徐绽的号码把她戏弄了一番。虽然布告栏事件稍出了口气，但也因为陈帅那段时间的殷勤，之后不闻不问让她成了女生中的笑柄，甚至一年多都没人再追她。最初刚刚发现自胜跟徐绽约会时，她就起了要从中作梗的想法，但仔细考量后暂时止住了念头，她有更长远的计划。为此，在自胜刚追徐绽时，她在徐绽面前还说了自胜不少好话。

如果没有开始就没有伤害，我要在鲜花盛开的时候来一场狂风暴雨，让其在最美的时候瞬间凋零。他们看到了不远处的盛景，像是唾手可得但最终还是失去了。在得失的间隔间，才会给人最大的痛苦。

等了一年多，现在时机终于来了！

自胜、成谣面对面坐在了饭馆。

"难得啊，你请我吃饭。"

"喜欢吃什么菜，尽管点。"

点过菜，成谣说道："想问我什么？"

"你是住在徐绽寝室隔壁吧？"

"对啊。"

"你们熟不熟？串门多吗？"

"还好吧，都是同学。"

"我就想问问你关于徐绽的事。"

"你直接问她不是更好？"

"有些话当面不好问。"

"你想知道什么尽管说吧。"成谣闪过一丝让人捉摸不来的笑影。

"那天你说徐绽前一段时间在走廊打电话打到很晚？"

"你们打电话你还问我？"

"我没那么晚给她打电话。"

"是吗？不会吧？怎么会这样？那我就不好多说了。"

她略作停顿道:"晚上走廊上打电话的人多,可能是我听错了。"

"我知道你不想说是非,你就帮我这个忙,跟我说说徐绽晚上打电话是怎么回事,什么时候开始的?"

"大概是我听错了。你不给她打电话,那还有谁给她打电话,聊那么晚只有你们这种情侣才会吧。"

"事实是什么样子你就直接告诉我吧,不必遮遮掩掩,其实我只是想了解一下她的生活而已。你就跟我说说吧。"

"这样,不过你直接问她可能更好。"成谣像是推却着。

"我知道你人好,让你为难了。你就跟我说说,没关系,我不会跟徐绽说的。"

"这不好吧?"

"没关系的。"

"好吧,既然你这么想知道,想知道什么就问,在不影响你们关系的范围内,能说的我尽量说。"

"徐绽晚上跟谁打电话打那么晚?"

"我一直以为是你,还暗地里羡慕你们了。"

"我们好久没有晚上打电话了。"

"那能是谁?不会吧,你别开玩笑了,不是你是谁,时常能听到徐绽说那些情侣间的甜蜜话,多想你啊多爱你啊,我们在寝室听着都羡慕得要死,说难得有你们这样感情好的。"

"哦。"自胜疑虑大起,他尽量克制着。

"她真的是每天都打电话打那么晚?"

"差不多。如果你没有给她打电话,那她是跟谁打电话打那么晚?以前听她说起过几个高中同学,还有什么高中学长。这几天在寝室听她跟王晴聊她兼职的婚纱店里老板的儿子,口口声声说又帅又有钱,至于还有没有其他人我就不知道了。"

成谣像是随口说着,疑惑的种子成功播撒在了自胜心里。

原来不只是高中同学,还可能有其他人,嫉妒跟在意让自胜的想象空间变得无限大。

徐绽到底是个怎样的人?她跟多少人有瓜葛?她真的只是个简单有趣的女孩?之前是太相信她,谁知道她背后隐瞒着什么,我是全心全意待她,而她的感情还给他人留有空间,难过,像是吃了副中药苦涩苦涩的,自胜心都抽空了。

"哦,高中同学她常跟我说起,徐绽朋友多,他们从小就是朋友。"

"你都知道,知道了最好。两个人在一起最主要的是坦诚跟信任,你有什么问题最好直接问她,我真怕自己说多了。"

边吃边说着,自胜几乎确定徐绽跟张达交情不浅。只是交情不浅就让自己不安,这是不是太不信任徐绽,又或者是太不自信?而成谣口中徐绽每天晚上电话甜蜜聊天的这人是谁?理智上的自省跟情感上的疑惑争执难解难分!

自胜跟成谣吃饭的时候,徐绽跟张达在市里的饭馆也是相对而坐。

"你高考后我们就见得少了,一下子四年过去了。"

"是啊,时间过得真快,我都大四了,下半年就读研了。"

"有合眼缘的赶紧再谈一个,不要因为前一个背弃了你就丢掉信心。下半年上研一应该不忙,有时间的。"

"谢谢你这些天晚上打电话安慰我,那段时间感觉天都塌了。我全心全意待她,她却跟了别人。"

"那是缘分还差一点吧。"

"我想今后我再也不会为任何一个女生这样伤心了。"

"别这么说。"

"徐绽,跟你老相识了,你这么善解人意,我有时想咱们有没有可能在一起?你知道我一直对你有好感。"

"这，别开玩笑了，我有男朋友，昨天你也看到了。"

"那你这些天还在电话里安慰我。"

"我们是好朋友。"

"咱们是一个地方的，又一块长大，你都只把我当朋友，真是失败。你空间那些情诗是白发了。"

"也没白发啊，我看你发的那些诗写得挺好。"

"昨天那个是你男朋友吧，我有点不礼貌，你别介意。"

"没事，他相信我的，根本都没放心上。昨天晚上回去我本来还想着要跟他怎么解释，他要问起你我该怎么说，结果他什么都没问。"

"你们感情真好，我是失落啊，不过还是祝你们幸福。"

"昨天你们还开玩笑要看电影，我还生怕他急了！"

"我这人就有这毛病，这叫什么来着？"

"张达，这次你来我都没有带你好好转转，你体谅下。这次兼职工资比较高，我又急需要钱，所以几天都只能陪你吃个晚饭。"

"没事。"

"而且下午我还不能送你，我给你买了条烟，还有两包雪莲花。"

"你太客气了。"

两人七七八八回忆了过去生活中的趣事，又谈了谈大学的生活。张达看起来差不多从失恋的泥潭中走出来了，这让徐绽稍感欣慰。吃过饭她把张达送回酒店，就回到广场等着下午开工。

人的适应性真的很强。刚开始穿着婚纱跟高跟鞋浑身不舒服，站在展台上被素不相识的人围观也很难为情。可是几天下来，徐绽已经适应了高跟鞋跟蓬松的婚纱，对众人的目光她也已经习以为常。

真好，今天是五一假期兼职最后一天，之前说完工了就结工资，算算这五天是两千块，再差一千学费就能交上了，心情似乎从来没有这样好过。工作人员个个笑逐颜开，一边忙碌着一边等待着下班时间的到来。

西斜的太阳把影子拉得越来越长，临近傍晚了。已是假期的第五天，广场上人群稀疏，下午的顾客相应少了许多。

四点半的时候，张老板见展区没有了顾客，于是就宣布提早下班。工作人员个个喜笑颜开，开始收拾着展台。一切整理完毕之后，张老板宣布到店里财务处去领工资，领完工资后说他儿子张大普跟大家年龄相近，由他负责请各位吃晚饭，饭后再请各位去唱歌。老板这样大方，员工们欢呼雀跃，大家都带着笑脸回到了店里。

当两千五百块钱发到徐绽的手里，二十五张一百的钞票在她感觉来是沉甸甸的（按业绩提成奖励了五百）。这是她挣到的第一笔"大钱"，五天赚了两千五块，这跟之前那些兼职比是不能想的。感觉就站在那里也没有做什么，好像不该拿这么多。但一想到只差五百块就能把学费交上，又顾不得再考量什么了。

等都领完工资，张大普跟店里的司机开着两辆车把大家载到了饭馆。

徐绽本来不是太习惯这样的场合，但这是她第一次在这店里兼职，不参加也不好。得跟店里的人多交流交流，今后要是还需要人兼职的话她的机会会大些。

张大普请客的饭馆是西北特色的餐馆，大包厢里正好坐满了两桌。每个人各自点了一个菜后，张大普又加点了好几个大菜。等菜全部上齐时桌子上摆了满满一大桌。席间觥筹交错，言笑晏晏，徐绽察言观色，很快知道了这个店里吃饭的一些习惯跟文化。不知不觉，吃过饭出来已快九点。

"你们喜欢去哪里唱歌？"张大普在餐馆门口问着。

"去万达吧。"好几个人应和着。

于是大家又上了车，很快到了万达广场。

夜晚的霓虹灯五光十色，年轻人在这个时点正是精力充沛的时刻。张大普走在前头，在大歌星定下间大包厢，大家进场后纷纷一展歌喉。徐绽唱过几首后看着点歌系统里的时间，有点着急。不早了，再晚就没有车回学校，这个时候正好短信振动提示振个不停。

解开屏幕锁，好几个未接来电都是自胜打来的。短信也是来自他，问她怎么不接电话。

包厢里声音太大，邻座讲话都要对着耳朵讲，电话怎么听得见。

徐绽回复短信道：我回学校了，在寝室赶着写作业，晚点打给你。短信编好后还加了几个笑脸。

对自胜来说，中午听了成谣那一番话，他总是控制不住在揣测，甚至还想试探她，好在这个念头最后还是压制下去了。

今天下午张达就回去了，她应该回来得早，两个人一块聊聊天，应该会跟之前一样那么好的。

自胜等啊等，等到十点多才等来了她的短信。

她在寝室？在寝室怎么电话都不能接？会不会是骗他？

昨天张达跟她有说有笑的场景在脑海里浮现，是不是张达根本没有回去？

一连串的问题让他拨了成谣的号码。

"你在寝室吗，帮我去徐绽寝室让她接一下电话好吗？她关机了。"打到她手机上找徐绽，成谣大感意外。看来这个自胜真是完全上了她的钩。

"你等会，我就去她寝室。"

"徐绽在寝室吗？"听筒里传来成谣的喊声。

"不在,她还没回,这几天都回得晚。"是王晴的声音。

"你听到了吗,王晴说她不在寝室。"

自胜满腔的怒火燃烧起来!

原来那个张达根本没回去,他们这会不知道是在逛公园还是看电影?自己还傻傻地等啊等,等着她回,她却完完全全在骗他!她到底是个怎样的人?怎么这么不知廉耻!她又戴了多少副面具?真是人不可貌相,把她看得太简单了!

昨天回来还想着不要跟她挑明,给她留点空间,没想到她非但没有收敛,还得寸进尺!妒火跟不甘一时让爱恨难辨。

自胜又把电话拨了过去。

这个吵闹的场合电话是听不清楚的,徐绽直接摁掉了电话,等完场后给他打过去。

明明打通了的电话被她摁掉,这是什么心情?她真的这么不把我当一回事?跟张达在一起电话都不能接,怕张达不开心?啊!怎么会是这样!

徐绽摁了电话回复短信道:不是跟你说我在赶作业吗,晚点打给你。

自胜一阵冷笑!

他回复道:你在寝室,骗谁了?跟张达看的什么电影?

这个时候徐绽才发现问题不简单。

她赶忙回复道:张达回去了,今晚店里聚会,我晚点就回。

又是店里聚会,跟张达在一起就在店里聚会,在一起就在一起,干吗还找这么多理由?你怎么这么喜欢撒谎?跟张达在看电影就看电影嘛,我也不介意的,今晚还回不回,你自己看着办!

徐绽看到短信,这才发现事情闹大了。

她赶忙回复:张达下午回了。店里聚会,这会在唱歌,太吵所以没接你电话,刚刚说在寝室赶作业,也是怕你担心。我晚点回,回了联系你。

好比白璧忽然发现了瑕疵,一直以来都以为她是个嘻嘻哈哈的单纯女生,想不到她还有这么多名堂。如果不是成谣那天说起她打电话打得很晚,自己现在还被蒙在鼓里了。可笑,真是可笑!

随便你回不回,我就在校门口等着你,今晚不回咱们就散了,你自己看着办!

发完短信,一阵得意,一阵难过!

他喜欢着徐绽,如果她今晚没有回来,难道真的就散了吗?

一时,进也不是,退也不是。表明了对她的不满,但更怕她真的就此离开。在乎一个人是这个滋味!苦涩、难过杂糅,自己对她这么好,她怎么可以三心二意?怎么可以让他失望?

自胜出了寝室往校门口走。

一路走过去,无数的角落勾起无限的想念。今后那些过去相拥的地方还会有他们的身影吗?如果时光真能倒流,回到大一时刚跟她确定关系时多好,那时无忧无虑,每天与欢乐相伴。那个时候怎么会想到会有现在这个局面!

徐绽看到短信,再也坐不住了。她走到张大普旁边对他大声说着她要先回去。张大普一看时间确实不早了就问身边几个人的意见,基本上的意思是想回去。张大普赶紧去柜台结了账,一行人从嘈杂的包厢里出来了。

这个时候城市的灯光暗淡了些许,夜风吹着加深了凉意。

"你们住哪里?这么晚了也不好打车,我们送你们回。"张大普说着。

一行人说着各自的住址,根据行程分配后徐绽跟另外三个同事坐上了张大普的车,车子不紧不慢地行驶在城市的夜色中。

"稍微开快点吧,我怕寝室关门了。"徐绽说道。

"好了。"张大普爽快地应答着。

他愣了几秒说道:"你是叫徐绽吧,你是在大学城?"

"嗯,是大学城。"

"那得先把后座的三个送完再送你,不然太绕路。"张大普略带着抱歉。

"你怎么方便怎么走吧,我也不是太着急。"徐绽委婉地说着。

本来还怕晚了打不上车,现在有车送已是万幸。

车子穿梭在夜色中,拐来拐去,总算把后座的三个人送完了。徐绽看表,已快十一点。

"快了,到你学校还有十多分钟。"

终于快到学校,自胜恐怕是等急了!

十多分钟后,车子开到了校门口。自胜在离着校门口几十米的地方已经等了四五十分钟。

"你寝室怎么走,我把你送到寝室楼下。"

进校门时学校保安询问的时候,徐绽看到了不远处的自胜。

他还真在等着她!

车子开进了校园。

"你就在前面草地上站着的那个男生那停吧,不用到寝室楼。"

车子停下来,自胜看到了坐在汽车里面的徐绽。

还有人送她回来!这人是谁?他赶紧走了上去,开车人看起来年龄跟他相仿,是婚纱店老板的帅气儿子?这才兼职了几天就有人专门送她回来了!从来没有过的危机感让他愈加怒不可遏!她怎么能这样?自己还算什么?自胜要崩溃了!

"谢谢你送我回来，麻烦你了。"

"不麻烦，应该的。"

"今后你们店还需要兼职的话多考虑下我。"

"好的，我会跟我爸说的。你赶紧回去吧。"

"嗯，好，谢谢你。"

"哦，对了。你的电话号码多少，需要兼职的话我直接联系你。"

徐绽报上了电话，张大普拨了过来。

"我的号码你也存一下。"

"好的，存了。"

"有事没事多联络哦。这个人是你同学？"张大普也没看着自胜问着，自胜大感羞辱！

"是我同学。"

"好了，有个同学送你回去我就放心了。快回去吧，不早了，到了寝室给我发个短信。"

"好的，你开车注意安全。"

这些话落在自胜耳里，句句钻心。

张大普把车往里开点掉头绕另一边的路出了校园。

徐绽转过身对着自胜，自胜脸色铁青！

第十三章

徐绽总算回来了!

说不清是什么滋味,对她的喜欢已夹杂着猜忌跟不满,这似乎是她在自己心里的分量太重,但也使这份感情不再那么轻松!

"你可回来了!今晚的电影好看吧!"

"你别生气,今晚店里聚会。"

"呵呵,不是在寝室赶着写作业吗?"

"你别这么说,我是怕你担心我才那样说的。"

"你值得谁担心了!谁担心你了!自作多情!你还有多少事瞒着我!"

一连串的话让徐绽大为惊讶,他今天怎么了,吃火药了?

她稍微镇定下来说道:"我有什么事瞒着你的?"

"刚送你回来的这个人是谁?"

"婚纱店老板的儿子。"

"哦,就是天天挂嘴边的那个帅哥哦,这才几天你就跟老板的帅儿子这么熟了,你真厉害啊。"

"什么帅哥，谁跟你说的，他是老板，我一个兼职的能跟他熟？"

"才工作了几天就专门送你回来，还不熟？照你的标准，那是要怎么样才算熟？"

"我们唱完歌，不好打车，他就说送我们回，不是专门送我，只是我最远，所以最后一个送到。"

"呵呵，又找到了说法，你反应可真快。"

"你笑什么笑，你这笑是什么意思？"

"没什么意思，你多有魅力啊，能周旋于这么多人之间。"

"我周旋什么人之间了？"

"你自己清楚！"

"我跟你说，今天下午张达回去了。下班后店里老板说辛苦我们了，就说请我们吃晚饭，我第一次兼职总不好不去吧。吃完饭后去唱歌，就到了这个时候。"

"还真能编。你快点回去吧，晚上打电话的时间到了。"

"打什么电话？"

"这你还问我，你自己不清楚？"

"快点回去吧，等下电话打过来，接不上的话那边会生气的。"

"我又跟谁打电话了？"

"你自己最清楚！"

"你是说张达？"

"呵呵……"

"他是我高中学长，又是一块长大的，这些天他不开心，我安慰一下他而已。"

"呵呵，这么单纯啊，我打电话怎么没有那么多话说？昨天在他面前想牵你手都要躲开，这么心虚，你是怕什么！空间里那些情诗都是谁发的？"

"他发着好玩。他跟我很熟，一个地方的，在熟人面前牵手很不好意思，你不要多想。"

"你快回去接他电话吧，想啊爱啊说着多甜蜜，那栋楼的女生都羡慕死你们了！"

"你今天是怎么了？莫名其妙！谁跟你说的？"

"心虚了吧，没人跟我说，若要人不知，除非己莫为。"

"你别乱说。你今天心情不好，不要把气发在我身上。我很累，先回寝室了。"

徐绽尽量克制着。昨天还好好的，他今天到底是遇到了什么不开心的事，把她当出气筒！

"想躲，被揭穿了没脸了吧？"自胜边说边伴着胜利的冷笑。

"你今天不开心，有问题我们明天冷静下来再说。"

白天站了一天，晚上又是吃饭，又是唱歌，尽管早就精疲力尽，但在外面她总得挂着笑脸。本来想着回来自胜能够逗逗她，轻松轻松，想不到现在却得看他的脸色。今天晚了，有什么事明天再说。徐绽快步往寝室走去。

"你这就回去？我可等了你一整天！"

"我在外面累得要死，回来你还这样对我！"

"张达到底有没有回去？跟我说实话。"

"回去了。"

"那你今天怎么还这么晚回？"

"不是跟你说了吗？"自胜追问的轻蔑口气让徐绽有点伤心！

"呵呵，跟我说了……"

"我回去了，你也回吧。今晚冷静冷静，有什么事明天再说。"

也好，自胜也觉得有点过分，毕竟只是成谣的一面之词加上了自己的想象。

自胜正往寝室走，徐绽说道："你送一下我吧。"

他也没回应，跟在她身后往女生寝室走去。

差不多到女生寝室楼下，徐绽电话响起，自胜立马警觉起来。徐绽拿出来看了号码，摁掉了。

自胜趁她没注意，一把把手机拿了过来，未接来电显示是张达。

"呵呵，干吗摁掉了，你接啊。不用心虚，没关系，我又不介意。"

"你到底是怎么了？把电话给我。"

自胜拒不归还电话，打开短信收件箱，收件箱里显示有上百条张达的信息，他都不用看信息，愤怒再也控制不住了！

"勾三搭四还装纯。"

"你不要这么说。"

"还我不要这么说，怕是认识你的人都知道你的事就我蒙在鼓里了。"

"你听谁说的，你到底知道了什么？"

"张达是怎么回事？这短信是怎么回事？天天晚上电话里想啊爱的，你们整栋楼都知道了，刚不是又给你打电话了。之前碰到你班同学，多对着我笑，原来以为只是打个招呼，现在想起来原来是嘲笑，你可真给人长面子。兼职没几天，老板的帅气儿子就专门开车送你回来，你是有多大魅力能让人这么轻易上钩！"

"你误会我了，事实不是这么回事，听我解释。"徐绽急切地说着。

"解释？不用解释。你怎么跟人交往关我没事，我是怕你了，我们到此打止！"

说完，带着胜利的得意倨傲地往寝室走去。

徐绽站在原地，惊得不知所措！

今天是怎么了？昨天还好好的。不是跟他说了张达是同学吗？昨天晚上回来他还是一副笑脸，今天怎么会这样？是因为张大普送我回来让他不高兴了？徐绽快步追上去拦在了自胜前面。

"你误会我了，张大普只是顺路送我回而已。"

自胜面色冷峻，不置一词，绕开徐绽继续往前走。

徐绽追上去拉住他的手臂，被粗暴地甩开了。

她步子跟上自胜，边走边急切地解释着。这一切，换来了自胜嘲讽的笑，她这样急迫地找借口，看来中午听来的果然不虚，而晚上见到的这幕又足够证实。平时她老在他面前装纯，竟然被蒙蔽这么久，想想真是可怕！

"你听我说，事实是这样，我跟张达真只是朋友，张大普是送四个人回，我最远，最后一个送，所以你看到车里只有我跟张大普，你别乱想，不是你想的那回事。"徐绽语气中还带上了很少会扮的可爱跟娇嗔。

还装可爱！恬不知耻！真是恶心！自胜笑得愈加轻蔑了！

"你别这样笑了，你这样子我会难过的！"

"不要再说了，我们到此为止。你去找你的张达也好，大普也罢，都与我无关。"他潇洒地说完，大步往寝室走去。

他怎么能这么说话？太可怕了！今天到底做错了什么，他这样糟蹋她！委屈跟难过使她的眼角溢出了泪水。

"你今天怎么了？心情不好不要把气发在我身上，在我身上找茬。该解释的我都已经解释了，你爱信不信！"

"你是有多值钱，值得老子找你的茬。赶紧回去给人家回电话吧，你这个骚货，还我爱信不信，我要还信你才是傻瓜！"

骚货！这是从他口里说出来的话！这两个字眼跟针扎似的刺得她心疼。是听错了吗？没听错！两个字的余音久久轰隆，响在耳侧。

这是他对我的评价！原本以为他心疼着她，结果想不到竟是这样不值钱！她在他心里是有多轻贱！心酸，难过，泪水止不住地流下来。

徐绽站在原地，望着自胜快步往寝室楼走去。

回寝室后，自胜一身轻松。几天来积郁的疑心全都证实，还完完全全发泄出来了，他有种满足的胜利感！真是看错人了，怎么会跟她搭上关系！在寝室的热闹气氛下，这点思绪也马上被抛之脑后。

徐绽站在原地，站了好久。等她再迈开步子时，腿都麻了。她在路边的草地上坐下来，双手抱着小腿，下巴枕着膝盖，若有所思，眼神没有了光芒。

下车见到他时还高高兴兴的，现在却是这个局面！他是怎么了？我又做错了什么？他怎么突然这样不相信她，都说了张达只是高中学长，张大普也不是专门送她回来，他怎么不相信，怎么会变得这么快，这么敏感，还用那么恶毒的词骂她！难受！太难受了！心里尽是酸涩，泪水止不住地滂沱而下。

他说"咱们到此为止"，难道真的就这样分了？徐绽不敢想下去。

可是他都那样骂她了，在他心里的形象那么低贱，如果还要点脸，那就得把尊严摆出来。我是再也不会联系他，再也不接他电话，再也不会回他短信了……思绪杂乱，她就那样下巴贴着膝盖，与朗月星空做伴，等她回过神来看时间时，手机已经没电了。

自胜洗漱好后准备睡觉，手机响起了。

都这么晚了，谁打来的？他叫陈帅把电话递了上来。

号码显示是王晴,她能有什么事?

"徐绽跟你在一起吗?寝室快关门了,她今晚还回不回来?"

"她没跟我在一起,你打她电话。"

"她电话关机了,我还以为你们在外过夜,今晚不回了了。"

自胜愣了几秒问道:"她怎么会没回?"

"所以我打电话问你啊。"

"这,这我也不知道。"

"你等下,我就打她电话。"

电话拨过去果然是关机,她怎么没回寝室?她去哪里了?马上要熄灯了,这时自胜感到了一丝紧张。

他赶忙穿上衣服出了寝室,跟楼管讲了几句好话后,楼管才开门让他出去。

月光下,一个身影坐在路边的草地上。说不上是什么心情,自胜快步跑了过去。

"你怎么还不回寝室,都要熄灯了,还在这里耍脾气,你以为我没事干是吧!"

徐绽一言不发,照旧保持着那个姿势。自胜走到她前面,月光下她脸上有着清晰的泪痕。自胜心里突然掠过一丝怜惜之情。

"快回寝室,马上关灯了。"声音柔和了。

他来找我了,他还关心我,一时热泪滚滚而下。

自胜站在她前面,这才感觉到不管徐绽如何,就算有天大的错,那些话也太重了,不该那样说的。即使真的就此分离,也应该好聚好散,毕竟他们间有过欢乐,给彼此留点余地,今后想起的总会是对方的美好。

徐绽依旧没有理会,但心里的酸涩都哽到了喉头。

寝室楼的灯马上全关了。整个校园笼罩在一片朦胧的清辉中，处处影影绰绰，大地像是沉睡了。

"快回寝室。"见她没有反应，自胜试着把她拉起来。

"别碰我！"徐绽用力把手甩开了。

"快回去，等会楼管阿姨都睡了，就进不去了。"

徐绽站起身来，快步往寝室走去。自胜跟在身后，不知说什么好。他就一直跟着，帮她把楼管阿姨喊起来，打开门看她上了楼梯的拐角才返身而回。

躺在床铺上，先前的得意消失得无影无踪。心里不知是何滋味，很久很久才入眠。

徐绽回到寝室，王晴问她为什么回这么晚，她说跟自胜多坐了会，王晴又打趣了她几句就睡了。

洗漱好后躺在床铺上，回想起晚上的那些话，好难过好难过！

他那些话意味着什么？想不到他是那样看待她。我究竟做错了什么？他们的感情本来像张白纸样干净，现在硬是染上了污点。这染上的污点还能完完全全擦拭掉而白纸不受一点点损伤吗？徐绽细想着他所说的每一句话及当时的表情，心都寒了！

之前他那么心疼她，一夕之间就完全变了个人，变得这么快！我并没有做错什么，他性情怎么是这样，喜怒不定，口无遮拦，全看他的心情！是不是他中意别的女生，不喜欢自己，厌倦了，故意要用这种方式来伤害她，好把她甩了！想到这，牙关不由得打了几个冷颤！如果真是这样，那……

夜晚已是额外地宁静，而她心里翻江倒海，一直都平静不下来。自胜那些话是这个味道，像是置身苦海，怎么也抽身不出来。生活怎么会有这种滋味！等她侧过身脸贴着枕头时发现泪水沾湿了枕巾。

既然他已是那个态度，他都说出那么伤人的话了，即使再想跟他在一起，自己基本的尊严总是要有的。他言语间那么作贱她，今后他们会怎么样，也由不得她了。

爱情，开始时是那么甜蜜，这个味道突然就变了，昨天的欢声笑语恍如隔世。

徐绽大睁着眼，很累，很困，很想睡觉，但心里难受，怎么也睡不着。她打开手机，登上了QQ。

点进空间，她先点到留言板把张达发的那些留言删了。删了之后她又查看访问记录，自胜的足迹多次出现。点开相册、日志，每个角落都没有落下他，看来他早就对她心有疑虑，他还挺有城府的！她又重新点到访问记录，随意点进一个好友的空间，再点到好友空间的访问记录，自胜赫然在列。她又逐一看了其他好友的空间，无一例外，访问记录里都少不了自胜！

他这么不相信自己？要这样偷偷摸摸地来打探她的人际关系。哎，看来今天的爆发是憋了很久了。疑心已经这么重，他们怕是真的再也回不到当初。徐绽打开空间访问权限，把自胜拉进了黑名单！

黑夜中大睁着眼，第一次感觉夜是这么的漫长。身心俱累又不能入眠，脑子里纷纷扰扰，平静不下来。要是能回到过去多好，那时候刚认识不久，记得第一次碰到他手跟触电似的，可是时间总是奔腾向前，他们的感情就这样幻灭了？

临近黎明，她睡着了。

第二天一大早，自胜醒来了。昨天发生的事已经抛之脑后，等他洗漱好，寝室里空无一人时才想起了徐绽。管她了，即使他说话太重，也是她有错在先，什么张达，什么张大普，自胜心里是理直气壮。

一天，两天，三天……好几天过去了，徐绽那边杳无音信。

徐绽了，几天来都昏昏沉沉，整个世界都是天昏地暗，心里是一团苦水，每天饭也吃不下，她消瘦了。等着他主动联系，等着他说声抱歉，几天来的情况看来，局势并不是自己想的那样。他们真的就到此打止？他怎么能这么潇洒地放手？他有真心喜欢过她吗？这些问题逼迫而来，让人喘不过气来。感情是这样让人茶饭不思，日思夜想！

自胜了，盼着徐绽会给他一个说法，一直等啊等，时间过去了，徐绽毫无表示，那天晚上送她回去后就一直没见到她。几天来她都不做一点辩解，这么不把他当一回事，难道张达、张大普都是事实，她没脸见他？她竟然这样对他，把他晾在一边，自胜突然有点不甘心！对她的想念跟对她的鄙夷混在一块，心里的波浪猛烈地席卷而来。

电话打过去没人接，短信发过去得不到回复，自胜恼怒了！但这恼怒又是对她思念的催化剂，越是得不到回复，对她的想念越加止不住！

当自胜的号码显示在手机上，徐绽心里漫过一丝暖流，他终于想起我了。但女孩子的自尊心又拦着她立马接电话，她想看看自胜对她有多少耐心，过几天再说吧。

得不到她的回应，短暂的自我安慰后心情再难平静下去。她真是不把他当一回事！而当他点徐绽空间发现进不去时，刚积蓄起来的好的想法像个氢气球飞到了高空，砰的一声炸掉了。

都不能进她空间了，她是有多心虚，看来那天还真没骂错，先前对她的判断又复萌了。

电话一个接一个地打过去，也不知道打了多少次都没人接，最后关机了。关机，想躲避老子，情绪上愈加激愤。于是他把心里的不满跟猜忌都编成恶言恶语的短信，按下发送后，他们间将会有什么样的结果，这个问题再不能想下去，人都虚脱了!

徐绽看到短信,她甚至以为是谁发错了。他怎么可以这样说她,用这么污秽的语言。希望刚刚燃起一点火苗,立马又给黑暗笼罩。他这样肆无忌惮地侮辱她,看来真的再也不能回头!本来他们的生活才拉开序幕,想着天长地久之间会有多少美好的回忆,想不到现在是这个局面!心酸、难过、撕心裂肺的感觉!

徐绽开始变得沉默,再也难见她的笑脸。每天上完课后,她都是前往图书馆孤独地坐在小角落里,期末考试在即,除了感情,生活还有更广阔的内容。

自胜的身影不断地在脑子里浮现,她不断地告诫自己不要再去想他,这样的自我勉励经过段时间后,总算把一部分注意力转移到了书本上。生活中的难关看来是没有跨不过去的。

时间拉得越长,他们间的过去越是遥远。但偶然想起,还是不能那么轻松,想跟过去一刀两断,但总还是藕断丝连。

自胜发完那些恶言恶语的短信后,大概他也认为他们就此打止了吧。像做了场梦,繁华盛景没来得及欣赏立马变得满目疮痍,沧海瞬间变成了桑田,想着昨日的欢欣,但不得不置身今日的无奈中,昨天是永远回不去了。

恶言恶语的短信让他舒了口气,但这口气不久就呛回来了。

认为自己可以潇洒地挥别,想不到在时间的发酵下越发想念她。

想着她的好,想着她的有趣,想着她的笑脸,想着不久前的耳鬓厮磨,过去那么让人回味,怎么一下子变成这样?

每天昏昏沉沉,每时每刻都沉浸在对她的想念之中。偶然在校园里碰面都是装作视而不见,想不到他们也成了最熟悉的陌生人!

时间一天天过去，六月份到了。马上要期末考试，在思念徐绽的间隙里，自胜得为考试看看书。

第十四章

期末考试终于考完了。

这些天来头脑里全是徐绽的身影,整个人都是昏昏沉沉。电话被拉进了黑名单,短信一直不回,尽管如此,自胜总是会忍不住地要拨她的电话,给她发短信。他多希望徐绽只是一时在气头上,她会回个电话或短信的。

长久的盼望变成了失望、伤心、难过、辗转不眠,夜晚的时间像是停住了。徐绽不给回应竟是这个滋味,难道他们真的就这样一刀两断,再没有一点回旋余地?生活怎么会这么残酷!

偶然在路上碰到徐绽,过去的笑脸现在是冷若冰霜,她总是目不斜视地快步走过。自胜想打个招呼,但一瞬间又没那个勇气。等徐绽走过后他转身茫然看着她的背影,背影依旧那么亲切,但是离他远去了。

每天日思夜想,每时每刻徐绽都萦绕在他的心头,滋味竟是这样苦涩!当初为什么要怀疑她,说那些伤人话?退一步说,既然不相信她了,为何还要为她揪心,何不潇潇洒洒地把她抛之脑后？

徐绽不给他任何回应之后，自胜才知道那样口无遮拦践踏她的尊严给她多大的伤害，他活该承受现在的后果！只是这个局面还能不能够挽回？时而还抱有希冀，但这得不到回应的希望愈加是种煎熬。

对徐绽来说，自胜那些话伤痛了她的心。以前以为他无条件、无保留地喜欢她，想不到他会对她如此口不择言。这样两个人相处下去还有什么意思？自胜那些话把相互间的信任击得粉碎，像张纸折出了褶皱，再也不会是原来的样子。

这些日子来，她也难过、失落，她也想念他。可是他们还能回到之前的状态吗？经历了这次风暴，就算和好，恐怕今后都会唯唯诺诺有所保留。以后还能不能肆无忌惮地争论，毫无顾忌地欢笑？有些伤痕是永远抹不掉的。

心里尽管还依恋着自胜，但显然这件事不会这么快过去。难过得慢慢消化，那些刺耳的话得花时间去遗忘，她得把对他的感情暂时封冻起来。

治疗情感创伤最重要的方法是把自己变得忙碌起来。考试过去，徐绽没有打算回家，张大普多次打电话来叫她有时间的话去兼职，鉴于目前跟自胜的这个局面，徐绽拒绝了。她很快又找上了新的兼职。

白天忙碌一整天确实能从感情的纠结里解脱出来。但是每天回到学校后，校园的一草一木都会勾起万千的思绪。他们在哪个地方相拥过，他们在哪个地方讲过一个什么笑话，这些情景老是跟电影片段似的在脑子里闪现。过去的甜蜜跟当前的伤痛交汇，让现状变得更加沉重。

虽然她把自胜号码拉入了黑名单，虽然她看了短信也不会回，但从心底里说，每看到自胜的号码在屏幕上出现，尤其是短信里表达着歉意跟情意时，她总有一丝欣慰，但也只是一丝欣慰而已，难道还能奢想其他？时而她又担心着自胜长时间打不通电话，短信长时间得不到回复会不会让他对她彻底失去耐心？想走近，怕伤害，怕丢了自己的尊严。退后了，又牵肠挂肚，舍不得就此分离。进退维谷，能怎么办？生活总是两难，但也只能随它去了。

接连联系着徐绽，每天都在期盼，等待直至失望的过程中。当念着她的好时，总在自悔不已。但一想起发了这么多短信还得不到一点宽恕，怨恨之心又大加泛滥。他固然不对，但也不至于要这样决绝吧？她怎么能这么狠心，这样心胸狭窄，这么绝情，对他的抱歉视而不见，难道她真的就再不理他了？高原的夏天怎么会有这么深的寒意！

每天都是煎熬，时间的步履走得异常地缓慢。好在已经放假，两个月的假期相信能把矛盾化解的。至少自胜是抱着这个希望的。经过这次风浪，他明白了徐绽的分量，徐绽不同于之前交往过的女生，他应该珍惜她。

自胜假期没有安排，原本想着跟徐绽去哪里玩玩，甚至还想着能不能去她家乡看看，现在这些都已是不切实际的幻想。出游已是泡影，他又没有找好兼职，整天在学校无所事事。而整天无事可干思绪又会情不自禁地转到徐绽身上，这更加地让人心情灰暗。

正当自胜假期不知怎么过时，他接到了妈妈的电话。

"你放假了吧？"母亲的声音有点低沉。

"放了。"

"学校里还有事吗？有没有找兼职？"

"没有。"

"如果学校没事就回来陪陪你爸爸，最近他在单位受了不少气，天天把脾气发到我身上。"

母亲的口气听起来不轻松，父亲在单位是受了什么气？

"没事你就回来吧,你回来家里也热闹一点。"

这语气明显带有期盼了。

也好,待在学校只会整天沉浸在对徐绽的想念中,换个环境也许能更好地审视他们间的关系。是和是散都得靠理智来决定,这个假期足够他俩好好想想。

接母亲电话后的当天下午,自胜去火车站买上了回家的票,两天后到了家门口。

门口敲了半天门屋子里才有动静,开门的是父亲。自胜满怀着欣喜,但父亲若无其事地转身到了阳台,自胜归家的喜悦立马冷却下来。

"你怎么回来了?之前不是说不回的吗?"父亲神情不振,语气里尽是沧桑。

自胜不知如何回答是好,他支吾道:"学校没事就回了。"

"学校没事?这么大了学校没安排事就没事?你自己不能找点事做?从小跟你一块玩的那几个孩子学校都比你好,有两个听说都保研了。你总不要读个大学混日子,不学真本事,到头来害了自己也丢我的脸,让别人看笑话!"

父亲说完拿出烟点着大口地吸着,自胜对这番话无言以对。

"家里有吃有喝,不用做一点事,天天我跟你妈伺候着你。你都这么大了,不要凡事都要别人吩咐,得为今后的生活好好规划规划。"

父亲吐着烟雾,自胜无所适从,好在电视机的声音化解了一点尴尬。

不久母亲买菜回来了。

"回来的还挺快,你爸爸最近心情不好,你好好陪陪他。"

自胜起身接过母亲手中的菜放桌子上后躲卧室去了。

"刚回来一个人待房间干吗，来跟妈妈聊聊天。"

他只得回到了客厅。

"今天买的菜都是你喜欢吃的。"

总算有了点归属感，他还是家里的一员。

"你爸最近在单位受气了，心情不好，他说什么你不要计较。"

自胜点了点头。

母亲坐一会后就去做晚饭了，独自面对着父亲，自胜感到浑身不自在。

父亲边抽着烟边说道："你都这么大了，应该懂事。这个社会得靠关系，靠本事吃饭，但是光有关系自己没本事那也立不起来，一辈子都受人欺负。你现在是长本事的时候，时间宝贵，千万不要浪费光阴，尤其为了女同学。不要只看在眼前，将来你有本事会有大批大批的女生往你身上贴，你要没本事，对她再好，再低三下四也会离你而去。"

后面这几句话总算有点同感。

"就像爸爸这次，单位财务审计出了点问题，本来这事是得张远负责，但张远在市政府有人，没人能动他。这事又得找个人出来担责，结果把我抓出来替罪，说我玩忽职守，把老子降为科员，工资福利全降了。其实渎职的就我一个吗？还不是因为没后台！本来盘算着几年后当个单位一把手，现在是没指望了。这可是你爸多年的谋划啊，常年受别人的气，老想着当了一把手后让别人受受我的气，现在是没这个机会了，真是只有一辈子受别人气的命，窝囊啊！"

父亲口气中尽是不满跟颓丧。

总算知道了他脸色阴沉的缘由，刚进门时大怀不满，现在看到父亲失意，自胜心里替父亲难过、不平。

"不能把问题真相反映给上级吗？"自胜嗫嚅着。

"没用，张远关系网大着。真是吃了一闷棍，面子上还得给他笑脸。之前没受处分前有点小权力，同事见个面还是笑脸，受了处分降为科员后理都没人理了。世态炎凉，这个人啊！"父亲又是一阵叹息。

"爸爸没本事，没比得过张远。你要争口气，前段时间张远跟我说他儿子保研了，那个神气！你了，你有什么打算，毕业是直接工作还是考研？"

自胜从来没有想过这个问题，如何回答是好？

天气本来就热，这又冒出了冷汗。

"我，我下个学期开学后再看吧。"

"不能等着再看，你早点准备。我跟你说，现在本科学历根本吃不开，起码得是硕士。现在提干第一就是看学历。没学历，你就没有那资格，这是影响一辈子的事。"

自胜若有所思地"哦"了一声。

家乡的夏天额外地炎热，每天坐着不动都是汗流浃背。在学校里想着回家能解脱对徐绽的想念，但是回来后发现这份想念丝毫没有减弱，而在家里还增加了另外的烦恼。小时候害怕父亲严肃的面孔，现在上大学了也还是局促。父亲是强势、发号施令的角色，在他面前永远都是小心翼翼。他们什么时候能够敞开心扉平等地交谈？

父亲说到要为以后规划，照他的意思要他考研。考研，不知道徐绽怎么看的，如果能一起考那也挺好，但是如果她不考了？

这样想的时候自胜也觉得好笑，徐绽现在跟他是什么关系都说不清楚，还一起考研？真是做梦！

回家并没有跟预想的那样可以解脱出来。跟高中同学聚过几次后生活又陷入沉闷。不过这次聚会中见到了小青，两年不见，她已褪去了高中时的模样，举手投足间尽是风情。自胜偶尔对比着徐绽跟小青，一阵叹息。

每天对着电视无所事事，而父亲的眼神时常又使他无地自容。

每天这样熬啊熬，一个月熬过去了。

这一个月，他照常给徐绽打着电话，发着短信，但徐绽照旧是毫无回应。他有几次用母亲的电话打过去，接通后徐绽听出是他后，听筒里又是沉寂。自胜对着电话急促地说着抱歉、关怀之类的话，徐绽还是一言不发地挂断了。

生活怎么会让你予取予求！生活岂会让你称心如意！自胜憔悴了。

你不是一个人，但往往没人能领会你的感受。你不是孤独的，但人海中左顾右盼又找不到一个气味相投、感同身受的人。这个世界上人跟人有太多的羁绊，但面对问题时还是只能靠自己。你想每次都得到回应，得到理解，你以为这世界以你为中心，都围着你转吗？

一肚子的苦水吐不出来，只有自己慢慢去消化。

家里气氛平静，没有欢乐，也没有什么起伏。

自胜说话时都控制着嗓音，生怕他哪一点表现不好会引起父亲反感。言语犹犹豫豫，相互间隔着太远太远的距离。

一天吃过晚饭，一家人坐着看电视剧。剧情是一个大学毕业生初到上海时落魄潦倒，被人看不起，女朋友也离他而去，伤心难过后他奋发努力，经过十多年打拼，成了上海商界的名人。一时金钱、美女滚滚而来，由此引发一系列的爱恨情仇。打广告期间，父亲说道："你看，人层次不同，烦恼都不同。"

自胜跟母亲侧耳倾听。

"没钱时是没有的烦恼，有钱时是选择太多的烦恼。"

"所以啊,人应该知足。"母亲说着。

"我那句话说得有点不对。没钱时是独自一个人的烦恼,有钱后是一堆人围着你烦恼。这个时候,一个人就成功了。"

"让别人围着你烦恼好吗?"母亲轻声说着。

"所以自胜,你看看这就是社会现实,得努力啊。"

自胜勉强接应了。

对儿子的期许无可厚非。但对自胜来说,从小到大父亲都是一副严肃的面孔,所以凡是他说什么,口头上不敢违抗但心里都特别抵触,现在这些话也不例外。

也许因为自胜年纪不大,他还没有生活上的远景,他也没在社会上历练过,思维还是完完全全框架在校园里。

"你将来要往上走,先得过了学历这关,读个研,这个学期开学就得着手准备。"

盛夏常常的烈日高照,树上的知了不停歇地聒噪着。偶尔晴空会忽然变色,雷电交加,暴雨倾盆,一场大雨过后,总算消散了点闷热。学校的天气怎么样?徐绽的兼职还做着吗?这么多天的杳无音信,她是不是真的铁了心?自胜心慌不已。

某一个时刻,他忽然额外地想念徐绽,不管徐绽对他的态度会如何,见到她是当前最大的渴望!就算徐绽对他还是不理不睬,就算她真的就此远去,他还是想着她,舍不得她。自胜急不可待地买上了去学校的车票。

第十五章

高原的夏天，艳阳高照，凉风习习，天蓝得像水洗过一般。时而飘荡的云朵变幻着，构成绚丽斑斓、多姿多彩的天幕。全国各地都笼罩在酷暑的蒸笼中，而这里却偷得了难得的一片清凉。

已是八月，小学期早已过去，校园里显得空朗，夹道的梨树上的梨子又大了一圈。虽是春去秋未来，但大半个年头已经过去了。自胜走在校园里，前所未有的怅然若失！

父亲那些话言犹在耳，徐绽又是若即若离，阳光尽管灿烂，但也扫不尽心里的阴霾，自胜不免对着碧澄的天空叹息。

怎么办？家里一落千丈，一切都将指望他。父亲那些恼羞成怒的话甚至是羞辱，你还不争口气证明给他看。徐绽了，对她朝思暮想却又疑心她朝三暮四，想放下舍不得，想和好又纠结，进也不是，退也不是，能够转身离开或许已是释然。几天来，他都缠绕在这种思绪里。

自胜照旧会给她发短信，徐绽强忍着要视而不见，实在忍不住看完后马上删掉，她以为这样强制性地忽视会淡忘他，但都只是徒然。时间长了再也压抑不住,都过去这么久了,她也想跟他好好谈谈。

徐绽假期没有回去,兼职也快结束了,他们把时间约在周六的晚上。

当徐绽站在他面前,所有的怀疑瞬间蒸发,但又不能表现的欢欣鼓舞,他还是面色平静,徐绽倒是相对的表现轻松。

"咋这么早就返校,不在家多玩几天?"徐绽先说话了。

"没那个心情。"

"心情去哪了?你吃饭了吗?"

"吃过了。"

两人边谈边慢步走着,自胜有好几次要靠近点,徐绽都刻意拉开了距离,这样几次之后才意识到两人间终究横亘着什么。

对自胜来说,看到徐绽,也许就像向日葵看到了太阳,他缺不了她,他想绕着她转,可惜总会出现阴雨天。她在眼前总是让人心悦,但只要背转身,过去听到的流言蜚语总不提防地冒出来,有时候会压下去,有时候又任其生长,像是海浪来来回回,却不停息。

"都大三了,你有什么打算?"

"没啥打算,顺利毕业找工作呗。你呢?"

"本科毕业又能找什么好工作。"

"那你的意思?"徐绽疑惑看着他。

"我爸都看不起我,老跟我说他同事的孩子怎么怎么有出息,我打算考研。"

考研?像是远方传来的一个声音。大一时憧憬过研究生,但后来回家看着父母劳累的身影这个想法就退去了,她只盼着早点毕业,早点自立,好减轻父母的负担。

"考研?读研又得再读几年,我没想过,没想过要考研。

本科学历找工作够了。我志向没那么远大,安安稳稳过个小日子就好,那些小夫妻不也过得挺滋润。父母年纪大了,供不起我了,我只想早点走上社会赚钱好孝敬他们。"

徐绽脚步跟随着自胜的节奏,没能迎合他,希望他能理解她。

高原的朗月明晃晃的,远望去山川大地像是披了层银色的光辉,时而响起的虫鸣越发显出夜的宁静。

对于自胜来说,如果徐绽跟他一起考研,那么也许他们还可能走下去。刚刚觉得有和好的可能,但她又不赞成考研,一阵欣喜,一阵失落。徐绽到底对他是什么态度?理智上他知道这不是一回事,但情绪上的波动是他难掌控的。

"你跟你高中学长怎么样了?"

"哪个高中学长?"

"上次来看你的那个张达。"

"不知道,很久没联系。"

自胜轻蔑一笑。

"咋了?不相信?"

"相信,你又不会说假话。"表情又肆无忌惮了。

"你到底什么意思,你自己不高兴,要在我身上找问题?"

徐绽说她不考研的那刻,自胜下定了决心,他不想再为她消耗时间与精力。除了感情,他还有更重要的事等他去努力。你总不能把未来全寄托在一个女生身上。那种又爱又恨,牵肠挂肚又疑虑丛生的滋味尝够了!他没有时间跟精力再耗在这上面,与其纠缠不清,不如快刀斩乱麻。

"我看我们真的到此打止,我不再耽误你的时间,你也只管去找你的高中学长。对了,不是还有帅气的张大普吗。"

"你啥意思?"

"字面意思，以后咱们最好也不要再联络。"

说完，转身大步向寝室走去。转身的那刻他又有几丝愉悦，为他潇洒地把过去撇得干干净净，彻底地摆脱了她。

徐绽莫名其妙，这是怎么一回事？到底怎么了？自胜不以为然的态度让她一头雾水，像一场恶作剧，像刚吃了冰糖紧接着喝了碗中药，甘甜来不及回味就被苦涩漫过去了。自他回去后，她就在日思夜想地盼望他，今天刚刚见到他时还有点忍俊不禁，而现在她却独自站在这熟悉的夜色里。校园的草木依旧，人心却是远离了。

徐绽想追上去说个明白，她快走了几步，然而又停了下来。自己憋了一肚子委屈，今天是他任性，口无遮拦，怎么倒像是我做错了什么。再不能纵容，三番两次闹情绪，受够了！这次得让他吸取点教训，由他去！这次看谁先联系谁！

于是，难受被气愤取代。在分析出他是无事生非后，徐绽更加理直气壮。让他闹吧，看他能坚持多久。明天还得上班，她也没这么多心思。

一天，两天，三天……时间在不经意间过去，生活像一池平静的湖水，没有多少波澜。

没有收到徐绽的短信，如释重负又有悔意，看来这次终于把关系撇清楚了！偶尔他会想起所谓的高中学长可能是自己想多了，而为了考研断然结束这段感情对徐绽不公，是他对不起她。

前几天都在平静中过去，他甚至相信一切就此了结。他们将走向不同的方向，前方各有各的风景，生活在匆匆向前，没有时间去留恋，去回头。

但是短暂地轻松过后，他期待的互不联系真是绝无音信时又跟之前一样开始折磨他。徐绽怎么样了？他想听她的声音，他想看到她。在这样的情绪下，为考研这个理由分手看来不值得。自胜不知所措，徐绽真的不理他了？她认真了？

于是接下来的日子整天为她纠结。很多时候想发个短信，打个电话，但又觉得现在这局面是自己造成的，现在联系像什么样子，出尔反尔，还有没有男子汉的尊严！纠结是必然的，但也是暂时的，随着日子的过去，一切都是过眼云烟吧。你要有所作为，就得有所取舍。为了一个女生耽搁前途划不来。何况她如果真的跟你好，而你一事无成怎么给她好的生活，也许她本不属于你，她只是闯进你生活的一个过客，这样还不如早点放手。

为早点走出自造的难受，自胜把生活变得忙碌起来。打球、爬山……各种各样的活动都少不了他，这样的热闹场合一切真的都能抛到脑后，但是热闹过后他还是忍不住地想念她。喜欢上她只是一瞬间，要完全忘记她可能吗？

想给她电话、短信，又不能给她电话、短信。手机电池卸下又装上，装上又卸下，常常在这样的重复中入眠。他想念她，自胜忍不住了！

在徐绽方面，开始几天的轻松过后她也担忧起来。一天天的过去这个想法愈加强烈。之前那么久没说过一句话，这次见面说了三言两语又陷入了僵局，他们之间到底怎么了？这么久不联系，能生多大的气？徐绽有些害怕。但所有的过失都是他，凭什么要她主动，这样惯下去将来那还得了！虽然难受，但这次是打定了主意要让他好好吸取教训。

时间过去，想念并没有淡去，反倒越来越炽热起来。想要她不再联系自己，当她真不联系时又心急火燎地盼望。情绪上反复揪心，看起来的无所谓让人精疲力尽。

联系她会怎么样，大概会重归于好吧。但是她不考研，接下来的日子跟多数的校园情侣一样无止境地浪费时间，直至毕业，这样他的前程就毁了。

继续僵持下去于事无补,如果哪天徐绽联系他,他这么不争气的,徐绽稍微表示出点温柔一切又会恢复到以前,更何况自身本来就没把握放得下她。与其踟蹰不前,不如斩断所有退路。

自胜又把听来的风言风语加上想象编成短信。在考虑措辞时,怎么难听怎么说。他要让徐绽看到这些短信后,即使以后他忍不住联系她,徐绽也再不会搭理他。短信编好后,鼓起勇气,闭上眼睛发了出去。徐绽看后会掉眼泪吗,自胜一阵心酸!

当自胜的号码出现在显示屏上,徐绽会然一笑,他终于认输了,主动联系我了。满怀着欣喜打开短信,满怀的希望戛然而止。

一字一句像尖针扎得人心痛!是不是发错了?没错,是他发的。他怎么可以这样中伤她,讲这么狠的话,不给她留一点尊严。她在他心里是这个样子,这么下贱,还自以为是地认为他喜欢自己,一切竟然都是假的,都只是逢场作戏!泪水滚滚而下……

水性杨花、朝三暮四,他用这样的词形容她,这样看不起她,这样的薄情,重归于好的希冀撕得粉碎,一切都结束了,真的像他说的一样,就此打止!徐绽躺在床上,泣不成声。

相识,相恋,相守还是相离,人生就像是一个函数在这公式里运转,但都不知最后的结局。时光匆匆,你还在感叹春天的离去,寒冬早已倏忽而至。

欢笑在昨天,在前天,在上一个月,在上一年,一切都可追忆,但是再也回不去了。人生翻过了那一页,也就没有了回头路。

几天来都窝在寝室,她要独自消化一切的伤痛。有时徐绽会想,自胜这样迫不及待地毁灭这段感情,他是什么滋味,他就能痛快？之前觉得他喜欢自己，想不到一翻脸就这么绝情。你在他心里算什么？什么也不是！

生活不只是儿女情长，生活有着更广阔的内容，你不能从门缝里观赏这多彩的世界。

时间总算止住了徐绽的泪水。她又开始上班，整天表现得若无其事，应对人事还要报以笑脸，这时候，她真是体会到了什么叫强颜欢笑！情绪得到了控制，但要完全忘记他又怎么可能，脑子里总有挥之不去的身影。

自胜对自己的估计是准确的。当他畅快地发了侮辱性的短信后，心想着今后终于可以专心做自己的事了。前几天都平静地过去，但这平静的日子只是在等待风暴。

徐绽那边悄然无声，那些恶毒的短信也不做辩解，自胜又觉得是她轻视他，没把他当一回事。当他偶然看到徐绽下班回学校轻快的脚步，心里的不平衡甚至让他怒不可遏。我因她难过，但她却那么欢乐！自胜克制不住了！

电话打过去，又是"您要的电话正在通话中"，自胜恼羞成怒，一次次地打过去，次次都被"您要的电话正在通话中"这句提示音挂断。明知是徐绽把他拉入了黑名单，这样打下去是跟谁较劲！

电话打不通，只能发短信。一条条发送成功的回执信息让他确信徐绽能看到短信，发来发去，千言万语都是在想挽回。

收到短信，她看也不看就删了，边删泪水边扑簌簌地落下来。她恨他，恨他给她这么重的伤害。但当他稍微表示出对她的悔意，对她的关心，这些天来对她的想念，她又想靠近他。时间都不够人亲近，何必硬要争个高低。但这不是他第一次这样，上次的阴影还没过去，他的口无遮拦又接连而至，上次太轻易原谅他了，结果他照旧肆无忌惮，把她当什么了！这一次她绝不能轻易过去。

自胜的短信接连而至,他对自己又能有多少耐心?三番两次地伤害她,徐绽被伤得太深了。

短信发过去得不到回复,一开始自胜认为徐绽在气头上理所当然。但一天天过去还是没有半点消息,像一块巨石,怎么撬都没有松动的痕迹,这真考验人的耐心。

有时候会恼怒,有时又认为一切都是咎由自取。期盼、失望、自责、恼怒混在一块,滋味难辨。自胜变得消沉、颓废,原本的计划打乱,生活困在泥淖里,举步难行。

时间像是给拖住了,慢悠悠的。每分每秒的感受都深刻于心,像是分条缕析地体验每一丝感受。自胜照常地每天给徐绽短信,但是频率下降许多,看来这次靠短信是挽不回的。

临近开学,学生相继返校,校园里人多起来。不久,陈帅回来了。自胜把跟徐绽的情况跟陈帅说后,陈帅依旧热情地把事情揽在他身上。

"没事,包在我身上,几天之后你们会和好的。"

周六的傍晚,自胜接到了陈帅的电话。

"快过来,东门外的湘菜馆吃饭。"

多天来为徐绽神不守舍,自胜也期望能暂时从这个困局中解脱出来。挂了电话,他赶忙往东门走去。

赶到湘菜馆,徐绽、王晴、陈帅坐最里面的桌子言谈欢笑着。原来她也在这里!自胜一下子变得进退维谷。他不好意思面对徐绽,更何况还得当着他人。

"站那里干吗,过来坐。"

徐绽扭过头,原本的一张笑脸一下子变得漠然。等自胜落座,她低头玩起了手机。

席间陈帅制造了许多话题把他们联系起来,王晴也在一边帮腔。挡不过他们的撮合,也是碍于面子,当话头到了他们这里,他俩也能若无其事地配合。散席时已是星月满天。

王晴、陈帅托词另有他事先走一步,把他们留在了身后。

这时的校园显得清净、朦胧。光与暗影交错,造成夜的景色。

两人互不搭理前后相跟着走着。这段时间的生疏,自胜心里有点忐忑,好几次话到了嘴边又没有说出来,眼看就要到寝室了。

"有话对我说吗?"

"有,有话跟你说。"自胜支吾着。

"去那边坐一会吧。"徐绽指着草地里的长条凳。不知怎么的,就算心里再恨他,但一见到他心就软了。

等坐下来,自胜把发短信的动机跟这些天的忏悔通通说了出来。徐绽克制着感情,默默地听完了一切。

"那我们分开吧,耽误你的前途,这个罪名我担不起。"

"不,不,不能分开,我们要在一起。所谓前途,如果少了你,再风光又有什么意思。你不知道没有你,见不到你,你不接我电话的时候我是多么难过!"

"不要这么说,你只是一时激动。说实话,我也放不下你,我们还是冷静冷静,过段时间再说。你仔细考虑,我也好好掂量。等你平静下来,把问题想清楚了还这样说我才信。"

自胜先前那些话把徐绽触动了,她想着这样说自胜是不是又会有心理上的负担,继续让他难过,让他不能释怀?

停了会后她又说道:"因为你不高兴,张大普暑假叫我去兼职我都没去,暑假的兼职是重新找的。你再也不要疑心我了,我现在就把他电话号码删了,你知道我不记号码的,删了就不知道了。"徐绽把手机拿到自胜眼前把张大普的号码删掉了。

"张达跟我是一个地方的熟人,这不能删,你要相信我,我跟他只是朋友。寝室快关了,我进去了,你也赶快回去吧。"徐绽进寝室后,自胜站草地上望着她寝室的灯光看了好久。

这些天来,情绪上的风浪不曾停歇。为了考研把她放下值吗?为了她把考研放下划不划得来?到底孰轻孰重?如果他们能一起考研,这是最好的。徐绽说等情绪平静后再说,看来她心里还是有他的,到时能不能说服她了?

重回温柔乡,好比久觅不见的珍宝又回到了手里,这些天的苦闷一扫而光。自胜又忘了父亲口中那些刺耳的话语,忘了父亲鞭策他追求的前途。他的心思全聚到了徐绽身上,徐绽的一个笑脸,是他生活里最耀眼的光彩。

第十六章

九月，宁静的校园喧哗起来。学生们春风得意，笑容满面，似乎要在新学期里大展拳脚。然而短暂地兴奋过后，生活又回到了旧轨，开学时的踌躇满志大多烟消云散。上课一星期后，校园出现身着迷彩服的大一新生，整齐的步伐，喧吼的口号警示着年华的流逝。

这些天来，自胜恢复了跟徐绽的联系，虽然言语间还很平淡克制，但火种点燃了，还怕烧不起来？似乎差不多情得圆满，只是一切远景上的规划退得远远的了。跟眼前的温柔比起来，那些不可知的未来虚无缥缈。如果少了徐绽，一切的成就又有什么价值跟意义？

这次关系的愈合中，自胜诚惶诚恐。他怕徐绽不高兴，怕编辑的短信会引起歧义，徐绽占据了他所有的思维。

对徐绽来说，她是个心软的人，本身就放不下自胜，自胜这些天的诚恳打动了她。这段时间他在她面前卑躬屈膝，她看着心里难受，她希望自胜还是跟以前一样的嘻嘻哈哈。心已向他靠近，但女生的面子让她表现得冷淡，她又怕他误以为真，怕他难过。都折磨他十几天了，再这样下去实在于心不忍。徐绽等着恰当的时机把一切都向他道来，这几天她回复的短信再也不是一个哦字。

开学时是辅导员最忙的时候，其中重中之重是催缴学费。自胜拿着现金到财务处时收费窗口排出了长龙。在排队的这点间隙里想起林语堂的话，"大学交学费就是养活了教书匠，如果用交学费的钱买书自己看，学到的知识会多得多"，自胜忍不住笑了出来。老师靠学生吃饭，结果老师还在学生面前耀武扬威，老板受员工管制，这恐怕是经济领域少有的现象。

"学号多少？"终于轮到自胜，他报上了学号。

"经济专业，六千二，没错。"财务人员自言自语地说着。

"呃，这位同学，上个学年的学费没交啊，怎么回事，赶紧补交上，不然没法注册。"

自胜没有在意，拿过收据走了。

两天后，廖辅导员召开班会。

讲完琐碎的事情后辅导员叫学费没交清的学生留下，马上座无虚席的教室只剩下五个人。

"你们几个怎么搞的，学费都没交？"

这句话没有特指，五个人都没回答。

"你们赶紧把学费交上，不要拖班级后腿。你们不交，班级评优评先都没资格。"

廖辅导员扫视着五个人，他们还是一声不吭。

"不交学费不能注册，不注册就没有学籍。你们啊，快一点，不然这学白上了。"

他停了会又说道："你们不交学费，这账又赖不掉，不但不能注册学籍，还影响我拿奖金。"

这句大实话惹得五个人差点笑出声来。

"你们学费怎么不交,大概什么时候能交上?都一一说说。"

"家里钱盖房子了,房子盖完后就有钱交。"

"爸爸做生意把钱全投进去了,等回笼一笔资金就会给我转过来。"

"炒股票亏了,等发两个月工资就能交。"

"卡掉了,挂失中,十多天把卡补上就能交。"

前面四个同学把能想的好理由都说了,轮到自胜他说道:"家里困难,没钱交。"

"你们四个尽量快点把学费交上,先回去吧。自胜你留下来,你是什么问题,老师得跟你好好谈谈。"

四个人露着笑脸把自胜留在教室里,这时自胜才反应过来他的说辞是多么傻,哎,辅导员最怕交不上学费的。你以为说没钱就拿你没办法了吗,装穷不如摆阔,顶好的办法是说家里有钱,暂时周转不灵最好。这样等于给了老师希望,也给自己解了困。说错一句话闹得成了重点关注对象,但话又已经说出口要改回来是不可能了,自胜设定好角色,按没钱的套路演下去。

于是,自胜说父母都已下岗,是低保户,说来说去就是找没钱的理由,反正学费暂时不交确实也没事,不交学费不注册那是辅导员吓人的。

辅导员见实在拿他没有办法,同事又在喊着去吃中午饭,就让自胜走了。

对廖辅导员来说,根据十几年的带班经验,家里资金周转不过来的学生他不怕,最担心的是贫困学生,这些学生拿他们毫无办法,反正他是没钱,也不能拿他怎么办。到毕业时要是学费没交清,到时就得由辅导员负责。前几年好几个同事班上有学生没交清学费毕业走了,结果学校把学费的差额直接从辅导员工资里面扣了。对这种贫困学生，当然得要操更多的心。怎么操心了，既然对他本人施压不起作用，那就直接联系他父母。

于是食堂吃过饭回办公室后，廖辅导员把入学时的信息登记表翻了出来，很快就翻到了自胜的登记表，并立马拨通了家庭联系方式那栏的电话号码。

自胜父亲接到陌生电话语气有些粗暴，等廖辅导员说明身份后火气才消下来。当听到自胜学费没交时，一腔怒火升起来，这个家伙把钱干什么去了，学费明明给他了，这么大了还不让老子放心！

但为了顾全儿子的面子，自胜父亲对辅导员的催促跟责备都只是连声应和。

"好了，老师，我会尽快把学费凑齐转给自胜的，让老师您操心了。"

他承担了没有给儿子准备学费的责备，承担了廖辅导员对他的轻视，他不能把事情说破让老师对自胜产生看法。

挂断电话，自胜父亲这些天好不容易平静下来的心又搅乱了。他对自胜从小严格要求，心血都花在他身上，最殷切的希望都寄托在他身上。眼看他长大了，上大学了，表面上虽不露声色，但作为父亲还是为儿子欣慰，总算没让他太失望。父子间虽有距离，儿子不理解自己，但他想等自胜自己当了父亲后会懂得他的用心良苦的。

现在，自胜学费没交像根引线，原来这小子还是这么不成器，还要老子给他操心！

自胜妈妈见他挂了电话气急败坏的样子忙问他什么事，他只是吼道："你那个败家子又不规矩了。"

"嗯，我的败家子，你没责任。"

"从小被你惯着，结果现在都不成器！"

"好像你没惯！"

儿子已上大学，都懂事了，又能做什么事让他这样大发雷霆，他好久不这样了。自胜母亲大为疑惑。

老婆跟自己顶嘴，自胜父亲于是接连开始数落老婆的不是，在气势跟音量上完全占据了优势。

自胜母亲声音大不过他，退到卧室去了。一肚子的气没地方出，他拨通了自胜的电话。

父亲打电话过来，真是难得，自胜心里流过一阵暖流。虽正在上课，他还是打个报告出了教室。

手机在震动，自胜竟然有点紧张，他深吸口气接通了电话。

"爸。"

"你这个败家子现在在哪里？"听筒里是暴怒的声音。

父亲怎么了？喝酒了？

"我在学校。"

"在学校干什么！"

"在上课。"

"你的学费怎么没有交？"

听到这，像是冰水浇灌了全身，自胜禁不住地颤抖了几下。

父亲怎么知道他学费没交，他是怎么知道的？

没多的时间考虑，自胜说道："钱没取，过几天就交了。"

"你这败家子还骗我了，你老师说你是上个学年的学费没交。你这钱花哪去了？平常生活费有亏待你？你一天在学校干什么？老子不期待你多有出息，你倒尽给老子丢脸！"

劈头盖脸的喝骂没有回嘴的余地，自胜默默地听着，听着。

"老子今天就买票来学校给你交学费,你这个没用的家伙,这么大了还不给人省点事。"惊悚中,父亲挂断了电话。

没交学费竟然闹到父亲都知道了!难道是辅导员给家里打了电话?现在怎么办?父亲本来就对他失望,这件事会使他如何看待自己?我难道真的不如父亲拿着跟他对比的那些人?想起父亲的严厉,也只能怪自己,谁叫你这么不成器!

羞愧涌上心头,怎么跟父亲交代,他不会就此对我不再抱有希望吧?神情沮丧,天地间似乎都没有了光亮。

两天后,自胜在校门口见到远到而来的父亲。

父亲显得风尘仆仆,火车的劳顿使他一脸倦容。满脸的倦容又不减威严,自胜有点害怕,他畏怯地走了过去。

"你们学费在哪交?带我去。"声音比较柔和。

父亲并没有骂他,自胜有点意外。他走前头带着父亲往财务处走。迎面的同学跟自胜打着招呼,这时父亲紧绷的脸放松开来,对打招呼的同学报以笑脸,总算没让他在同学面前难堪。

交过学费,父亲要见辅导员,自胜把他带到办公楼。

"你在外面等着吧,我去跟你们老师聊聊天。"自胜跟父亲说了廖辅导员的姓名跟办公室门牌。

自胜父亲的到来让廖辅导员吃了一惊。

"您专程来给自胜交学费?"

"不是,学费前几天打到他卡里了,今天是出差刚好路过顺路来看看。"

"哦,这样就好,我还以为麻烦您亲自跑一趟了。其实辅导员没什么权,也是听上面的指示,领导要催缴学费我们也不敢放松。"

"给老师添麻烦了。都怪我之前工作太忙,忘了给自胜打学费。他会马上交上的。"

"也不急,也不急,要是困难的话,可以缓一缓,什么时候交都可以。再缓一缓学校也会宽限段时间的。"

"不能给您工作添麻烦,马上会交的。老师,自胜在学校表现怎么样?"

"也还好。学生嘛,脱离了父母的管束,比较自由一点。"

"我也知道他比较散漫,他成绩怎么样?"

"中等,过得去。大学都不在乎成绩,精力都谈恋爱去了。"

"自胜谈恋爱了?"

"这正常事嘛,他没跟你提过?我在学校里碰到过几回。"

"哦。"

自胜谈恋爱了,儿子长大了作为父亲当然开心,自己年轻时不也一样。但心里马上又跳出来个想法:谈对象会不会影响考研?会不会影响他的前途?谈恋爱的心思他是知道的。

"老师,你能帮我找下自胜女朋友的电话号码吗?"

徐绽是学生会干部,廖辅导员又在团委负责学生工作,他翻出个笔记本,把徐绽电话号码报给了自胜父亲。

"没错的话应该就是这个。这个女生叫徐绽,能力、学习都挺好的。"

两人又谈了会,已是中午时分,自胜父亲不便久留。

"老师,这是一点意思。"自胜父亲从衣兜里拿出个红包放在了办公桌半开的抽屉里。

"你这,这怎么行了?"辅导员瞟了下门口没人,也就没再推却。

"自胜的学习请老师多多关照。"

"好的,好的,没问题。"有人给辅导员红包,他有点受宠若惊。

儿子都谈恋爱了，学费又没交，看来这钱花在女朋友身上了。这是自己年轻时的影子，也怪自己，自胜这么大了一个月还只给那么一点生活费，在这方面，自胜父亲是完全可以体谅儿子的。但恋爱那种又甜蜜又苦涩、心神不宁的滋味他也是懂得的，自胜还要考研，会不会受到干扰？

自胜父亲思索着出了办公楼。

本来还要追问儿子学费花哪里去了，既然是交了女朋友就没再追问。

父亲的和气让自胜有点诧异，是不是暴风雨前的平静？自胜在警惕中等待着风暴的来临。

吃过饭带父亲转了校园，晚上父子挤在一张床铺上，自胜奇怪父亲为何完全没有追问他学费花哪去了。

第二天上午自胜送父亲去了车站，下午还有课，父亲进站后他就上了去学校的公交车。

学费没交，父亲竟然没有追问，侥幸得不可思议！现在父亲回去了，终于可以放松下来了。只是父亲进站时叮嘱的那句"你一定要考上研究生，争口气"对他是个重负。

公交车不久到了校园，自胜顾不上想太多。到寝室后发短信给徐绽说请她吃晚饭，徐绽竟然答应了，真是惊喜！她答应一块吃晚饭，那是不是表示她完全谅解他了？自胜恨不得时间能走得快点，他满怀着欣喜盼望着……

第十七章

自胜父亲进了车站,二十多分钟后又从站里出来了。

他走到售票厅,把票改签到了第二天。

在售票厅的二十多分钟,自胜父亲发了条长长的短信,得到回复后又打了电话。现在他出了售票厅,上了去学校的公交车。

到校门口后,他又打起了电话。

"我在校门口,校门口见吧。"

"好的,我马上到。"

几分钟后,一个女生出现在视野,快步向校门口走来。自胜父亲也走了过去。

"你是徐绽?"

"嗯,我是徐绽。"

"我是自胜父亲,这我身份证。"

徐绽接过来看了。

"叔叔您找我什么事?"自胜的父亲找她,徐绽难免有点紧张。

"也没什么事，就想通过你了解下自胜。"

"有什么事您直接说。"

"其实做父亲的这种事不该问你这女生，但也没办法，不好意思小姑娘。自胜跟你在谈恋爱？"

徐绽迟疑着还是点了点头。

"我知道，自胜看上的女生差不了。但你们有长远的规划吗？"

徐绽没有作声。

"不知你怎么看待自胜的？"

"他挺好的。"

"那你们闹矛盾吗？"

"偶尔会有些磕磕碰碰。"

"现在你们都大三了，你是打算考研还是直接工作？"

"工作吧，我不考研。"

"哦，这样。"自胜父亲脸色绷紧了。

"一起考个研也好吧，学历高一点毕竟今后的机会会多一些。"自胜父亲接着说着。

"每个人的家庭情况不同，想法也不一样吧，我是不考了。"徐绽语气坚决。

自胜父亲听徐绽口气这么坚定神情有点黯然，他停了几秒说道："姑娘，你们现在谈恋爱不考虑以后的前途？我这话说得自私点，我好几个同事的子女都考上了研究生，自胜也是要考研的。不然同事们一聊天我都说不上话。你们不能只顾眼前，要眼光长远。既然你这么坚定不考研，那就让他安心考，行吗？"

"您这是什么意思？我让他安心考研？"

"我的意思是既然你不考，你就不要打扰他。我这样说很过分，对不起。你们暂时分手，让他专心复习，这样也考验考验他，看他对你是不是情深，如果真的有感情，等他考完后复合就好。我知道，男女朋友间小矛盾少不了，很分散人精神，所以我说了这不近人情的话，这对你不公平，但也请你理解。"

"自胜要考研，不能有任何分心事。我劝你们分开一段时间，等他考上研，你们也会有一个更好的明天。"

"他上了研究生，如果你们感情真挚，还是能在一起，这点考验肯定能通过的。他有个更好的发展，这对你不也很好吗。徐绽，我之所以来劝你而不劝自胜，因为我知道他的脾气，他自制力不强，如果我跟他说要你们暂时分开一段时间，他是做不到的。今天跟你说这话，是想以后他找你，你也别搭理他，请你理解。"

徐绽默默地听着，心里的苦涩波涛汹涌。

"男子汉因为谈女朋友耽误前程是划不来的，我说得很实际，你不要介意。你还小，等你走上社会，你就会知道男人有本事最重要。自胜为了练本事，你们暂时分开一段时间，如果有真感情那不妨把这当个考验。你说好吗？"

"只是暂时分开，您不反对我们谈朋友？"好久，徐绽才开口说道。

自胜父亲点了点头。

"那好，既然您这么说，那么从今天开始到考研结束我都不会理他。"

"谢谢，谢谢，你真是通情达理的好姑娘。"

"您放心，我不但不会理他，我可能还会激他，他一定会考上的。"

这天下午，自胜满怀心喜等待夜晚的到来，像是第一次约会，既紧张又期待。大概今晚他们又能回到过去的亲密无间吧。下午忍不住发了几条短信，但都没有得到徐绽的回复。

答应自胜父亲的要求后,徐绽脑子里一片空白。从现在到考研结束这段时间分手,还不能明说,徐绽真是不忍心。但如果把一切缘由道出,自胜还是会三番四次来找她的,何况她也没有把握不去打扰他,这段时间里还能分得彻底?看来只能设个迷,双方都撕破脸皮,让双方都不再留有余地,等考完研后再告诉他。本来互相爱慕的人,却要故意设置这些藩篱,这对徐绽来说是多么残忍!但不这样又能怎么办?

既然允诺了自胜父亲就要全力做到。为了自胜的前程,你必须在考研的这段时间里断然斩断所有联系。虽然会难过,会让他误会,但只要是为了他好,那也是值得的。如果能让他有个美好的前途,这点隐忍又算得了什么!

当天下午,收到自胜的信息她没有回复,将要一年多不理她,想想心都酸了。本来想着晚上见面会重归于好,偏偏却还没有走近距离又拉远了,生活像一场戏剧,永远不知道接下来是什么情节。

那天晚上,接连的短信得不到回复,自胜一头雾水。电话打过去先是没有人接,再晚点提示音又变成了"您拨打的电话正在通话中",她在跟谁打电话?接连这样几次后他才幡然醒悟,徐绽又把他电话号码拉进黑名单了!

到底是怎么了!我又做错了什么事?中午回寝室发短信还好好的,变卦变得这么快,没想到她这么不可理喻!多天的小心谨慎又没有结果,自胜累了。整个晚上都给徐绽发着短信,她这样突然不理不睬到底是为什么?自胜像个受了委屈的孩子,心里苦涩又无人诉说。

徐绽看着短信,透过字里行间她想象得到自胜的难过,但她又能做什么,唯一能做的是彻底一点,不要往复来回地给他伤害。徐绽痛苦地关了手机。

短信发过去再没有发送成功的回执信息,电话打过去已经关机，她是这样讨厌他？这么不讲信用，说好的吃晚饭的，竟然完全不当一回事！一股恼怒的情绪涌上心头，她是这样轻视他！一阵怨气过去后，自胜又想徐绽是不是在考验他对她的耐心，很有可能。她应该是在考验他的诚心，看他是不是真的汲取了之前所犯错误的教训，会不会稍有不乐就像上次一样发那么伤人的短信。这样一想，自胜像是恍然开悟，他满怀着希望等待着明天。

第二天，电话照样打不通，短信依旧得不到回复，自胜把电话打给了王晴。

"徐绽在寝室吗？"

"徐绽，你手机没开吗？自胜打电话找你。"

听筒里是王晴高声喊着徐绽的声音。

这时候，徐绽在洗衣服，她走过来轻声说道："说我不在，出去了。"

王晴一脸疑惑地看着她。

"自胜，徐绽一大早就出去了，你直接打她号码吧。"

"一大早出去了？去哪了？"

"这，她没跟我说了。"

昨天酝酿的希望落了空，徐绽还是不理他，到底什么原因？原来她是这样的人，不打一声招呼就对人摆一副脸，脾气这么大，还真以为世界要绕着她转，真是看错了眼！

忽冷忽热，岩石都容易开裂。徐绽遽然的冷淡，自胜像从炎夏掉进了冰窖，反差太大，更容易让人心灰意冷。

整整一个星期没有联系上徐绽，时而自责，时而愤怒，像钟摆般来回荡着。整个的感觉是徐绽轻视自己，没把他当一回事。她怎么能把他当一回事了？呵呵，还不是因为地位没有比她高很多，如果他现在是个大人物，发短信她会不回？打电话她敢不接？

这样情绪泛滥的时候，徐绽在他眼里被鄙夷得一文不值，想着他功成名就的那天，徐绽面对他会做何反应？她有什么了不起的！

白天黑夜虽在轮换，但永远脱离不了既定的轨道。自胜思绪复杂，终究还是放不下徐绽。于是，他开始从王晴那里打听徐绽对他的态度。

前些天看他们慢慢在合好，现在又出了问题，王晴也莫名其妙。她请示徐绽怎么回复，徐绽只是要她说自己不知道。

"你们到底是怎么了，两个人好好的不行吗？非得折腾。"王晴觉得要指教一下她的朋友。

"我们分了。"徐绽故作轻松地说。

"别开玩笑。"

"没开玩笑，真的分了。"

"他不要你了？"

"也许是我们彼此都看不上对方。"

为了把分手做得真实，徐绽不能跟任何人透露口风。她怕自胜如果得知真相的话会前功尽弃。

"你别逗了，他还问我你的消息了。"

"他要再问你你就跟他说我跟高中学长好了，他是研究生，你自胜比不过他。"

王晴走过来，手贴在徐绽额头上，"你没傻吧，能开这样的玩笑。"

"没开玩笑，是真的。上个学期高中学长来了你不也看到了，这个月我都在权衡考量，现在拿定主意了。"这些话自胜听到了会如何反应，徐绽不敢想。她只知道如果相信了这些，他肯定不会再纠缠，他是个要面子、有骨气的人，不会为了一个对他没有感情的女生浪费时间的。

徐绽一本正经的表情不像开玩笑，一直以来王晴都羡慕他们，想不到昔日的缱绻到如今却如此脆弱，爱情难道不是想象中的地久天长？

王晴想安慰她几句，徐绽依旧是谈笑风生，看来她再说什么都是多余的了。

"王晴，你是不是觉得奇怪，我们会这样分手，你是不是认为爱情不可靠？"

"我有点担心。"

"其实不是，爱情永远是可靠的，移情别恋是找到了更好的人，更美好的爱情。爱情不是固守一人相伴到老，而是四季常开的花，每个季节的色彩不一样罢了。"

"你说什么，都成哲学家了。"

徐绽自己都没料到会说出这样的话，她赶紧把话题扯过来，"自胜要再联系你，你就这样跟他说吧。"

"这个恶人我不做，要说你自己说。"

门砰的一声推开了。成谣站在门口。

"你们在谈什么，下午打羽毛球去。"

"她跟男朋友分手了，心情不好，不去了。"

"哦，你跟那个什么自胜分手了？"大一时的念想终于实现了，徐绽！

徐绽没有答话。

"你们寝室先去吧，我在寝室陪陪她。"

当徐绽这么淡然地说出分手，以前在王晴眼中那个稚气、单纯的小姑娘原来是看错了。一直以来把她当妹妹，现在看来她比自己成熟多了，需要人照顾的根本是她王晴，真是穷人摆阔请阔佬吃饭！

接下来的一个星期，自胜不断地给徐绽发短信，他甚至在寝室楼下守了几个晚上，但徐绽都躲开了。

自胜的耐心有限，想不到徐绽这么不讲情理，基本的礼貌都没了！

在收不到短信的时候，风雨纷至沓来。

一天自胜在徐绽寝室楼下候着时碰到了成谣。

自胜没搭理她，成谣自己凑过来了。

"等徐绽吗？"

"嗯。"自胜不耐烦。

"你还在这傻等，真是傻得可爱。听说你们分了？"

自胜不置可否。

"这几天我在她们寝室看到徐绽又天天打电话打到很晚，都熄灯了还在走廊上说，吵得我们都睡不着。"

自胜没有作声。

"你还不知道啊，她早有新欢了，听说是研究生高中学长，真是有了新人忘了旧人！从来只见新人笑，不见旧人哭啊！"

"好了，别说了。"

成谣笑着往寝室走，她这几句话像毛毛虫落在自胜身上，痒兮兮的。

她到底是怎么回事？自己到底又做错了什么？

长时间的好言好语得不到回复，自胜的耐心到了极限！

有什么事不能说吗，要这么不了了之？如果是我做错了什么事，你就就直接指出来，如果你是另有新欢好歹也说一声。这一刻自胜并没有把徐绽看得多重，他觉得徐绽做人做事有问题，真想不到她是这样一个人！

对徐绽的印象已是如此不堪，自胜又再次把她的高中学长跟张大普经过想象加倍地编出侮辱、攻击性的短信发过去，这些短信平伏了他的心火，她以为她有什么了不起！只是每次这潇洒的感觉只存在了片刻，就陷入无边无涯的痛苦深渊。

对徐绽来说，一切她都在默默承受，无人诉说，更不会有人来安慰。她看起来是那么一如既往,甚至同学听说她跟自胜分手后的平静都会感到惊讶。

又是侮辱性的短信,看来他再没有耐心了。情况朝她导演的方向走,一切都好,想不到难过也会是种称心如意!

徐绽给自胜回复了短信:很对不起,我跟高中学长好上了,就是上学期你看到的那个。很抱歉,如果这伤害到了你的话。我是个俗气的人,做选择有许多现实的机巧跟考量的。如果你要问我为什么选择了他,那我告诉你:也许我对他不是很有感觉,但他是研究生,而且他说只要我做他女朋友,我要考研的话他帮我找老师弄到专业课的题目。你想不到我是这样一个投机取巧的人吧,你觉得看错我了吧?其实我本来的面目就是这样子。至于前两年,你认为我简单,我想如果不是我装得太像,那就是你太傻,要不就是我长大见事多了,知道自己想要什么了。

你不是说你要考研吗,当时我没附和你,那是因为相比期货,我更偏好现货,何况你还不一定考得上了!我就是这样一个势利、市侩的人。我不值得谁留恋,在这风尘仆仆的世界里,人的行为都是自利,包括男女间的感情。你言语怒不择词,这是不必要的。我根本不值得你动这么大的情绪,用那么尖刻的词汇。如果我不是心存善意,我会说你留着那些话今后送给别人吧。

你要考研,没我打扰,一定考得上的。

一个字一个字占满屏幕,等到打完最后一个标点,徐绽泪水沾湿了衣襟。

这条短信发过去,他们这段感情就此封存了吧。

为了让他彻底寒心,也为激他一把,她临时编出要考高中学长学校的研究生,自胜看到会奋发还是就此消沉?

难受,真不知怎么办才好!当他考上研究生,到时候一切再向他道明，那时能够挽回，能够既往如初吗？

徐绽想起了他们第一次约会时的情景，为考验自胜冒充别的女生写的情书。这些都过去没有多久，风云变幻，现在是这样的局面。

心酸，想要好好地哭一场。长痛不如短痛，徐绽鼓足勇气发了过去。当显示发送成功后，四周变得静谧，天地万物像是都将毁灭。

自胜咬着牙关看完了短信，失声笑了出来，想不到他竟然不如她口中的高中学长。一个研究生、一份专业课题就是她分手的理由，想不到她这么势利浅薄。也好，早点看穿了也好！

从小生活在父亲的威严之下，自胜最怕被人瞧不起，徐绽为研究生学长而跟他分手戳中了他的软肋。就因为高中学长是研究生！就因为比他有前途！

现在都是在跑道上，暂时领先了一个身位就一定能领先到底？真是眼光短浅！老子要让你看看到底谁更有前途，谁的本事更大！

一刹那间，自胜下定了主意，他不会再为她难过，不会再为她操心，不会再对她不分昼夜地日思夜想。他要把这段感情封上封条，努力开拓出新生活。他要干出成绩来。我要是考个比她高中学长更好的学校她不就会后悔吗？自胜恨得咬牙切齿！

这个原因分手，自胜没有回短信。难过但又轻松，他看不起她。

这段时间来终于可以舒一口气，想象中她是多么的重要，但是事到如今，生活还是依旧，也许真的没有谁是不可缺的。

为冲淡错综复杂的情绪，自胜喊上室友去啤酒广场买醉言欢。

徐绽握着手机，等待着短信又不想收到短信，她已是泪眼婆娑。

难过不能让人看到，她躺在床铺上，被子盖得严严实实。

没有等来短信，难过中又有丝安慰，效果真的达到了！

一天过去，两天过去，藐视徐绽的这剂麻醉剂在失效，自胜又一次尝尽了难言的滋味。只是这次他下定了决心——再也不会联系她！一切都得自己消化，让她随风而去吧。

自胜毫无动静，看来是达到了初衷。只是不管有回复还是没有回复，徐绽都不会轻松。她是计划的执行者，她承受着一切，心里痛苦还要用欢笑来表现。好久过去，心还在隐隐作痛……

时间带来春夏秋冬，时间让一切灰飞烟灭。时间淘洗着万物，在时光这把筛子里，人生能够留下什么？

在时间的抚慰下，徐绽、自胜心里的纠葛都暂时封了起来。

太阳每天升起，生活还在继续，何不用笑脸面对每一天。

接下来的日子，清晨的操场、晚上的自习室总有个雷打不动的身影。同时，在图书馆也常看到一个女生，似乎只要没上课就能见到她。两个身影迎面而来时总是行色匆匆，神情木然。这两个身影将会如何演绎今后的生活？

第十八章

　　杨柳树上的嫩芽召唤着春天。不久，新绿开始装点光秃的枝干，向阳的山坡上铺上了春色，淡绿的草色中已夹杂着缤纷的野花。冬寒在春风中消退，一季的萧瑟后大自然开始变得生机勃勃。

　　已是大三下学期，慵懒的大学生为毕业忧虑起来，考研、考证、找实习，大家纷纷忙碌起来。对自胜来说，考研已正式提上日程。每天的生活都是周而复始，常常下午到教室一坐，抬头时窗外已是漆黑一片。这样的日子里，生活是充实的，简单快乐的，学习本身能带给人欢乐。

　　徐绽了，她本来根本不想考研，但在给自胜的短信中说她高中学长能给她帮忙，当时根本没考虑说了这话会怎么样，后来她一琢磨，既然话说出来了不去坐的话，自胜考研复习这段时间里还会心存希望，会让他分心。于是为坐实短信的说法，徐绽开始去图书馆自习，并且放出了风声。那些对考研犹豫不决的同学纷纷都跟她打听情况，在这样七七八八的交谈中，她对研究生的相关政策了解了许多。虽然家里经济不宽裕，但考得好的话能拿奖学金,这样就不会给家里增加负担,而且研究生确实能找个相对好的工作。大三的生活本来就彷徨迷茫,虚掷光阴不如找点事做。徐绽开始全身心地复习,考上了固然好,没考上就当消遣吧,只要自胜考上就行了。

对现在的状态,有时候她也觉得好笑。当初自胜要她一块考研她回绝,而现在……生活是这样的让人不可预知。不过可以肯定的是现在这个状态自胜再不会有分心事,给他那么大的打击势必会激起他的好胜心,他会更加专心复习,他会考上的。只要能让他更进一步,她受的这点委屈又算得了什么。每天沉浸在书里,时间过得飞快。

偶尔看到徐绽背着书包往图书馆走,自胜想起短信里说的,他失声笑了出来,原本还将信将疑,现在全都证实了。

看书看累了休息的时候,他仍然时常想到徐绽,像是做了场梦,这个梦又醒得太早,她离自己远了。一开始有很强的怨恨,但随着时间的过去,反省下他应该平心静气地看待她,从她的角度来说,徐绽做的选择似乎也不能苛责。

同在一个校园,免不了有碰面的时候。自胜虽表现得视而不见,但两眼的余光全落在她身上,或许这就是世界上最遥远的距离。

时光永远不待人,不知不觉日历翻到六月份了。

一天,自胜晚自习后回到寝室,寝室里闹哄哄地挤满了人。听他们说了一阵,原来陈帅揽上了新生意,在推销他的六级考前答案。

"刚我跟你们说得都差不多了,考前十五分钟发答案,答案不准不要钱,考后结账。你们谁想要报个名,交个定金。"

寝室里交头接耳议论开来。

"这答案靠不靠谱?"

"价钱还有少吗?"

"咱们三个人买一份,考前答案发给你后你马上发给我们。"

"我跟你们说,答案肯定是靠谱的,不靠谱不收钱。价钱了也就这个价钱。另外刚听你们说能不能几个人就买一份答案,这个我跟你们说吧,我表哥的团队做题速度没那么快,有一部分答案考前能发来,有一部分答案是考中发,这个考中发的答案得用我们的隐形耳机,效果还不错。买隐形耳机才能有一份完整的答案。这价钱不贵啊,六级证还值不了这点钱?"

寝室里闹得乌烟瘴气,好不容易终于散了。

"几个人买你答案了?"

"整个学校有四五十个吧。"

"那你小赚一笔,答案真可靠?"

"当然,我表哥做这个几年,没失手过。"

"还真能考前泄题?不可思议!"

"你要不要,考前发你一份。哦,忘了,你大二时就高分过了。"

"你们那考前答案准确率有多高?"

"准确率一般,但能过。你要考研,不用那么用功,考研也有考前答案,我就等着考研时再赚一笔。"

"算了吧,还是自己努力得来的靠得住。"

"算我没说。"

暑假实习结束后已快九月。找工作的同学开始制作简历,参加校园招聘会。考研的学生已进入最关键的冲刺时期。徐绽、自胜每天在图书馆、教室复习,时间每过一天他们就离成功、离和好近一天。

十月,开始报考。自胜赶早报了学校,他不想惦记着一个事情没有做完。

在自胜报名后,徐绽通过同学打听到他报考的学校,她毫不犹豫地报了同一所学校。这样等到同时考上时先前编出来的理由就不攻自破，到时所有的心结就没有了，自胜会理解她会更喜欢她的。

日子一天天过去，清晨的温度一天比一天低。户外风霜肆虐，早起需要勇气。考研时间一天天临近，这个时候在图书馆、自习室没开门前，总有许多学生在风霜刺骨的户外高声背诵着。

自习室黑板上的倒计时数字越来越小，越来越小，考试日期终于来了。备考时还是春光明媚的三月，现在是寒风朔骨的严冬。出发时觉得远方遥不可及，但跬步积累下来，今天也到达了目的地。

考上研究生，总算可以给父亲争光，让父亲在同事面前有面子，自己也终于可以出口气了。自胜信心满满，志在必得。考场位子提前一个月收到的准考证上早已安排好，在北院。前几天跟同学闲聊，有个同学跟徐绽在南院同一个考场。

西北的地方时差北京不止两小时，虽是八点半开考，但西北八点几乎看不到曙色。在黎明前的黑暗中，学生们赶赴考场。

第一场是政治。政治考试保底容易，要高分相当难，正像是相关部门的晋升，能上一个台阶的基本寥寥无几。试卷发下来，自胜沉着应考。选择题做完才花了四十分钟，于是他左顾右盼看了一会旁人的表情。

监考老师沉闷地过了四十分钟，见自胜左顾右盼，这正像平静的湖面跃出来的鱼，监考老师找到了注意点，自胜对望老师几眼，埋头写起了简答题。

两个多小时的简答题，时间看起来很充裕，可真写起来后才发现并非如此。答题纸的空间过于慷慨，自胜把条条框框写完后下面还剩一大块空白，像是大人穿了件尺寸不够的衣服，不得体。这样一来他又花了很多时间自我创新，等写完最后一道题时离考试结束只有十分钟。

第一场考下来还算平稳。中午吃过饭回寝室，张章、李季白知道他下午考试中午要休息，都知趣地出了寝室做别的事去了。下午考英语，这是自胜的强项，他信心满满，躺床铺上安然地睡着了。

"还不起来？"接着床铺摇晃着，自胜马上醒了。张章回来了。

"还有十五分钟开考，快点。"

穿衣、洗脸、收拾文具，这些准备好后已是临考前十分钟。自胜走出寝室楼，手机振动起来。

"请问你是谁？"屏幕上显示的是个陌生号码。

"我。"是陈帅的声音。

"我要考试了，有事晚上说。"

"等会，等会，有事。你旁边有人吗？电话没免提吧？"

"没人。"

"那好。告诉你，我有英语的答案，大作文题目是保护森林、保护生态环境这个主题，你赶紧找几篇范文看看，我就把答案发给你。"

"开什么玩笑，要开考了！"

"没跟你开玩笑，进场后你看作文题目就知道了。我答案发给你，你不要给别人。"

"你确定是真的？"

"当然真的，我表哥看到试卷了。等下发给你后，你把答案抄纸条上带进去。"

陈帅不像在开玩笑，这种玩笑他也开不起。

考前答案该不该信？自胜平静的心搅乱了。

马上，一连串打乱了的ABCD发了过来。

答案是不是真的？可信不可信？思想激烈的斗争起来。作弊，有没有必要冒这个险？作弊的后果很严重的，成绩取消、计入诚信档案、三年内不得报考，如果作弊被抓这一年的复习就白费了，再想考研得三年后。但是今天上午的监考并不是太严，有考生东张西望监考员也没做什么，以前常听别人作弊成功的事，现在机会摆在面前，有捷径可走，自己为何要傻傻的放弃，说出去都会被人笑话。作弊的人多着，被发现的总是极少数，我不至于运气这么差。英语虽是优势科目，那也打不了满分，现在有答案在手，如果抄上答案，成绩会更进一步。研究生考试分数可是锱铢必较，说不定就因为作弊多考几分排名提前多少位。自己又不是什么道德模范，何必苛求。反正先抄上选择题答案，进考场后看作文题目对不对得上再说吧。他又赶紧看了几篇相关的范文。

自胜把答案抄到纸条上时想起六级考试时陈帅也卖过答案，那次买答案的人六级基本都过了。看来今天这答案极有可能是真的，先带进考场反正也不亏。有这种好事，这次英语考试至少上八十五，自胜洋洋得意起来，研究生考试肯定是高中了。考前答案，这么好的事，竟然给他碰上，陈帅真是够意思，考完了一定请他大吃大喝，这个时候记得他，可见他是把自己当朋友的。

要不要给其他同学？陈帅刚跟他说不要给别人，也是，最好不要给别人，给别人也得不到什么好处，而且要是别人知道了，到时考了高分也容易让人窃窃私语，断然不能给别人。不过，自胜马上想到了徐绽。徐绽，对，徐绽，应该把答案给徐绽的。想到徐绽，一阵难受，但来不及细想下去。

时间紧迫，自胜拨了徐绽的号码，提示音是"您拨打的电话正在通话中"。他又赶紧跑到小卖部用公共电话打了过去。

电话响起时，徐绽已进了考场。监考员站讲台上威严地看着考生的一举一动。她刚掏出手机，只听监考老师说道："快开考了，带了手机的同学把手机关机放讲台上来，考中只要发现随身带有手机都以作弊处理。"

刚自胜的号码闪了一下，现在这个座机号是谁打过来的？谁会在这个时候打电话？考完后再回过去吧，徐绽摁了电话关了手机放到了讲台上。

电话没接，看来她已经在考场。

自胜又打跟徐绽同一考场的同学的号码，提示音也是已经关机。看来电话是联系不上了，他赶紧把答案又抄了一份。

徐绽在南院考试，他在北院，一个来回要十几分钟。更何况即使他到了南院，电话打不通的话怎么找她？一个个教室找？

来不及多想，自胜骑上单车疾驰而去，刚进入南院，广播里响起一阵口哨声。快要发试卷了！得赶紧，发试卷后就不能出教室了。

自胜全力蹬着单车，到南院考场停下来快步往考场跑去，天寒地冻中额头上冒出了汗珠。

跑过塑料带拉出的警戒线，在考场入口处慢了下来。七八个坐着的保安站了起来。自胜走到门口欲进去，只听保安道："出示准考证才能进场。"

自胜从文件夹里拿出准考证给保安示意。

保安接过准考证一番打量，刚欲递还给他时后面凑过来的高个子保安道："他这准考证考场是在北院。"

拿准考证的保安仔细一看道："同学，你走错考场了，你在北院。上午没考吗？这都能走错。快开考了，赶紧。"

"我进去拿个笔，上自习时落在教室里。"

"不行，得有准考证才能进。"保安口气威严起来。

"我真只进去拿下笔。"自胜央求。

"别耽误时间了,同学。小卖部买支笔就可以。没准考证肯定是进不了的。你赶紧去南院,开考十五分钟后就不能入场了。"

最后这句话提醒着自胜,他揣着口袋里的小纸条,哎,陈帅要是早几分钟发过来就好了,徐绽要是接了电话要她从考场出来等着那答案也能给她。不对,怎么忘了发短信?真笨!这时自胜才想起来电话虽被拉黑,但短信是能收到的。只怪一年多没给徐绽发过短信,他都已经没有这个习惯!来不及了,事已至此,再也没有办法!

满带着惋惜转身跑出警戒线,蹬上单车往南院飞驰而去。

气喘吁吁,大冬天出了一身汗,进考场已开考十多分钟。

自胜把手机交讲台上后坐定下来,顾不及揩一下额头上的汗,他赶紧翻到试卷最后一页。最后一页的作文题是几幅雨天中一片遭砍伐的树林,泥土被大雨冲刷着裹挟而去,旁边一对父子对着满目疮痍的地貌唉声感慨的图画。

真是难以置信!奇迹竟然发生在眼前!跟陈帅说的作文完全契合,自胜有点不敢相信自己的眼睛,他又把作文题目一字不漏地看一遍,完全没错!太好了!答案看来是对的!想不到运气这么好,自胜心里哈哈笑了起来,老天爷真是眷顾他。

总不能刚开考就直接抄答案,自胜按捺着兴奋故作平静地看起了试卷。笔在试卷上点点划划,心思却全在监考老师身上。

十分钟过去,二十分钟过去,监考老师没有松懈的迹象。

选择题等会抄上就好,自胜翻到最后把进考场前看的范文誊了上去,这可是模板作文,分数肯定低不了。

大小作文写完后,自胜装模作样在题目上勾着选项,只要监考员有十几秒的放松,足够他把答案抄上去。

也不知是监考过严还是自胜胆子小,纸条攥在手心里就是不敢拿出来，他总认为监考老师在盯着他，纸条都被手心的汗浸湿了。时间一点点过去，抬头一看墙上的时钟快到五点。

考试结束时间五点半，不能再等了。

在监考员某个转身后，自胜把裤兜里的答案拿出来压到试卷下面赶紧写起来。每次写五个，写完后再把试卷挪开看纸条。监考员来回经过，自胜吓得胆战心惊，作弊原来是这么个惊险的滋味！好在监考员看他作文写得顺溜认定他成绩好没有注意他，自胜总算把所有选择题抄到了试卷上。抄好后他又把个别题目思考一遍，所抄答案跟自己做出入不大。

终考铃响起后，作弊肯定不会被抓住了，意气风发地出了考场。从来没有哪场考试像今天这么得意，这个时候他已忘了看纸条时的忐忑慌张，满心想着英语会是八十几分还是有机会上九十？真得好好请陈帅吃一顿。研究生肯定高分入榜。只可惜徐绽没接上电话，她要接了电话肯定也是高分。怎么会忘了发短信？也怪自己！

虽然徐绽是冲着高中学长考研，并为此跟他分手，但在内心深处，他还是希望徐绽能考更多的分拿奖学金，毕竟两人现在这状况他有责任，而他心里更是没有放下过她。

回寝室的路上，自胜拨了陈帅的电话。

"抄上了，考完请你大吃大喝。"

"这必需的啊。我早跟你说了考研不要那么努力复习，当时你还不信我，现在知道了吧？"

"嗯。明天的数学有答案吗？"

"应该是有的，关系我们都打点好了。看考前三十分钟。不过数学答案只有选择题跟填空题，大题发不过去。"

"那明天记得发给我。"

辛苦努力了大半年，最后却轻易地抄上答案，早知如此当初何必那么认真，何必为考研跟徐绽闹矛盾，真是划不来。原来脚踏实地根本不如投机取巧！以前看不起这种人，但现在自己有了机会又不回绝，原来走捷径才是人生的正道！

英语抄上答案，自胜有些飘飘然。明天的数学要有选择题、填空题答案，那就只要专心做六道大题，时间大大的有。自胜洋溢着亢奋，他想找个人倾吐，但这种事能找谁谈，他想到了徐绽，但徐绽不考数学，她明天是法律科目的专业课一跟专业课二，根本不好联系她。

第二天一大早，好几个同学喊自胜一块去考场，自胜都推脱了。他独自去图书馆附近等陈帅的电话。考前三十多分钟，陈帅的电话过来了。

这么快，比昨天还早，提前半小时就有答案，自胜沾沾自喜。

"你把答案发来，数学那几个选择题填空题，我都不用抄纸条，默记都可以。"

"靠，今天拿试卷出了点问题，据说昨天英语走漏了风声，你赶紧去考场，数学没答案。"

挂断电话，自胜有点失望。但来不及多想，他匆匆往考场走去。没有答案，他也不怕，本身已经努力复习，考试是没问题的，不过要是有答案那总可以少算几道题。规规矩矩可以做到的事，当有机会走旁门左道时还是不会拒绝，人啊！

选择题、填空题做得得心应手，几道大题做完后还剩十几分钟。自胜松了口气，赶忙检查核对答题纸。题目说易不易，说难不难，都在自己的能力范围之内。英语、数学都考得得意，研究生根本不在话下。

下午的专业课考完，为之奋斗的考研终于结束了。

准备考研，就像身上负了副重担，日复一日地负重前行，经过长久地跋涉，终于到达了终点。跟同学聚完餐后，自胜所有的心思又聚焦到了徐绽。

想又如何，她都要考上高中学长学校的研究生了，想也是白想。去年徐绽对他不理不睬引发他极大的愤怒，但现在想起徐绽更多的是感念与温馨。做不成男女朋友就要完完全全地分道扬镳，恶脸相向，这实在也不必要，毕竟一起有过美好的时光。自胜想跟她说说话，但还是抹不开面子，更怕她断然拒绝，何必自讨没趣。

考试结束，徐绽一年多的隐忍终于结束，这一天总算到了。

为了让自胜考个好成绩，她被自胜看成了势利，看成了薄情寡义，现在可以正名了。受过这么多委屈换来两人都考上研究生，还是同一所学校，等到原因道明，今后的日子还会一块走下去的。

徐绽急切地要找自胜把一切都说明白。

联系他？她抹不开面子。想来想去，这都是一道坎。

对了，昨天下午考前他有打电话过来，那个时候打我电话有什么事？大概是拨错了吧。不过反正是他的手机拨了她的电话，现在打过去也不失面子。徐绽找到论据后鼓起勇气拨了过去。

当徐绽的号码显示在屏幕上，自胜以为是看错了。害怕徐绽马上挂断，他慌忙接通了电话。

"喂。"自胜声音都发颤了，听筒里是徐绽的呼吸声。

听到自胜的声音，徐绽心底泛起一阵热流。像是严寒已尽，坚冰将要解冻，春日的艳阳就要升起。

"喂。你昨天打我电话了？"

"嗯。"自胜紧张地不知说什么好。

"那你打电话有事吗？"

"有事，不，也没事。"

"那到底是有事还是没事？"

"没事。"

一阵长久的沉默，听到的只有彼此的呼吸声。

"真的没事吗？真的没事那我挂电话了。"

"不，等会。其实也有事的。"自胜急迫地说着。

"有什么事，你说。"总算还能说下去，徐绽松了口气。

"我想见你，有话跟你说。"

"有什么事电话里不能说？"原来他还在意她，徐绽放下心来。

"有事，真的有事。"口气已经带着恳求。

"那你说，我听着。"

"得当面跟你说。"

"外面很冷了。"

"放心，就一会儿时间。"

在自胜的一再要求下，徐绽带着笑脸但听起来又是勉为其难地答应了他。

西北的寒夜星月冷清地辉映着。寒风刮到人脸上像粗砂布磨砺般痛。等自胜小跑到徐绽寝室楼下，她早已等着他。

走近，走近，距离在不断拉小，他们相望着彼此，像是阔别已久。徐绽的面孔已清晰可见，勉强叫她下来，很担心她会不高兴，但显然她面色柔和。她终究没有给他摆样子，自胜已经满意了。

天冷得人打哆嗦。在这样的寒夜里，也只有男女间的热情才能让人置身在这广袤的冰窖里。徐绽脸已冻得通红。

"好冷，这里风好大，找个地方避风吧。那边，人少，又黑乎乎的，走，我们去那边。"

自胜听着这句话感觉好熟悉，他们一前一后走到了徐绽所指的角落。

"你有什么事，先说吧。"

徐绽的急促让自胜很没信心。

对徐绽来说，她想把一切都告诉他，但在话题没打开之前，她又觉得冒昧，这样像是她迫不及待地要贴上去似的。

"你考得怎么样？"

"一般，正常发挥。"

"哦，对了，昨天英语开考前你打了我电话？"

"嗯。"终于找到了话题切入点。

"昨天我有英语考前答案，正确答案，当时想着打电话叫你出来拿答案，我都给你抄了一份。"

"有答案，你真会开玩笑。"

"真的，千真万确。不然打你电话干吗。当时时间紧，我只好直接拨你号码。"

"有这种事？"

"嗯，是的。作文题目都对上了，当时我也吃了一惊。"

"你英语还用买答案？"徐绽满是疑惑的表情。

"不，我可没买答案，陈帅考前发给我的。收到后我马上抄了两份在纸条上，想给你一份。可你电话没接，还马上关机了。"

"抄答案，你不害怕？这对别人也不公平吧。"

听到自胜第一时间要把答案给她，虽然作弊是违纪的事，但怎么说了，这说明他在乎她，第一时间想到的还是她。道德、情感纠缠在一起时该怎么评判？

"不公平？我没想，自己做跟抄答案大概会相差十来分吧，也不多。可惜，答案来得晚了点，你手机也关了机，不然……"自胜口气中尽是惋惜。

"作弊你不害怕？监考老师没发现？"

"当然怕。虽然从没想过要作弊，但答案到了手上，我也拒绝不了这个诱惑。"

"那你能考更高分了。"

看来自胜一定会考上,自己发挥地也还可以,原来还有点担心能不能同时考上,现在一切无忧,那么,这一年多受过的委屈可以道出来了。

"你报的哪个学校?"

"厦门大学。"

"这么巧,我也报的厦门大学!"

什么!是听错了吧!徐绽竟然跟他报的是同一所学校,惊讶之时又马上想到这只是自作多情,他强忍着酸涩平静地说道:"原来你高中学长也在厦门大学,也真是巧,早知道我就报其他学校了。"

一年多的隐忍、委屈终于到了头。在她若无其事的外表下,一切都由她独自扛着。没人倾吐,没人安慰,每天都得独自消化。时常还会有人对她议论纷纷,她只好躲在自己竖起来的围墙里,隔绝同学的疑惑甚至臧否。在同学眼中,大概徐绽真是因为高中学长能帮她考上研究生而跟自胜分手的人吧。

现在一切都将揭开,真相大白后她再也不用面对这些无形的压力。徐绽尽可能克制着情绪,但眼角还是泛出了泪花。

怎么了?自胜惊得不知所措。他慌忙掏出纸巾递给了徐绽。

"什么高中学长帮我考研都是骗你的。"

接着,徐绽把过去一年来所有事情的缘由,根根梢梢全说了出来。她怎样的想跟他和好,后来自胜父亲跟她的谈话,为了不影响自胜考研编出来的研究生高中学长……一开始还是平静地述说,最后都泣不成声了。一年多的压力化为泪水释放出来,她为信守了对自胜父亲的承诺欣慰,为今天两人取得的成绩欢心。磨难总算过去了。

自胜情绪上坐着过山车,从低谷一下子到了高峰。变化如此急骤，他一时反应不过来，是不是在做梦？他得好好掂量掂量，这一切是不是真的？

徐绽如此贴近地站在他面前，她的语气、神情都是真诚的。她不会开这样的玩笑，更没必要骗他。自胜回想着过去发生的一切，过去徐绽晴天霹雳的变化，当时他不解甚至还有不少怨恨，现在看来都是他小家子气误解了徐绽。

感动！不知说什么好，鼻腔里火辣辣的。

想不到徐绽所做一切都是为了他有个美好的前程，为此她不惜编出研究生高中学长激将自己，如果没有她演出来的这么绝情，他定不会下这么大的决心考研。要是她不跟他撇清关系，考研复习时那基本上会三天打鱼，两天晒网，自己的自制力是清楚的。

徐绽承担了一切，之前一直蔑视她，从心底里瞧不起她，甚至认为她人品有问题，不料她是这么宽厚，为他付出了如此之多。

说什么好？说什么都是说不尽的感激跟愧疚，不如默默感受，把这份记忆长捐心底。

四目相对，耳畔只有呼呼的风声。终究得说点什么，自胜开口打破了长久的沉默。

"徐绽，你对我太好了。"

"你理解我就好，当时我还担心对你打击过重，你会一蹶不振，还好我只是高估了自己。"

徐绽忍不住说句玩笑话，一本正经的气氛一下化解了。

自胜被逗笑了，徐绽永远是这么的赏心悦目。

高空的朗月散着皎洁的月光，繁星簇拥着满月，星星闪闪，在西北的寒夜里显得额外光洁。月光洒在地面，草地上有了层淡淡的白霜。

"想不到读研究生还能在同一个学校，真是想不到。"

"你想不到的事情还多着了。今后我们可以在厦门同看日出,看月华,看眨眼的繁星,看苍茫的云海……多好啊,想想都幸福。"徐绽微闭上眼想象着明年一起在厦门的情景,嘴角露出了笑容,这一年多的委屈终于有了收获。

他们生疏了太久,今天差不多了。虽然还有很多话想说,但今后的日子长着了。今天把明天的饭吃了,明天吃什么。

"不早了,好冷,我回去了。"

自胜依依不舍地把徐绽送回了寝室。

寒风吹在身上是如此惬意,天地间都像能感觉到他的愉悦似的。太不可思议了!太让人惊讶了!这情节都能写成小说。

考上研究生无虞,跟徐绽又重归于好,自胜回寝室躺到床铺上后回想今夜的话语,久久不能入眠……

第十九章

第二天到下午，自胜才醒来。备考时晚睡早起，今天终于放纵了一回。虽然醒来了，但他并不想起来，打开手机看起了新闻。

网页缓缓打开，头条几个醒目的大字惊得他马上清醒：考研试题提前泄露！

自胜慌忙点开新闻，大致的报道是这样的：接群众举报，此次考研试卷英语科目有严重的考前泄题事故。经查，犯罪嫌疑人刘某某、邢某某等贿赂某某考区主考，在英语科目开考前三十五分钟提前打开试卷给予相关犯罪嫌疑人拍照，获取试卷。据初步调查，举报内容属实，教育部门协同公安机关将展开调查，对买题卖题相关涉事人一律追查到底，绝不姑息！

这条新闻，好比贴在布告栏的通缉令，自胜看得胆战心惊。陈帅会不会被查出来？自己会不会有事？

马上，他又赶紧宽慰到，自己又不是作弊团队成员，更没有贿赂主考买题。至于抄答案，全国上百万考生，谁没有瞟过旁边同学的试卷，抄答案的人多着了。如果自己作弊被查，那就没有人没作弊。不可能追查到这一步的，顶多是把买题团队跟涉事的主考处理了。

抱着这样的侥幸心理，自胜绷紧的神经放松下来。

几年来的四六级考试，研究生考试，考前泄题事故愈演愈烈。这股不正之风对校园风气的污染，对教育部门公信力的损伤是极大的。为此，为杜绝此类现象，教育部门想尽种种办法，现在犯罪嫌疑分子等于是撞到了枪口上。为对此类问题形成警示、震慑，教育部门相关负责人表态将彻查到底，凡是涉事人都将严惩不贷。

涉嫌泄密的考官及涉嫌组织贩卖答案的团伙很快落网，卖答案所得赃款已被金融机构冻结，据初步调查，金额至少有六个零。这些落网的犯罪嫌疑人照理说也不是恶贯满盈的人，在公安机关的审问下选择了坦白从宽，他们很快交代了作案的流程跟细节。

公安部门根据收缴的通讯工具，又通过与电信部门合作查得了犯罪嫌疑团伙当天联络的电话号码，统计下来有两千多个。通过两千多个联系号码，又取得了所有人的个人详细资料。公安部门把当天跟犯罪嫌疑分子有过联系的人的资料转给了教育部门。

就这一个团伙与之联系的就有两千多考生，真是触目惊心！教育部门为整肃考纪，严肃考风，决定将作弊的考生追查到底，很快这两千多考生所在考场就查出了。

随即主管考纪的相关行政人员通知各地教育局调出监控录像，逐一核实相关考生作弊是否属实。全国两千多名额平均到地方后调查任务并不重，结果很快查出来了。自胜抄纸条的那十几秒视频提交到了省教育厅。他考前打了徐绽电话，徐绽那个考场的录像也调了出来，好在徐绽电话并没有打通，而且她的手机放讲台上去了。

在教育部门跟公安部门调查的几天里,自胜时而感觉了然无事,时而忧心忡忡。他拿着手机一遍遍地刷新着新闻,关于泄题的条条不漏,甚至看遍了新闻下面所有的留言。事情到了这个地步,能不能真的幸免无事?

考完研,接踵而来的是期末考试。自胜壮着担子找到徐绽所在自习室,并隔着她两个位子坐着。临近中午时,他见徐绽起身收拾书包,等她出了自习室,自胜赶忙追了出去。

"真是巧,在这碰上你,运气真好。"

"是吗?"徐绽淡淡地笑着。

"你是去吃中午饭?"

"嗯。"

"我也是,真巧。你去哪吃?"

"食堂。"

"要不咱们去校外吃吧,食堂现在人太多了。"

饭桌上,菜还没上来,徐绽低头看着手机。

"你看新闻了吗,英语泄题爆出来了。"

自胜默默地点了点头。

徐绽见他脸色不好,没有再说下去。此时,饭馆里的电视正播着午间新闻。

接连播完几条政要的新闻后播音员面孔变得严肃,语气也更铿锵有力,"下面,我们来关注刚结束几天的研究生考试。据悉,这次研究生考试英语科目某某考场主考涉嫌跟犯罪嫌疑团伙内外勾结,造成了严重的泄题事故。接下来我们来看看教育机关对这个事的态度。"

电视画面切换到一个记者举着话筒对着教育部门官员,记者发问如何处理此次泄题事故,接受采访的官员义正辞严地表示一定彻查到底。自胜听着一阵心慌,脸涨得通红,像是周围人都知道他作弊了似的。徐绽明显地感觉到自胜的变化,她把话题引到了别的上面。

一天，两天，三天，每天都是煎熬。胆战心惊花几十秒抄的小纸条换来这般提心吊胆。这个时候自胜也不是后悔作弊，而是怕查出来。不想承担这个后果，却不反省现在这份担心的根源在哪。

很快，陈帅给他带来了消息：他表哥涉嫌组织团队作弊，已经被批捕。陈帅一时惊慌失措，好在他既没参加他表哥的团队，也没有考研。他虽转了答案，但没有事实上的作弊证据。

自胜追踪着新闻，精神高度紧张。原本以为考研后可以好好放松，想不到现在是这个情况，每天都在水深火热之中。过去看新闻他对有些行政机关的懒政、不作为义愤填膺，现在却巴不得相关部门早点收手，适可而止。不幸的是这份侥幸心理在一点点地被蚕食，纸终究是包不住火的。

省教育厅进一步进行了核查。复查完后，相关的处理意见马上出来：对于作弊的考生，相关科目成绩为零、三年之内不能报考研究生并计入诚信档案。为形成警慑，建议作弊考生所在学校通报批评，并做出相关纪律处分。

学校收到省教育厅的处理意见后马上通知到了相关考生的辅导员，期末考试在即，这样的案例是抓考风的好切入点，对心存作弊的考生是个震慑。

自胜接到了廖辅导员的电话。

走进办公室，辅导员满脸阴云。

"自胜，你到底是怎么回事？"

担心的事看来已成事实，自胜低着头害怕见到任何人。

"你是怎么回事？之前学费拖欠了一年让我没拿到奖金，现在又出一个这样的事，我，我们这个班评优评先的机会都没有了。哎，我这两年白干了。我就不懂，六级英语你不是分数挺高，考研英语有必要作弊？你这是何必了？"

自胜低头没有答话。

"哦,难道六级英语考那么高分也是作弊才得的高分?难怪了。"辅导员是恍然大悟的表情。

"我……"自胜脸羞得通红,现在他没脸没资本再做辩驳。

照辅导员的言语神色,看来教育部门这次确实是尽职尽责在做工作,自胜没能成为那条漏网之鱼。

事已如此,会怎么处罚,还有挽回的余地吗?

这几天绷得紧紧的神经松懈下来,不必再遮遮掩掩,也不用再担惊受怕,反正结果都已摆在眼前。自胜像是暴雨天负责防汛的战士,瓢泼的雨水浇得全身湿透,河里的水越涨越高快要漫过堤面,战士们焦虑不安地给堤坝推土加高,但最后堤坝还是被洪水冲垮了,他们付出的汗水功亏一篑,望着流泻的洪水,只有默然地沉静。

"教育部门相关处理意见网络新闻早已报道,想必你也看了。但学校会怎么处理,听说领导把这事看得很重,期末考试在即,得好好抓抓考风。"

自胜点了点头。

作弊科目成绩为零、三年不能报考、作弊记录记入诚信档案,考研泡汤了,档案里还有个污点伴随一生,这一辈子都摆脱不了,人生就这样毁了?

当天下午,辅导员收到了学校发来的进一步处理意见并通知了自胜:全校通报批评,毕业证、学位证缓发一年!

与之前的惶恐相比,自胜此刻却显得平静。想象中的后果最终落实,已是遍体鳞伤,再抹几把盐也早已麻木。他在校园里游荡,像是整个世界都抛弃了他。忽然,父亲的身影闪现在脑子里,自胜飞快地往辅导员办公室跑去。

"有什么事?"辅导员看着气喘吁吁的自胜。

"这处罚是学校研究决定的,我只是个普通教师,会议我参加了,领导们问我有何意见,我请求从轻处罚但人微言轻,无能为力。"辅导员紧接着说。

"老师,我犯了错自己认了。我来您办公室求您一件事。"

"你说,说什么求,力所能及的老师尽量做到。"

"老师,这次处罚的结果能不能不要通知我父亲,这不是学费,没必要告知家里吧。我犯了错,别人怎么看我,怎么对我失望,我都自己承受,只是请求您千万不要告诉我父亲,我不想让他失望,如果父亲知道我犯了这么大的错,会难过的!我可以不在意任何人,但绝不能辜负父母的期望。今天我是犯了错,但这不是人生的终点,我还会从泥淖里走出来的。老师,您千万不能通知我家里。"

自胜说得眼角溢出了泪水。

"这个你不用担心,老师不会通知家长的。上次学费的事也是学校领导逼得太紧,你理解下我的工作,不然……"

"多谢老师。"

从辅导员办公室走出来,走在校园里,校园里学生都在言笑欢谈,自胜总感觉他们在谈论自己作弊,恨不得躲到角落里。现在怎么办?原来的计划不是全盘打乱,而是彻底毁了。下一步该怎么走,研究生没戏,毕业证、学位证还得晚拿一年!

现在这处理结果还只有自己知道,明天早晨学校会广播关于作弊的处理,到时候全校师生都会知道。大家会对他议论纷纷,指指点点,他平时是那么正经努力的形象,同学们会怎么看他?徐绽知道处理结果后会怎么看他?那天吃完饭还在憧憬再次牵手的日子,现在……自胜一阵冷笑!

细细盘算起这一两年来跟徐绽的碰碰磕磕,一切从成谣口中的"高中学长"开始，分分合合纠缠不清。后来为考研说狠话如意以偿地让徐绽不再理自己，考完研当晚又见了面，想到这，自胜由不得一惊！

如果没有成谣说的那些话，他们可能会一直好下去吗？但估计两人都会考不上研究生。如果父亲不来学校，徐绽也不会那么决绝地不理自己，不会有她编出来的伤人话跟谎言，他也不会那么努力，而徐绽也不用为了圆谎而去自习，她要考上研究生也比较难；如果他俩关系好着，那天英语考前她要是接了电话，拿到了答案，那……

自胜不敢断然地下什么结论，这一两年的生活像场戏剧，矛盾、冲突不断，也许观众看得过瘾，但对当事人是坐着过山车，跌宕起伏太大了！人生，有时候你知道将会发生什么，但却无力改变，这个时候才会感受什么是真正的力不从心。

第二天上午九点，学校广播响起来。似乎是要表示领导对这件事的重视程度，这天广播的声音比往常大了很多。广播的内容通报了研究生作弊的学生姓名及处理结果，对即将到来的期末考试上了堂生动的考纪教育课。

"太划不来了，一失足成千古恨啊。"又有人感叹道。

陈帅听到广播慌了神。听广播时他还来不及考虑到自胜，他只是担心名单里会不会有他。当播音员说道"预祝同学们寒假快乐"后他才心安下来，真他妈是虎口逃生！

陈帅没被揪出来，他又想到了自胜。答案是他主动给自胜的，原本想着帮忙，想不到落了个这样的结果，还有什么脸见他！哎！

徐绽当天戴着耳机自习，她并没有听到广播。她是后来听同学们的议论中才知道学校的处理结果，当然有人用有色眼镜看她，你跟自胜有那么多瓜葛，你没作弊？

徐绽顾不上别人异样的眼神，她赶忙拨了自胜的电话，听自胜听到广播里念到他的名字，像千万支箭向他射来，但他要岿然不倒。别以为摔了一跤就爬不起来，别以为寒冬就能赛过春天。就算是被再多人唾弃，他也要挺拔屹立，只要改过自新，总会迎来一片新的天地。

广播还没落音，校园里到处议论起来。

"想不到处罚这么重，毕业证还迟拿一年，这次期末考试就别再打主意，赶紧复习吧。"自胜走在校园里，偶然听到有人这样说着。

"太划不来了，一失足成千古恨啊。"又有人感叹道。

陈帅听到广播慌了神。听广播时他还来不及考虑到自胜，他只是担心名单里会不会有他。当播音员说道"预祝同学们寒假快乐"后他才心安下来，真他妈是虎口逃生！

陈帅没被揪出来，他又想到了自胜。答案是他主动给自胜的，原本想着帮忙，想不到落了个这样的结果，还有什么脸见他！哎！

徐绽当天戴着耳机自习，她并没有听到广播。她是后来听同学们的议论中才知道学校的处理结果，当然有人用有色眼镜看她，你跟自胜有那么多瓜葛，你没作弊？

徐绽顾不上别人异样的眼神，她赶忙拨了自胜的电话，听到的是关机的提示音。

第二十章

从来没有感觉寒假是如此的漫长。南方的冬天时常细雨连绵,寒气混着潮气冷到让人发颤。偶尔的晴日虽一扫阴晦,但冬日的白光没有多少热度,像是炉火燃尽后的灰烬,只剩最后一点余热。

自胜整天窝在卧室里,发呆、叹气、自责、怨天尤人……整天盯着闹钟的指针转圈,细数着时间的流逝。有时他会想,为什么指针都能在一个框架里循序地转圈,而他的生活却是这样的支离破碎。每天在黑夜中大睁着眼,回想过去,思考未来,每晚都不知道什么时候睡着的。第二天起来往往都快中午,父母以为他考完研过于疲倦,得好好休息,也就没有管他。

学校的处理结果出来后,他平静地接受了一切。他不需要人怜悯,不需要人安慰,更没本钱去在意别人嘲讽的目光。事已至此,一切都得自己承担!他关了手机,切断了跟外界的联系,期末考试结束后默默地回了家。

为何会摔这么大一个跟头,原因何在?

怪教育部门查得太严？怪陈帅考前为何要给他发答案，还是怪自己背弃了原则，经不住诱惑？

严厉地自省让他认识到问题的症结所在。

教育部门调查是为本职工作负责，陈帅考前发答案是出于一份好心，有谁会无偿的把考前答案发你，他把你当哥们了。要怪只能怪自己操守、品行不过关，因一时贪念把一年多的努力葬送了！

生活你不能走歪门邪道！生活你不能投机取巧！生活你更不能抱侥幸心理！生活有它的规矩与原则，你敢践踏红线，等待你的将是生活的严厉惩罚！如果生活暂时宽恕了你，你也应该引以为戒，适时收手，长久下去总会翻船的！

所幸，生活虽然在关节点上绊了他一下，但也不是世界末日。某种程度上来说，如果能吸取这次教训，或许以后的路会走得更顺。年轻人的路还长着，总不能摔了一跤就不再继续向前！

自胜在严厉地省视中看清了自己。

因为一时贪念，研究生没戏，毕业证、学位证晚拿一年，该怎么跟父母交代？

那天考完后信心满满，出考场后给父亲报的信是一定考上，父亲少见地夸了他几句。现在在家里，父亲面孔变得温和，大概他认为儿子有出息宽心了吧。家里寄予如此厚望，他们要是知道作弊处理的结果怎么办？父母不再年轻，再不能让他们失望。自胜决定瞒着父母，等他在社会上立下足来，那时他们会理解的。

自胜开始振作起来。他开始干家务，跟父母拉家常甚至还下厨做了几餐饭。风暴中挺过来，阴云在逐渐散去，只要改过自新，终究会有风和日丽的晴日。

在得知自胜的处理结果后，宛如晴天霹雳，徐绽惊得措手不及。先前以为就算是作弊顶多取消成绩，现在连毕业证、学位证也得迟拿一年，想不到后果这样严重！

完了，一切都完了！世界失去了色彩，眼前只剩一片灰白。期许中研究生朝夕相处的生活已经破灭，没来得及欣喜已是万丈深渊。自胜怎么样了？这么大的打击他受得了吗？

徐绽打自胜的号码关机后赶忙拨陈帅号码，好在陈帅号码接通了。

"知道自胜在哪吗？他手机怎么关机了？"

"跟我在一起了。"

徐绽的心稍稍安稳下来。

"你跟他说我想见他。"

陈帅听到这句话把电话换成了免提。

他追问道："你刚才说什么？"

"你跟他说我想见他。"

自胜摇着手，陈帅一边做着要他同意的表情，最后看无济于事他说道："我跟他有事，他先得去帮我办个事，不好意思啊。"

徐绽听得出来自胜不想见她，他害怕面对她，怕她对他失望，更怕他的脆弱展现在她面前。

"你真是想多了，我只是想安慰安慰你，不想你那么难过，更不希望你就此消沉。"徐绽在心里嘀咕着。

第二天，整天考试。考完当天还得复习下一天的考试科目，打他电话是关机，徐绽就没有再打，考完了再找他吧。

第三天下午，期末考试考完，徐绽刚走出考场不久，接到了陈帅的电话。

"考完了吧，你现在在哪？"

"回寝室的路上。"这个时候打电话过来，会不会是自胜要他打的。

"那你在寝室楼下等我,我把票给你。"

徐绽没反应过来,陈帅已经挂断了电话。她刚到楼下不久,陈帅就快步走来了。

"给,这是自胜昨天给你买的车票。"

徐绽一脸惊诧,她接过来问道:"什么时候买的,他人了?"

"昨天中午买的,拿几本学生证,半价票随便买。"

"自胜他人了?"

"回去了。"

回去了?这么快!徐绽以为听错了。

"你们昨天就考完了?"

"嗯,昨天下午考完的。"

"那他啥时候动的身?"

"今天中午。"

他都没跟我说一声就回去了,怎么可以这样,徐绽难过了。

陈帅见她不语,接着说道:"他的心情你也理解下,包容包容。你快回去整理东西吧,你是明天的票,在宝鸡转车。"

西宁到宝鸡,宝鸡到阿克苏,K字打头的列车慢悠悠地足够让人欣赏窗外的风景。荒山、荒漠、戈壁滩,满目的荒凉,从小生活在大西北,徐绽习惯了这样的冬色。

外面的世界是什么样子?听自胜说南方四季常青,在她想来这有点不可思议。南方,她将要去南方读研究生,原来憧憬着携手漫步校园跟《传统下的独白》里那篇红玫瑰里写的一样:"我们同看日出,看月华,看眨眼的繁星,看苍茫的云海;我们同听鸟语,听虫鸣,听晚风的呼啸,听阿瑞尔的歌声⋯⋯"现在看来这个希望摸不到了。生活怎么这么难遂人愿!

手机已是漫游，徐绽没有再拨自胜的号码。

思念是如此浓密，想必他也会想着自己的。

每到一站，徐绽都会给自胜发短信。信息时长时短，有她瞬间的感悟，有她言之不尽的思念。自胜没回信息，徐绽也不介意，她只是想让他感觉到她的存在，到哪了，在想着她就够了。

当想念一个人时，时间会过得特别慢。寒假熬完，即将迎来新的一春。天气在回暖，大自然也开始点缀这春的季节。

又回到校园了。

找工作，写论文，即将走向社会，还来不及留恋校园就被各种压力压得喘不过气来。

三月初，徐绽考研成绩出来了，高出划线三十多分，算中等成绩，录取是没多少问题。

查到成绩后她没有跟自胜说，本来是个高兴的事，但一想起自胜错失的一切，忍不住泪水涟涟。

复试，写论文，拿毕业证，过一个暑假再等着开学，徐绽的蓝图已经绘好，生活的美好都在等待她。

自胜回到校园，熟悉中感受着陌生。徐绽、工作、论文像三元多次方程组，方程摆在面前，却不知答案在哪里。

一年多准备考研简历都没有准备，去年下半年招聘旺季已经过去，何况毕业证还得迟拿一年，以大学生身份去找工作，即使单位要你，但去单位报到时要你出示毕业证怎么办？看来校园招聘会是参加不了。上了四年大学还找不上工作，总不能毕业后还问父母要钱吧？

走投无路又山穷水尽，总不要落魄到这地步。这些天来自胜都是紧锁眉头，他在浓雾中没有方向。

在他一筹莫展时，父亲时常会打电话来问他研究生录取没有。一开始他还搪塞着说还没有复试，后来想这样下去也不是办法。如果跟父亲说考上了,将来怎么圆这个谎?

于是有一次父亲打电话过来时,自胜战战兢兢地说发挥失误没考上,说完大气也不敢出,但心里的一块石头放下了。电话那边长久的没有反应,好久父亲才说道:"我都准备给你办酒的,哎,你赶紧找工作。"

明知有人对你寄予厚望,而你却偏偏让人一再失望,甚至让人认为当初看错了你。这对于期许你的人,恐怕没有比这更大的伤害。父亲黯然地挂断电话,想象得来对他是多么大的打击,你怎么就不能争口气!

父亲的无言比厉声呵斥更让自胜难受,大概父亲认为他无可救药,再不对他抱有信心了吧。还有什么比至亲对自己不再抱有希望更大的打击?

在自胜痛悔自我找不到出路的时候,徐绽时常联系着他。不久他得到了徐绽被录取的消息,欣喜中带着苦涩。

徐绽接二连三发短信要见他,要请他吃饭,自胜视而不见。在他听到作弊处理结果后,他对他们的关系做了评判:青春年少已经过去,摆在眼前的是现实的考量。他们走在不同的道路上,过了校园这个交叉点,只会越拉越远。她是研究生,而你了,一个毕业证都没拿上的混混。即使她有意于你,你好意思拖累她!

现在还在校园,没见过大的世面,将来有一天,她身边都是比你强的人,那时候你在她面前是什么位置?不但自己难受,恐怕也会令她不舒服的,总不能因为你而让她失去应有的光彩。

如果将来是将就、不自在的生活,不如早点放下。感情有时候不是执着而是成全,成全对方该有的一切。

徐绽多次叫他吃饭,这当然是真挚的。但继续交往下去,只会增加今后的痛苦。男子汉拿得起放得下,那就趁早放下吧。这对徐绽对他都是最好的选择。

这一次自胜心智成熟了许多。为了把这段关系断掉,他没有发那些侮辱人的话,他把徐绽约到他们第一次吃饭的饭馆。徐绽欣然赴约,她以为自胜终于接纳她了。

有始有终,当初第一次约她是在这个饭馆,故事由此开始,为表示纪念,自胜选定了这家饭馆,并且预定了第一次坐的位子。

见他带着笑容,徐绽轻松了许多。虽然在她心里,那个疙瘩并没有消除,但能不说就不说吧。

入座,徐绽翻着菜单说道:"我叫你出来吃饭,你理都不理。你一叫我,我马上到了。真是招之即来,挥之即去,我是不是太没架子了。"

自胜想笑,但忍住了。

"你想吃什么,怎么都不说话。"

徐绽点完菜后,自胜拿过来看了看后加了个新疆大盘鸡。

"你又点了大盘鸡啊,我喜欢。"徐绽手捧着脸目光含笑。

自胜被徐绽感染着,但他强抑着没有接太多的话。

徐绽见他冷冷地像有心事,也就安静下来,把玩着未拆封的筷子。

也许在往后的日子里,他们会想起这一刻,是甜蜜温馨,是难过苦涩,大概都是让人铭记的。

自胜心事重重,徐绽在相会的欣喜里,一边阴雨绵绵,一边艳阳高照。

他们要了啤酒,还是一杯杯地平着喝。渐渐地,外面的灯火辉煌起来,他们有点意兴阑珊。感从中来,徐绽想问问自胜怎么看待他们俩的关系。她刚准备开口,自胜打了个嗝说道:"我有话对你说,徐绽。"

"你说。"他终于有话说了。

"我看我们真的到此结束了。"自胜把酒杯倒满,一口喝了下去。

怎么就结束了?考完研当晚不是一切都说清楚了。没搞错吧,这也能开玩笑。但自胜的神情告诉她不是在开玩笑!

世界变得凝静,只有"到此结束"四字在耳边响彻。徐绽生动的脸庞一下变得苍白。

"怎么了,怎么莫名其妙地说这话?你谈新女朋友了?"徐绽神色黯然。

是骗她说交了新女朋友来得彻底,还是应该道出真实的想法?还该不该瞒她?怎么想就怎么说吧。

"我现在哪有那个资本,我只是觉得我们不适合。你能找比我厉害得多的人。你看,马上就要毕业,各奔东西,将来谁还能顾得上谁。所以不如现在讲清楚,好聚好散。"

好聚好散?这四个字像骤然响起的雷声让徐绽心惊!

"你怎么会这么想?我怎么啦?这些天天天给你短信,天天盼着见你,好了,今天见个面你跟我说这个。你要跟我说这个不必大费周折请吃饭。带着个笑脸,又让人难过!别开玩笑了!就知道拿我开心!"

徐绽换上识破自胜把戏的得意表情,自胜一下子被说懵了。

徐绽可爱的怒容撩得人忍不住地要呵护她,撩得人几乎忍俊不禁,如果真笑出来,那只会以闹剧收场。既然注定了要分开,早点讲清楚早点解脱。

自胜板着脸正色地说道:"没开玩笑,现实摆在面前,你我走在不同的路上。我一事无成还留下了污点,根本配不上你。这些天来,在我低潮的时候,你还总联系我,心理上给了我很多宽慰,总算还有人没把我抛弃。我劣迹斑斑,给你也不少压力。这段时间以来，你的短信对我来说说不上是情感上的安慰，而是某种道义上的支持。一个落魄的人，有人投去关切的一眼，他除了感谢，还敢奢望什么。这个时候，人跟人之间最好保持着应有的距离。其实你比我承受的更多，这都不是你应该承受的。在我失意时你说不出口，但今天我说了，是我提的，你也不用有什么心理负担。等待你的是美好的日子，徐绽，你的生活阳光普照，总有一天你会徐徐绽放的。"

说着说着鼻腔里酸酸的。

徐绽手支着脸颊，一脸漠然。

"也许你认为我说得不对，在胡乱揣测你的心思。现在你还在学校，等走上社会，到时候想起我这样没有前途的人占据你的青春时光，你会后悔、自责的。这话说得无情，生活的本质是要学会取舍，取舍本来就不轻松。"

"跟你同行，咱们也走了段路程，现在是我跟不上你的节奏，如果有所惋惜，那也只能怪我。在你前行的道路上，我可不能当你的绊脚石。我们已经到站，远方绚丽的风景在等着你。"

想得很多，说出来又只有寥寥几句。短短的几句话结束几年的感情，到此打止了！

好久徐绽轻声地说道："你怎么想得这么多！"

在徐绽的思维里，她从来没有想那么远。她对他的感情没有变过，但自胜说的也有道理，现在他们的差距是显著的。

只是今后她会因为自胜出现在她的青春时光而羞愧？如果今后她有这个想法，那时候我还是徐绽吗？冷漠、势利、见风使舵、趋炎附势！

今后成熟的你会鄙视年少时的纯真？生活啊，到底什么是生活！

饭馆里空荡起来，服务员等着客人离去收拾东西。

"不早了，回吧。"

出租车开到校门口被保安拦下来，新规定晚上校外车辆不许进，他们只能走回寝室。

不比往常，今夜的天空积了厚云。星月藏在云层里，看不到一点光亮。学校的路灯或明或暗，照出不太明亮的光。

"我送你到寝室，不早了。"

徐绽没有应声，每一步都走得额外缓慢，她在细细体会跟自胜走在一起的感觉，这种机会也许以后不多了。

春日的校园，温度升了起来。对守过了严冬的校园情侣，这怡人的天气是幽会的好时光。黑暗的角落里时常隐隐约约坐着两个人。

自胜跟在徐绽后面，像是第一次晚上约她出来，想走近，又不敢走太近，忐忑中随着她亦步亦趋。

"你走在后面干吗？"徐绽停下来转过身看着他。

"你今天说的都当真？"

"嗯。"

"那我们还联系不？"

"我有个请求？"

"你说。"

"以后我要是忍不住联系你，你千万不要理我，我会自己慢慢消化掉的。"

"哦？"

到寝室楼后，徐绽头也不回地快步走了进去。

不是第一次望着她不回头的背影，难受又理所当然，这不都是你期许的吗？

分手似乎也验证了边际效用递减。他们不是第一次尝这个滋味，情绪虽难控制，但其中已经多了很多理智。

这次不是误会跟猜忌，他们真的就到此结束了？

第二十一章

说好了分手,约定了不联系,明知是个伤痛,用的却是自我了结的方式。相比被时间消耗到心生厌恨,戛然而止的阵痛留下的回忆空间也许相对美好。

为了不联系徐绽,自胜把手机打到了停机,想联系也联系不了。想念、难过都是暂时的,时间最终会把这些都稀释得无影无踪的。

徐绽笼罩在分手的阴云里,她的天空风雨如晦,难盼晴日。泪水得偷偷地流,心痛得用笑脸来表示。她是个要强的人,不愿别人看到她的脆弱不堪,因为感情的事她伤过好几次心了。

随着时间的过去,难过在沉淀,日子一天天在澄清,但对过去的回忆也愈加变得绵长。

工作、论文全无着落,两手空空,生活没有支撑点,像一株芦苇,随时会被风浪折弯腰。

同学一个个喜报频传,越来越多的人签工作了。李季白通过了选调生考核,张章签了家央企,陈帅家里搞生意,毕业后准备接手家业。听说王晴进了设计院，负责行政工作。成谣进了银行，还是管培生。一个个的笑脸越加衬出他的落魄，自胜看得心里发慌。

拿不到毕业证，参加招聘会没有意义。身边的人谈论这家公司怎样，那个单位如何，自胜站边上听得漠然，他什么也说不上。像是在人稠广众的集会场合，众人都西装革履，而只有他光着上身般羞愧难堪。这样的时候，他常常默默地坐到一边去。

要以大学生的身份找工作已不可能，没学历、没手艺、没技术，好像什么都可以干又什么都干不了。照这个样子，就算找到工作，那也比不上同学们口中的铁饭碗。身边谁都比你行，你又有什么颜面。不甘心自叹不如，但又真实地感到低人一等，思想和身份错位，真是难受，但不服气又有什么办法！

怎么办，别人要问起你的工作怎么说？

一天，自胜为毕业论文去找指导老师朱教授。谈完论文后，朱教授说道："自胜，大二时给你们上课，你提的问题挺多的，看得出你有思考问题。你在你们班工作算找得不错吧，签哪里了？"

突如其来的问题！朱教授还不知道他作弊被处理的事？现在还这么抬举他，自胜慌得不知怎么说。情急之下他胡诌道："签了个深圳的国企。"

"哦，深圳？"朱老师像在脑子里搜索这遥远的地方。

"深圳好啊，那边是经济特区，工资高，我就知道你会比其他人强。"自胜无奈地赔笑着。

走出老师办公室，心里一阵苦笑。以后他就统一口径，只要有人问起他工作的事，都会听到他说道："家里托熟人签了个深圳的国企，毕业证拿到后转正。"这个时候自胜已经打定主意南下深圳了。

五月，笔挺的白杨树枝叶开始荟萃。阳光下，白杨树挡出了大片的浓荫。微风吹拂，杨絮漫天飞扬。已到了论文要定稿的时期，同学们加班加点，争取为毕业画上个完整的句号。

毕业论文字数、格式都有一定的规定，说是学术自由，那起码也是在这个框架内的自由。论文答辩前要查重。何谓查重了，只要你写的一句话跟数据库里的话相同，查重时就会标示出来，表示有抄袭嫌疑。自胜想，别人写过的一句话就不能再写，那干脆数据库里用过的字再用也算抄袭算了。重复率超过百分之二十五就不能答辩，为此，写完论文初稿后学生都去网上出钱查重，查出跟数据库相同的内容就把句式词汇改变一下，比如"你一个月的工资是多少"查出来是抄袭，而"一个月的月薪是多少"查重就标示不出来。为了所谓论文，都是煞费苦心！

徐绽、自胜已从分手的浪潮中暂时平静下来。他们已是成年人，到了走上社会的年纪，能够理性地看待问题了。只是理智上接受的事，但心里还是不甘心，时常隐隐作痛。

一天，自胜从图书馆查资料出来，前面十几米是徐绽的背影。他第一反应要冲上去在她耳边大吼一声，迈出几步又骤然停下来，徐绽已经跟他分开，不能再开这种玩笑。恍惚间，阳光变得刺眼，自胜站在原地目送着她的背影消失在转角的走廊。

定稿、答辩，时间一天天地接近毕业。

答辩，顾名思义是答跟辩，但事实上的情况是对学生来说只有答的份，你想辩，不想毕业了！

学生站答辩席上唯唯诺诺，点头哈腰，对着答辩老师谄笑不已。老师的权威得到了尊重，自尊心得到了满足，这样的情况下当然是顺利通过。平常术业有专攻的老师这个时候却都很博学，不管什么方向的论文都能以专家身份发问，老师身兼演员，真是多才多艺！

答辩更多的是变成了指导老师职务高低的一场角力。你是系主任带的学生，答辩组老师基本不怎么提问，更不会为难你，都是顺利通过。你要是讲师、副教授带的学生，一个个刁钻的问题接连而至。

答辩结束，毕业正式进入倒计时。

入学时感觉遥不可及的四年，如今即将到达终点，时光总是匆匆。

也许是某种机缘巧合，天南地北的人汇到这个学校共度了四年。在生命的交汇中，大家来自四方，毕业后又散到天涯海角，聚首之前没有交集，毕业后还会重聚吗？也许一个转身，我们就会把过去忘得一干二净。

同学们开始毕业聚餐，划拳喝酒闹得天昏地暗。

对自胜来说，跟徐绽分手卸下了心理上的负担，但是到即将离别的时刻，他一天天地焦躁不安。跟徐绽在一起的点点滴滴在脑海里重放，美好、遗憾，这个时候追也追不回来了。只能怪自己，在一时的诱惑面前没能止住贪念！

没有聚餐的时候，自胜总在离徐绽寝室不远的地方转着，总是在人群中寻找着她的身影，离校在即，他想多看她几眼，他甚至恨不得买个望远镜好天天对着她寝室看！只有失去了又追不回来，才能掂量出她对你到底有多重要。

在徐绽方面，面对即将的分别，她显得郁郁寡欢。王晴见她沉闷，跟她搭起了话。

"马上离校，还有两个月上研究生，怎么你还愁眉苦脸。我要是你，现在都不知怎样高兴。"

"我还是放不下自胜。"

王晴沉默会后说道："大学恋爱有几个不是毕业分手的，这是个现实问题，都得接受。"

"你跟你对象怎么样了,听了你们四年电话,以后听不到还挺不习惯。"

"我嘛,我还好。你知道我们工作都定在家乡。"

"你这四年守着他是守对了。"

"是吧。这几年在学校里看男女同学分分合合,有时觉得人跟人在一起就是撞运气,你会认识谁,又会有怎样的故事,谁也不知道。"

"我还是放不下他,怎么办?"

"时间是最好的疗药,等研究生开学了,再找一个你就会忘了的。"

"你买的哪一天的票?"

"三号。"

"我买的二号。拿了毕业证下午就走。早点离开这个地方就不会这么难过了吧。"

自胜从王晴处打听到徐绽离校的日期后买了三号的票。

高原的夏天白昼拉得长长的,阳光耀眼又没有暑气,是最宜人的季节。离开这里,今后还能看得到这样高远、碧蓝的天空吗?

二号上午同学们领了毕业证、学位证,四年画上了句号。

火车站永远人来人往,人声喧哗。

进站口人群拥挤,徐绽背着双肩包被同学们围了一圈。

"我们只能给人打打工,你今后当了大领导可不能装作不认识我们,我们就等着沾你的光了。"

"她到时要不照应我们,那也没关系,我们就曝她的逸闻趣事,让她上新闻。"

"你们这些人就知道谄媚,徐绽会吃这一套吗?来,徐绽,我给你背包。"

徐绽被同学们的打趣弄得哈哈大笑,又把同学们戴过来的高帽给他们回敬了回去。

这时候,自胜站在不远的人群里踟蹰不前。

时间在过去,发车的时间越来越近。

自胜远望着徐绽,她的举手投足都印刻在脑海里。怎么过去跟她说话又不让人看出是专门为她而来?自胜琢磨一番,故作从容地走了过去。

"你也在啊。"自胜对李华说着。

不等李华开口,他又紧接着大声说道:"我刚送张章上车,想不到还碰见了你们。"眼光看着李华,余光瞟着徐绽。

王晴拉住徐绽的手,"马上就到开车时间,我们就不送你进站了。"

徐绽跟他们一一作别,转过身对着她的是自胜毫无神情的脸。

"这么巧,你也来送人。"徐绽犹豫地说着。

怕在同学面前丢面子,现在他们走了,在徐绽面前还有什么面子不面子的。自胜坦然地说道:"我是专门送你的。"

穿梭的人群,嘈杂的人声,喧闹的车站广场,这个时候似乎这一切都不存在,他们感受到的只有对方。

"来,我来给你拉行李箱。"

自胜拉着大行李箱往进站口走去。

候车室摩肩接踵。广播声、人声交织着此起彼伏,面对面说话也得大吼才听得见。

自胜转过身对着徐绽,即将分别的时刻,千言万语不知从何说起。他只是傻傻地看着她,像当初跟她表白后眼里尽是恳切的目光。

总想说些什么,检票时间临近,排队的人群开始涌动。

检票员往检票口走去,排在后面的人纷纷往前挤。

"来,你站我前面,别人就挤不到你了。"

出了检票口，人群往两边快速散去。自胜快走到站台扭头一看，徐绽还站在检票口。他又拖着行李箱折了回来。

"快点啊。"

徐绽抬起眼皮看了他一眼，慌忙用手抹去眼角的泪水。

"嗨，我太不争气，又掉眼泪了。"徐绽抬起头，挤出一个笑脸看着他。

"还有十几分钟开车，我们在这站一会。"

十几分钟后，火车启动，他们的距离会拉得越来越远。谁能想到当初的相聚今日就此分离。

春去冬来，花开花落，没有永恒的春天！

默然相对，总得说点什么。

"你可好了，还有两个月暑假，我就不一样了，从此得为生活操劳。今后你成了大人物，说起来作为你的校友也有面子。"

徐绽像是没听到他说什么，只问道："你真的签了深圳的国企？我知道你好面子，在外面有什么困难不要一个人扛着。跟父母不好说的话，我们这些同学总可以，不要见外。"

自胜虚饰的笑脸收起来，他以前只觉得徐绽有趣、漂亮，想不到她还这么细心体贴，这个时候还记挂着他。能说什么了，什么也说不出口。徐绽这几句话像涓涓流淌的溪水，润过了他的心田。

列车员站在车厢门口吹起了口哨，火车快启动了。

"你就不要上来了，车快开了。"

自胜在站台上把行李箱递上去，站在门口仰视着她。

马上，列车员上了火车，关上了车门。

隔着玻璃窗，四目相对，依依不舍，心有千言万语却什么也说不出来。

徐绽挥了挥手，猛然转身往车厢里走去。

分别的时刻来了！

自胜记着她提着行李箱往里走的背影，转身向出站口走去。

每走一步，腿沉重得迈不出下一个步子。心里一阵酸楚，早已预知的事在真正来临时还是如此的脆弱不堪。

分别也要分得潇洒一点。他站在出站口，拿着手机倒数着开车的时刻。

车水马龙，人来人往，忙碌的世界谁也不会留意谁。

徐绽放置好行李，心乱如麻。

是该不再回头表示决绝还是流落出此刻的不舍，各有理由，难分上下。她手支着脸颊，漠视着前方。

哨声又一次响起，车厢铿锵一声，列车启动了。

"总算开车了。"邻座的乘客笑说着。

列车马上开出站台，徐绽回头往后望去。站台上空荡荡的，只有远处的几辆装卸车。

强烈的失落感袭来，徐绽泪水盈眶！

他们就这样结束了？往后的岁月里再不会有交点？泪水止不住地流下来，徐绽跑到盥洗间，默默地擦干了眼泪。

车尾消失在视线，自胜迈开大步往公交车站走去。这一刻的心情是难以表达的。他只知道列车拉开了他们间的距离，自此天各一方，彼此都不会在对方生活中扮演角色，物理空间上的距离比人心的疏离来得更加彻底！

阳光灿烂，天空依旧湛蓝。白云悠悠地变幻着不解人世的忧愁。自胜仰望着晴空，凝视了很久很久。

第二十二章

列车叹息了一声,徐徐驶出站台。车厢里的乘客不再左顾右盼,焦躁急迫的心平静下来。窗外的景色不断退去,承载了四年青春的城市,离别终于来临了。

自胜倚着车窗,面色凝重。此刻的心绪,是苦涩,是欣喜,是缅怀,还是其他什么,他自己也分不清,也许也是多种心绪杂糅其中吧。

徐绽离校后,表面上的坚强、不在乎已撕得粉碎,他没想到自己会这样脆弱、难过,对她如此得日思夜想。想象中的淡然在真的离去之后是莫可名状地难受,也许只有体会了痛苦,留下永久的伤疤才能显出离去的人的珍贵。

几天来昏昏沉沉,不知道日夜是如何过去的。徐绽的离开带走了阳光与憧憬,世界变得灰暗,前方不再是坦途,他跟她就这样分别了?自胜不敢细想下去!

生活从来不是憧憬与规划,生活是直面现实。生活是走一步看一步,生活是无数巧合,生活是在纸上作画,你永远不知道下一笔画在什么地方。也许生活本身就是迷途,不大可能走在正确的道路上。

四年青春的时光一闪而过，一切像在昨天，但一切也如前行的列车，远去了。自胜不时回望着退却的景色，在将来的某一天也许他会重回校园，那时徐绽会在何方？想到这牙关打了好几个冷颤。猛然间又意识到自己的失态，脸上布满惨淡的笑影。

列车开出闹市，车轮撞击铁轨的频率急骤起来，窗外的风声呼呼响着从窗口灌进来，风力增大了。自胜把窗户往下拉小，倚着靠背静思起来。头脑里一片混乱，纷纷扰扰理不出头绪。四年来的点点滴滴像是汇入了江河湖海的水珠般难以再单独挑拣出来。人的一生，也许像细水长流的小溪，随着成长，与越来越多的人有了交集，好比溪流穿山越岭汇合到一块，才构成了波澜壮阔的长河。

四年在一生中占据什么位置？徐绽的分量又有多大？爱恨情仇、酸甜苦辣都是人生的滋味，但又难以量化出来。朝思暮想、心有不甘也许都有一定期限，随着时光冲刷，一切都会淡忘吧。淡忘？想到这，自胜泪水夺眶而出，他慌忙抬起手擦去眼角的泪水。

淡忘是解负向前还是没有良心？

生活，都要找到来时的路，都要找到起点在哪里，毕竟我们不是随风飘荡的蒲公英，也不是随波逐流的浮萍。生活有他的起点与归宿，过程虽不尽如人意，但完璧无瑕就没有缺憾？对于强者，风雨的历练只会铸就坚强不屈的心。

两天来，没睡个安稳觉，思绪、情感的冲撞让人心乏，自胜疲倦了。过去的都已经过去，一味地追思回想只是徒劳，他得暂时歇一歇，把感情封存起来，待往后的岁月回味缅怀。

七月是高原阳光、雨水充沛的时节，窗外山脚下的低地连成成片的绿海，荒芜灰白的高原多了点缀。列车开过山岭夹着的平地，穿过长短不一的隧道，在频繁的明暗转换中开离高原。

　　四年了，来来去去十几次，没有哪一次像现在这样留恋窗外的风光。他在做着告别，告别的不只是大学时光，告别的更是青涩的岁月。离开校园，身上担起了责任，未来的一切都靠自己去拼搏。但是努力的方向在哪里，毕业证、学位证都没拿上，自胜像个在旷野中没带指南针的探险者，太阳将要落山，但又找不到方向，不由得心悸、发慌。

　　能干什么？跟家里怎么交代？上了四年学，不但研究生没考上，毕业证、学位证还要迟拿一年，怎么跟父母说？有什么脸面见人，你啊你，你真是自作自受……

　　第二天一大早，列车已开出高原，下午三点多到了长沙。车厢走出来，迎来的热浪马上让人汗水淋漓。自胜出了站坐上公共汽车。回家，回家，不知为什么，他从来没有因为快到家而产生这么大的情感波动。家也许是个港湾，在外面再怎样心灰意冷，家总会张开怀抱来接纳他，给他抚慰、休憩，给他重振的勇气。

　　不久自胜下了公交车走到了院子里。

　　院子里的草木迎风招摆，像是在欢迎他的归来。走到楼下，抬头望着自家的窗户，心怦怦跳起来。

　　父母对他寄予厚望，现在两手空空、一事无成，怎么面对他们期盼的目光。不让他们知道，难道就能心安？

　　进了楼道，三层的楼梯从来没有走得这么沉重跟缓慢。下楼跟他擦肩而过的人不断地回过头看他。总算到家门口了！

　　猛然间，自胜想退却。他有什么脸面回家，有什么脸面见父母，自胜又转身走下几个台阶，站定，长吸了几口气！

　　我是这样的无能？这样的懦弱？他用拳头狠狠地捶击着胸膛。早知今日，何必当初，现在这副样子，能怪谁了！现在的忏悔于事有补？你真是活该！活该是这个样子！没用的家伙！你上个大学有屁用，学了什么东西？你又能干出个什么事来？没用的家伙！

拷问、自省，对过去的悔意，对未来的迷茫，不由得让人意气消沉。

屋里的脚步声越来越大，父母要出门了？

自胜慌忙调整表情，转身做出上楼的姿势。等了片刻，门并没有开，就这点时间他强迫着让情绪平静下来。

一事无成不敢进家门的滋味真切地感受到了，知耻而后勇，也许切身地体验后会形成上进的动力吧。一个人如果能确定目标持之以恒，又有什么事情不能做到！

自胜总算把神情恢复到像是没有发生什么，他大步踏上台阶，鼓起勇气敲了家门。

妈妈把门打开，里面烟味扑鼻而来，父亲跟单位的张远坐沙发上看着电视，自胜拘谨地笑了笑。

"到家也不提前说一声，早知道多准备几个菜。"母亲上下打量着他。

"学校伙食不好吧，看你又瘦了。晚上想吃什么菜，妈妈给你买去。"边说边捏着他的胳膊。

"不用买什么菜。"自胜说着把行李放到了房间。

"一个人待房间干吗，出来吃西瓜，刚切的。"

自胜不得已回到了客厅。

"自胜应该快毕业了吧？"张远问着。

"毕业了。"自胜声音没有什么力量。

"你是哪个学校？记得好像是西北的一个学校？"

"嗯，是西北的学校。"

"西北好像重点院校很少。你学的什么专业，不管学什么，最好考个研，你考了没？"

自胜涨红了脸,他刚欲张口,父亲说道:"他啊,他想早点出来工作,没考。"

"哦,早点出来工作也好。我们张盛比你大一岁,他可优秀了,参加了很多活动,考试从来都是前几名,去年保送了重点院校公费研究生,今年研二。他跟我说他已经发表了几篇学术论文,学校里老师要他直博然后留校教书。现在学费不用交,每个月还能拿两三千块钱。自胜是不是在学校谈恋爱了,没时间考研?"张远嘴角掠过一丝捉摸不来的笑影。

"我们自胜不稀罕什么研究生,他想靠能力吃饭,而不是靠学历混日子。"父亲说完猛抽了几口烟。

张远掸了掸烟灰尴尬地笑了笑,继续道:"你不读研,工作找好了吗?本科学历要找个好工作恐怕不容易吧?"

"找好了。"自胜自惭形秽。

"什么单位?"

"深圳的一个私企。"现在自胜可不敢说是深圳的国企,深圳的国企有多难进,张远最清楚了。

"私企?"张远像是听到条惊诧的新闻,"你进什么私企,虽然只是本科学历,那也是大材小用啊。随便什么国企、事业单位不都好得多!"

父亲把烟头摁灭道:"他啊,他嫌国企阶层固化没前景,想自己闯闯。"

自胜惊奇地看着父亲,父亲不是一直要他找个稳定的工作吗?恍然间,似乎又有所悟。

"想闯闯那也是好,要闯出个名堂恐怕也难。我们家张盛还没毕业就有很多好单位抢着要。"

父亲勉强恭维了他。

"这样,今天我来也不是为自己,是为了单位好开展工作,就先跟你说一声,希望你能配合我的工作,认清形势!这个社会还不是识时务者为俊杰！你也识相点，我上去了也不亏待你的，希望处级干部选任内部民主投票时能投我一票，这也是单位领导们的统一意见。为了进步，我们都得统一思想团结在一起。我也不久坐了，得忙工作去。今天我说的这些话希望你听懂了！"

父亲不置可否地点了点头。

等张远出了门，自胜不知姓张的跟父亲之间又有什么事，他又如何面对父亲。他等待着暴风骤雨，但好久过去，风雨也没有到来。

父亲坐沙发上低头抽着闷烟，自胜盯着电视荧屏，各有所思。

好久父亲抬起头道："事情已是这样，往者不可谏，来者犹可追，今后得努力，你还年轻，早点摔跟头吸取教训也不算坏事。爸爸也是希望你能有出息，以前也许表达方式不对，希望你能体谅。自己有本事才不会受人气，像今天这个姓张的，单位要提干，他上面有关系，上次我给他背了个黑锅，今天又过来要我投他一票，我真是咽不下这口气！窝囊啊！"

自胜盯着荧屏，尽量克制着不让泪水流出来。

"我去把行李整理下去。"说完到了房间，泪水止不住地哗哗而下。

家庭的温馨使先前的情绪暂时躲藏了起来，真的，在你人生失意的时候，只有家才会呵护你、关爱你，给你再次前行的力量。

晚饭桌子上摆了满满一桌菜。父亲不断地给他倒着啤酒，这是把他当大人看了。自胜百感交集，这还是以前那么严厉的父亲？

桌上边吃边拉拉杂杂说了许多话，父子间甚至还开起了玩笑，母亲一边插着话，其乐融融。

吃过晚饭，一家人又看起了电视，在电视剧的广告间，父亲说道："你长大了，大学都毕业了，再也不是小孩，今后你跟爸爸是平等的，我话要是说得不对，你就直接反驳。以前对你严厉，也是怕你不学好，没出息。现在总不用我再操心了。"

自胜瞟了眼父亲，十多年来心里对父亲的不满几乎被这一句话化解，他盯着电视荧屏没有作声。

"工作真是定在深圳？没找好的话爸爸给你想办法，看能不能进个好单位。"

"找好了，找好了。"自胜不等父亲的话落音尽量平静地说道。

"私企不稳定，又离家这么远的，还是国企好，虽然收入不是很高，但有保障。"

"你还是叫你同学帮下忙，把自胜安插到他们电力局去。"母亲说着。

"不必了，跟深圳那边都签了劳动合同。"

母亲絮絮叨叨说了一大堆，自胜不为所动。既然儿子有自己的想法，做母亲的得尊重他。

夜晚没有白昼的炎热，风从窗户吹进来，凉爽爽的。

自胜侧身躺在凉席上，望着窗外的夜色久久平静不下来。

当他说出工作签在深圳，父母的失意落在他眼里像针扎似的痛。但有什么办法？在本地靠父母关系端个铁饭碗，自己就没有一点自立的能力，一辈子要依靠父母？他总想证明点什么。一辈子窝在一个单位上班、下班，虽然能过安逸日子，但也没什么奔头。人生如果安稳到日复一日，年复一年地没有新希望，那生活的意义又在哪里？他默想着，不知什么时候睡着了，早上醒来汗水浸湿了凉席。

本来打算尽快南下，父母增添的白发，老去的容颜让他不忍心这么匆忙。上高中以来在家的时间就少了,在去深圳之前,他想好好陪陪他们。

于是他说接到公司通知,可以延迟报到,听他这么说,父母当然乐意,他们巴不得儿子多待几天。

几天的时间倏忽而过,短暂的时间里,家庭的温馨强烈地感染着人。父亲的面孔慈祥了很多,他们甚至还说起了各自的生活,对一些事情的看法。自胜一开始不自在,但在父亲的温情下,他的防御心理总算撤了下来。父亲以平等的身份跟他交流,观点不同时也尊重他。如此大的变化自胜固然欣慰,但父亲的轻言细语又让人怀念逝去的年华,某些时刻他甚至怀念以前气势汹汹呵斥他的父亲。

每天都是欢声笑语,每天都是欢乐温馨,生活是这么美好,好像一切的担忧畏惧都远去了。

"什么时候给我带个媳妇回来?"一天,母亲半开玩笑问道。

自胜自然的想到了徐绽,脸色立马暗淡下来。母亲不知道说错了什么,也就不再言语。

几天后,自胜带上几套夏天的衣服,南下深圳。

接下来,等待他的又会是怎样一番景象了?

第二十三章

深圳繁忙的街头让人眼花缭乱,人山人海,置身其中,立马感到个人的渺小与卑微。这里汇聚着全国各地的精英,你能干什么事,你能不能在这里立足,自胜望着汹涌的人潮,有点力不从心。

他在稍偏的地方停下来,深吸了几口气,尽量使心情平伏下来。陌生的城市,高耸的大楼,穿行的人群给人压迫感。你一无技能,二无毕业证,凭什么立足?你还想独自开创一番事业呢,你何德何能,可笑,你真是可笑!

激烈地自我否定使人消沉,这是前所未有的沮丧。有史以来的信心被繁华的城市击溃,刹那间觉得自己是这样无能,像被世界抛弃了。

自胜望着穿梭的车流,不知该走向哪一个路口。在他举步筹措的片刻,十几辆贴着大红囍字的奔驰车缓缓开往马路前方的芙蓉国温德姆至尊豪廷大酒店。酒店礼仪人员早已到位,等新娘新郎从奔驰车中出来,掌声响起,万花筒喷出的彩带落在新人身上,熠熠生辉。新郎一把抱起新娘走进酒店大堂,礼宾人员马上簇拥而上……

前面是欢声笑语,是光彩夺目的婚礼,而自己立身街头,不知道下一步该走向哪一个街口。彷徨、无助,天地广大却无容身之所,繁华城市体会到的只是凄凉,刹那间他想到了徐绽。

徐绽!婚车催化着勾起往日的点滴,多日阻塞的情感像开闸的水库里的水流汹涌而来,自胜心都酸了,但又能怎么样?对于现状你又能做点什么?你就甘心充当一个可有可无的小角色?你就甘心做一个台下的鼓掌者?你就甘心当一个见证他人风光的旁观者?你一事无成,不怕徐绽今后都会看不起你?

没有时间给你消沉,没有时间给你感慨,没有时间给你犹豫不决。生活是一个战场,也是一个筛子,只有强者才能避免出局。老子要在这里立下足来,老子不会一辈子都这么卑微,老子会尽早地散发光芒。

心里的豪言壮语像是阴沉的风雨天中隐露的晴空,太阳在缓缓透出云层,风雨的天气将被阳光一驱而散。自胜激动得意气昂扬,他整理了衣领,挤上了去人才市场的公交车。

车窗外是繁忙的街道,车厢内的年轻人一个个都疲倦不堪。

到人才市场已过十二点,招聘会早散了。照门口的告示,第二天上午才有招聘会。自胜绕着人才市场走着,一路上尽是拿着简历、神色沮丧的年轻人,生活的重担压得人没有多少青春的朝气。

父亲打电话过来问他到深圳没,简单聊了几句后父亲说过去的邻居的儿子陈宏也在深圳,说是如果有事可以去找他。陈宏也在深圳,这可是个惊喜。他跟陈宏从小一块玩大,直到高二陈宏搬家转学后才联络少了,在异乡能有一个小时候的朋友,这可是四喜诗中的一喜。自胜按捺着心情,但他还不想以这落魄的样子去打扰陈宏。

街上人流如潮，每个人都在走向自己的目的地，不会有谁去在意谁。要融入这个城市，得熟悉它，自胜顺着街道走着，街头陌生的景色让他目不暇接。

虽是夏日，靠海的深圳没有家乡的炎热。海风吹拂，带去了多余的热度。自胜顺着街道走着，似乎永远走不到头，而不知什么时候太阳开始沉落了。

这时他才意识到还没有吃午饭，问题又接踵而来，晚上住哪里？出门时他说直接去公司报到，父亲给的钱硬是没拿多少。现在怎么办？工作还没着落，身上钱是断不敢花出去的，左思右想，只有找陈宏了。

电话拨过去接通了。

"喂，你是哪个？"

"我，自胜。"语气中洋溢着激动与欢欣。

上大学来几年没见过陈宏，电话里传来他的声音，像是时光倒流，回到了小时候的日子。陈宏长什么样？现在是他高还是我高？变化大不大？他现在做什么工作？辛苦不辛苦？

自胜一大堆话想问他。

"胜哥，有什么事？"

"我现在在深圳，你在哪里？"

"我在福田这边，你了？"

"等我看下路牌，哦，我在南山区这。"

"胜哥你来深圳多久了？也不通知一声。"

"今天刚到的。"

"今天刚到？"陈宏顿了顿接着说道，"去公司报到没？"

"刚来，先前签的工作不想去，准备再找。"

"准备再找？那这么说你还……"

电话里的声音迟疑了一会支吾道："胜哥，你慢慢找。没事了吧，哦，我还要加班，时间到了，先不说了。"

没等自胜反应过来，电话已经挂断。陈宏工作这么忙，这是会有多辛苦，自胜不免为他担心。

既然陈宏工作忙，那就再不好去麻烦他。

太阳越来越低，薄暮渐沉，天色开始变得昏黄。

已到下班时间，人群从各个高楼大厦中走出来，一时街道人群交汇，密密麻麻。晚上住哪里？好像人才市场附近有很多小旅馆，应该不贵。自胜折转身顺着原路走，现在考量的核心问题是怎样能够少花钱。

不久夜幕笼罩，华灯亮起，五颜六色的灯光璀璨夺目，耀得人眼花。这是深圳的夜景，自胜看得眼花缭乱，甚至暂时忘记了疲劳。走了好久终于到了人才市场。

打问了几家小旅馆单间都住满了，只有三层铺的公共宿舍，价格在二十块到三十块不等。跟陌生人住一块，自胜心理上很抗拒。安全不安全？万一东西丢了怎么办？他又打问了几家情况都是如此，囊中羞涩，再没有选择了！

这一晚，洗过澡后，自胜和衣躺在铺上，在忐忑中睁着眼睛。这个房里住的都是些什么样的人，他不断地揣思。不管来自何方，大概都是些不得意的人吧。他不断击退袭上来的睡意，等到其他人鼻息均匀，不再有什么动静后才在不安中睡着。第二天晨光熹微，他早早惊醒。

招聘会人山人海，摩肩接踵。虽是人才市场，但要来人才市场找工作的显然大部分不是人才。自胜循着展台寻找单位，每每看到招聘要求本科学历，他都慌忙躲开。要求低的不如自己的意，稍微体面说起来好听一点的工作都要本科学历，招聘会人声鼎沸，而他却是这样的孤单。好不容易找到了几家符合要求的单位，投完那几家单位后，自胜走到角落落寞地静看着场内的喧哗。

一十点半，求职者开始离去，几分钟后先前的喧扰静下来。进场时整洁的地面现在纸屑随处都是，带着求职者希望的简历多半被扔在地上，像是退潮后沙滩留下的草屑。自胜走出来，心里轻松了许多。虽然投的那几家单位只是差强人意，但自己现在这情况，得先找个落脚点，稳下来再说。深圳阳光和煦，自胜回旅馆等待着消息。

招聘会投出去的几份简历像钓鱼撒下了饵，带给人希望。自胜一扫昨日的颓唐，满怀着希望等待着。投的那几家单位虽不是太好，但只要先找个工作立下足来，今后怎样发展到时候再看。揣着这点想象中的希望，他手机没有离手，生怕错过了面试通知。结果一下午，除了妈妈给他打了个电话，手机再没有响起。这时，先前怀揣的那点希望似乎像阳光下的水珠，尽管阳光灿烂，给世界带来了光热，但在阳光下的水珠只会蒸腾得越来越小。深圳固然繁华，但这点欣荣又与自胜何干？

夕阳垂落，顶上的窗户漏进来几丝光线照出宿舍的斑驳。墙上的粉刷灰蒙蒙地要脱落，铁制的三层铺脱了油漆，铿亮铿亮的。早出的行人陆续归来，个个带着一副倦容。想说几句什么，但也不知从何开口，自胜侧身躺铺上闭目微酣，只听得下铺的人把东西摔得重重的。

"你回来了？"有人走了进来。

自胜探起身，下铺的人音色低沉地嗯了一声。

"工作找好了吗？"

没人接话。

"还没着落啊。我看你一个年轻人，不要眼高手低，高不成低不就嘛。这房费你都欠了七八天了，这怎么办？我也真是好心，没叫你押一点东西让你白白这样住着，这也是信任你，看你模样应该是个老实人。"

"老板,你放心,找到工作我加倍给你房费。"

"加倍倒没必要,你一个年轻人倒是加紧把工作定下来,不要挑来挑去了。你在我这住快两个月了。"

老板说完退了出去。

自胜听着他们的对话,等老板走后,下铺的人背靠墙壁叹了好几口气。

"你找工作找了两个月?"自胜轻声问道。

下铺的人有气无力地应了一声。

接着他又说道:"你来深圳多久了?"

"刚来。"

"刚来,深圳的工作也不难找。你是大学毕业生吧,专科还是本科?"下铺的声音大了起来。

自胜稍稍犹豫,那点自尊心让他说道:"本科。"

"哦,刚出校园啊。"

顿了顿又说道:"那你好找工作。本科生要的地方多的是。你抽烟吗?"

说完把烟递了上来,自胜拒绝了。

"你刚到深圳,身上应该宽裕吧?"

自胜觉得有点奇怪,说道:"也没有多宽裕。"

"你能借我点钱吗?"

这个烫山芋自胜不知道该怎么去接。

沉默了片刻,下铺的人接口说道:"我本来手上应该还有钱的,都说在外靠朋友,上个月对面铺上的哥们跟我开口借了三分之一,现在他还没找到工作,也没还我,我也不好催,在外面都不容易,能相互帮扶一把就帮扶一把呗。你放心,你借我,工作定下来马上还你。"

自胜刚出校园,素不相识的人开口借钱他心里很抗拒,但他也抹不开这脸面。

"我身上也没带多少钱。这样，这里有五十块，算我请你吃饭，不用还。"

下铺的人接过钱后又东拉西扯说了很多。这番谈话谈及工作如何如何难找，自胜保有的希望之光又微弱了许多。

形势看来相当严峻！

接下来的日子，自胜每天一早起来就赶往人才市场。每天招聘的单位很多，但对口的没有几个。这时自胜已不管自己符不符合招聘要求，他尽可能多地投出去简历。每天带着希望投简历，每天在等待中直至失望。时间一天天过去了。

工作没有着落，钱越来越少，这着实让人发慌。

一块钱能买三个馒头，一天六个馒头两块钱……自胜在心里盘算着怎么来开支生活。

能不花钱就不花钱，天天六个馒头吃得喉咙打哽。偶尔接到面试通知总要坐一两小时公交车，到地方后又得四处打问，等找到地方，早已精疲力尽。好几次通过了面试，在签劳动合同时对方要看学历证书，自胜借口忘带仓皇而走，深圳的街头不多这样一个落魄的背影，时间在每天的煎熬中去过。

"你先预交一下下一周的房费。"

自胜枕着双手无精打采地躺着，旅馆老板进来了。

"哦。"他紧张地坐了起来。

"你也快来二十天了，工作找得差不多了吧？"

"正找着了，找个如意的不容易。"

"还要如意，哪有这么多让人如意的事，有事做就可以了，很多人找不到工作。把下一周的房费交了吧。"

"哦……能不能迟两天？"自胜脸涨红了。

"迟两天？这不行啊，小伙子。你下铺这个人欠了十多天房费，说也没说一声就走了。我是一片好心给赊账，结果白白地吃了亏。实在没钱走的时候说一声，道个谢我也不会为难他。这旅馆刚接手不久,对人还狠不起来,我是把人往好里想,但……"

"下铺的人走了?他还拿了我五……"

自胜摸着干瘪的荷包,里面只有几张五块十块的,现在把钱掏出去,再怎么找工作?但不交钱,难道要露宿街头?

没钱的滋味原来是这样!从来没有觉得在人面前如此抬不起头,像是在大庭广众之下做了错事,又不知怎么辩白,脸面全丢光了,自胜慌得不知如何是好。

"老板,我身上钱不多了,等找了工作就给你补上行不行?"声音轻得刚好听得见。

"要不,先不交一周,住一天交一天。"自胜紧接着说道。

老板叹口气说道:"小伙子,我看你实在也是没钱。这样,钱先不要你交,你把身份证押给我,走的时候交了钱再把身份证还你。"

把身份证押给老板,也只有这个办法了。

到深圳十几天,他真正踏上社会的十几天,刚刚来时的踌躇满志在一天天的等待、碰壁中受着考验,现在他才理解人才市场求职者的焦躁跟倦容,什么是感同身受!自我感觉良好的几次面试结果都是石沉大海,原本还窃喜自己有得挑,想不到他却是被挑剩的,真是莫大的讽刺!空瘪的荷包逼得人发慌,山穷水尽如此,生活岂能让你予取予求!

怎么办?要解决当前的窘迫也很容易,给家里打个电话,给陈帅、张章打个电话,问题马上迎刃而解,只是好意思开这个口?年纪轻轻的小伙子,上了四年大学结果还不能自立,你还有什么脸面!自胜回溯着四年大学生活的点点滴滴,鼻腔火辣辣的。

严酷的现实让他再一次地审视自己,是不是他要求太高?

再不能有什么要求了，只要有公司有意向，不管待遇多少都先去吧。眼前最紧迫的问题是钱，工作不知何时能定下来，得有钱才不会心慌，只能去麻烦陈宏。

第二天参加完招聘会后自胜拨通了陈宏的电话。

"胜哥，在哪高就了，找了好工作吧？"

"你在哪，今天碰个面吧。"

"好，我在……五点半下班，你可以提早出发，那边过来还蛮远的。"下午四点，夏日的阳光还是高照着，自胜起身了。

辗转几趟公交，五点四十多到了陈宏说的地点。马上要跟几年不见的朋友会面，自胜难捺心里的激动。

街道上恰好有家水果店，自胜买上了西瓜、香瓜。

十几分钟后，陈宏从小巷里出来，老朋友终于又见面了。

"胜哥，刚回不久，让你久等了。"

陈宏语气平和，隔着一两米的距离，自胜想跟过去一样搂着他的肩膀，但他表情平静，中间像是隔着什么让人感到生疏。

"没久等了，我也是刚到。"

"走，到我屋里去。"

陈宏走在前头不再言语，自胜跟着他的脚步走着。

"开门、开门。"陈宏敲得大铁门哐当作响。

他又回过头说道："刚出来忘带钥匙了。"

门好久才打开。

"这来的谁，又你熟人啊？"不等陈宏回答，里面的人又接口说道，"你熟人真多。"

"这我哥们。"

屋里光线暗淡，散发着潮气。墙壁斑驳，刻画着岁月的印记。

"这房是单位的,三个人住,这间我的。"

自胜走进去把水果放在小桌子上。

"胜哥这么客气,不用买东西的。"

"你单位还不错,这要出房租吗?"

"多少要意思一下,一个月一百。这在市面上一间最少要上千。"

"挺好,你单位的福利还不错。"

"一般般了。胜哥工作定在哪?"这话不像是真需要回答。

陈宏不留空隙紧接着说道:"刚你也听我同事说了,找我的熟人多。大多工作还没着落,找上门来了碍于过去的面子我也不能不接待,借宿的、借钱的,真不好应付。胜哥上的学校还不错,定的是什么单位?"

这时门推开了。

"你又来老乡了?我刚躺会被你们说话吵醒。"胖子语气中带着愠怒。

"志哥,你别不高兴。"胖子没有理会狠狠掼上了房门。

"胜哥,这人是我们单位局长的外甥,不能得罪。我切西瓜去,让他消消火气。"

一连串的话语让自胜几乎没反应过来。

陈宏切好西瓜端进来了。

"志哥、成哥,过来吃西瓜。"没有人响应。

"胜哥,你先吃,他们没听到,我给他们送过去。"

原本有许多话想问陈宏,现在还有必要吗?说不上哪里不对,是什么让他们有了隔阂?

一会,陈宏两个同事都过来了。

"你们俩是老乡?"胖子问道。

"我们以前邻居,一块长大的。"

"无事不登三宝殿,找陈宏这小子的人多,全是借宿的借钱的,我跟陈宏开玩笑说他都没有一个找他而不要他帮忙的朋友。"

"志哥,可别这么说,胜哥名校毕业,混得比我好。"

"这样啊,那我们从实习到现在正式入职,总算看到一个上门找你又不有求于你的朋友,这才真朋友。太阳还真能从西边出来了!"

自胜拿着西瓜低头勉强地笑着。

"胜哥,很多同学都在深圳。"

"有哪些?"

"董青啊,谢欣然啊。多着了,你在班级群里问下就知道了。"

"董青也在深圳?"这可真没有想到。

"嗯,上个星期QQ聊了几句。她在中国平安,工资、福利都很高。你跟她过去关系好,可以多多联系她,估计她有很多人脉,将来的发展大着了。"

"你有她电话吗?"

陈宏报上了电话。

"胜哥工作起薪是多少?"

"我那个起薪低,主要看业绩提成。"自胜目光闪烁。

"那很好,那前景更大。我这单位基本工资虽有将近两万,也就图个稳定,只能拿这点死工资。"

两人东拉西扯,说了很多不着边际的恭维话。

窗外的天色暗下来,房里黑黢黢的,陈宏起身打开电灯,照出满屋的狼藉。

"胜哥,不早了,吃饭去吧。"

下了楼梯,陈宏领着自胜七拐八拐到了家小饭馆。

坐定下来,老板倒好茶水后殷勤地递来菜单。

自胜翻看一遍正欲问陈宏点什么菜，陈宏说道："我吃个炒粉就好，中午吃多了。"

　　自胜张口欲言最终还是把到嘴边的话吞了下去，他对着菜单发了会愣后合上说道："那我也来个炒粉吧。"

　　陈宏高声喊道："老板，两份炒河粉。"

　　老板吆喝一声答复了。

　　"胜哥，其实最主要的是这饭馆菜不好，不新鲜，下次有机会咱们再挑个好点的地方吃。"

　　炒粉吃得心猿意马，本来钱就不多，下午又买了水果。来时想着可以跟陈宏开口借点，现在这个情况再开口只会伤了彼此的面子，还是给自己给陈宏留点余地吧。

　　吃过饭，陈宏要自胜再上去坐会，自胜借口路程远得早动身推脱了。陈宏送他到公交车站后转身往回走，这熟悉的背影像是不曾相识。

　　生活让他们走上了不同的道路，不同的道路有不同的遭遇，有不同的为人处事方式、行为准则。也许说不上谁是谁非，只是各自心中的期许不同罢了。好比运动员跳水，如果没有探准水的深浅，总会有发力过猛或用力不足的不适。

　　公交车站人声喧哗，自胜静默沉思，身上再没有钱了。明天吃什么？住哪里？夏日的热风吹着，吹得人心里凉飕飕的。

第二十四章

接连开来公交车,不等停靠下来,人群就蜂拥而上,每辆车都挤得满满的。自胜等了差不多半个小时才挤了上去。车内人贴着人,甚至有人在座位上睡着了,自胜好不容易挪到后面算是争得了不那么挤的一点空间。白天为生活奔波,这个时候一车的乘客大多一副疲态,深圳璀璨的灯光背后有他们多少汗水?自胜摸着空瘪的荷包,等明天的太阳升起后,他该怎么办?

车内的荧屏播过一段广告之后开始了新闻。主播自认搞笑的风格只是娱乐了自己,一天的劳累让人鼓不起欢笑所需要的那股劲。窗外高档小汽车络绎不绝,分明对照出两个不同的社会阶层,自己如此寒碜,难道你就甘心这样一辈子?

这时,荧屏上播着的新闻吸引了自胜的耳朵。

"我们来看看香港地区的新闻。今天香港地区的头条莫过于某某女星嫁入豪门。所嫁夫婿是香港著名企业家,家产逾百亿。这名企业家身残志坚,白手起家,经过数十年的打拼,取得了现在这番成绩。我们仰慕的大明星感情之路虽有波折,但最终能有一个这样好的归宿,我们也衷心祝他们幸福。据说老夫少妻是最稳定的夫妻关系,我什么时候能跟这位女明星一样有这样好的福气嫁入豪门了?"女主播语气中满带着歆羡。这到底是一位怎样的企业家?自胜侧过身,荧屏上的画面是正值青春、身材高挑的女明星挽着个上了年纪、个头矮小的企业家,自胜看得五味杂陈,有钱,真好!

转了几次车,一个多小时的车程后,到了人才市场。这个时候,夜已带有几丝凉意,已过了吃晚饭的时点,市民纷纷走到户外歇凉,深圳不分昼夜,永远那么的喧哗繁忙。

自胜立在街口,灯光璀璨,他却找不到一条出路。原先想着能找陈宏借点钱,现在钱没借到,怎么办?他害怕见到旅馆老板,甚至街上行人的目光落在他身上时他都怀疑他们是不是看破了他的困窘跟凄惶。自胜走到灯光照不到的阴暗处,像是只有在人看不到的地方,他才能稍微放松,才能保有自己的那份尊严。这一切能怨谁?如果拿到了毕业证会这么艰难?如果考试不作弊,说不定就考上研究生,现在跟徐绽在桂林游山玩水。一切的一切,都只能怨自己心术不正,想投机取巧,你不严肃、坦诚地对待生活,生活会以既有的原则来对你做出惩罚。只有踏实努力得来的才是安稳的!自胜回溯着既往的点滴,也不知是泪水还是汗水粘湿了眼眶。已是夜里十一点,街上的人群还是穿梭不息。身心疲乏,回旅馆吧。

回旅馆的这段路走得战战兢兢。旅馆老板睡了没?如果没睡见到他怎么说?自胜斟酌再三,组织着见到老板得说的话,这个时候,想象中得找出的借口也是这么为难!哎!

旅馆老旧的招牌里的灯光昏黄,几个大字的亮度在璀璨的夜色中毫不起眼。远远看去,进门靠里的小房间里老板趴在桌子上,看来是睡着了吧?自胜瑟瑟缩缩加快脚步走到门口,小房间里传出来鼾声,老板真是睡着了!他踮起脚尖,快步上了楼梯。到楼上后,大气也不敢出,还好,老板没有被吵醒,总算是躲过了一关!寝室里的其他人已经睡了,自胜冲过澡,躺床铺上大睁着眼。

过了今晚,明天到来时怎么办?身上已经没钱了,明天吃什么?住哪里?难道真的走投无路?

给家里打个电话?给同学打个电话?只是怎么好意思开口?如果父母知道他的窘迫,他们会难受的,怎么能让父母再为自己担心。同学都是刚出校门,他们也刚工作,这万万开不了口。

陈宏说小青也在深圳,能不能联系她?自上次聚会碰面后又将近两年不见了。自胜翻出小青的号码,拨下去又立马挂断了。他们分开时彼此都带着校园的记忆,现在他这样落魄,不要把原有的记忆打碎了。自胜打住了这个念头。

也不知到了夜里几点,街道上汽车开过的声音稀疏起来,借着路灯照进来的光线,自胜侧身打量寝室,住进来二十多天,他还没仔细看过这屋里住的是些什么人。好几个大行李箱堆在窗户边的墙角,鞋子散乱地摆着。这深夜宁静的时刻,抚昔追今,明天在哪里?自胜想起大学的生活,想起跟徐绽的点点滴滴,想起英语开考前的短信,想起辅导员说出作弊处分决定时的惊悸,原本好好的一条大道却走入了歧途,你啊你!悔恨!自胜深叹了几口气。

"叹什么气,还没睡着,把别人都吵醒了。"对面中铺传来轻声的抱怨声。

"不好意思不好意思,就睡。"自胜转过身盯着墙壁,不久睡着了。

清晨在市声喧哗中醒来。

"昨晚怎么那么晚还没睡?"

"太热了,睡不着。"

"工作有眉目了吗?"

"没有。"

"今天早点去人才市场,排在前面的五十个人不要入场费。"

"真的?"

"真的,我先去了。"

去得早不要入场费,五块钱的入场费可以买十五个馒头,自胜赶紧洗漱好直奔人才市场。人才市场九点入场,艳阳高照,入口处排出了长龙,为省入场费,自胜顶着太阳站了一个多小时。

招聘会照样人多职位少。只要不是招专业技术人员的岗位,自胜都投去了简历。面对招聘人员,他一再地谦和,生怕失了礼节。

基本上所有的招聘单位给的回复都是如果简历通过了人力资源部的初审再电话通知面试,这对自胜来说好比是肚子已经饿了,但开不开饭、什么时候开饭都由别人决定,他心急火燎!

不敢漏过一家单位,每家单位的招聘要求都看得仔仔细细,自胜转遍了招聘会的每一个展台。希望是投出去不少,但这希望存在人力资源部,不知什么时候能见阳光。没有退路,希望又掌握在别人手里,进退维谷还有周旋的空间,但是自胜了,今天如果再不能把工作定下来得等到什么时候!买馒头的钱也不多了,再没有等下去的资本!人群拥挤,却是孤单,盛夏的炎日感受得是隆冬的寒意!

十一点,人群开始退去,场内满地狼藉,招聘人员开始收拾整理资料,一天的招聘又过去了!

自胜站在场内,不知走向哪里?回旅馆碰到老板怎么说?连一个落脚点都没有了。他坐在会场的一角看着招聘人员把带着求职者希望的简历堆进了文件箱。

等！等！等！来深圳二十多天，等了二十多天，得等到什么时候！书上说人可以自己掌控命运，想不到决定权都在他人手里。你可以自由选择，最后由别人裁决。今朝的招聘会已经收场，难道又回去空等通知？没有再等的资本了！他站在一角，黯然地看着招聘人员下班的笑脸。阳光灿烂，他却值身酷寒之中。像是隔着一层玻璃，把他跟城市的繁华隔开，看得见却够不着，欢声笑语都是属于别人的。

空瘪的荷包对人是煎熬！自胜慌得不知如何是好！所有的信心都已击溃，想不到他竟会落魄至此！穷途末路原来是这个感觉！

人员相继退场，会场空旷起来。有几家展台的工作人员并不急着离去，嘻嘻哈哈地聊着天。这几家公司都投了简历，能不能去问问他们最快什么时候出面试通知。

"打扰一下，请问你们最快什么时候出面试通知？"

为头的人瞟了眼说道："我们公司不一定招人，人才市场把我们哄过来的，不然招聘单位坐不满这个会场。"

"哦。"自胜不知如何接话。

"张经理，也不是不招人，前几天杨总不是说我们还可以配几个销售员吗？"边上留分头的小伙子说道。

"小刘你说的也是，招几个销售员也好。你给我们公司投简历了？"

"投了。"自胜毕恭毕敬。

"简历一时也找不出来，把你的简历拿来看看。"

自胜把人才市场只需要填选项的模板简历拿了一份出来。

张经理匆匆览过抬头看着自胜道："学历这项怎么没选？你什么学历？"

什么学历？像是炸弹般轰的一声让自胜惊心。

他理了理思绪尽量平静地说道:"高中学历。"说完脸都羞红了。

张经理抬头看他一眼又把目光落到了简历上。

"是这样,你的简历我认真看了。我们这个工作是做销售员,似乎技术含量不高,但也不容易,不知你愿不愿意做?"

"可以,可以。"自胜赶紧点头。

"也好,你这情况跟我们工作岗位正好匹配。本来我们要招大学生,大学生我们也招过,但多半心高气傲,眼高手低,自认有文化,却没实际工作能力。你一个高中生,正好能在这岗位上发挥潜力。据我们的经验,往往大学本科生还不如高中毕业生工作做得好。你带身份证毕业证了吗?"

自胜来不及考量这番话说道:"只带了简历、毕业证,身份证在行李箱里。"

张经理皱了眉头。

"这样,你先来个五分钟的自我介绍。"

自胜清了清喉咙,把多日来历练的自我介绍背了出来。

"小伙子说话还利索,我们这销售员最重要的是嘴巴活泛。这样,面试你通过了。下午带上证件到公司报到签合同。"

"公司包不包住宿?"

"有的,公共宿舍。"

阴云密布突然亮起了晴空,走投无路突然前方又开辟了小道。随着张经理的几句话,这些天来的焦虑、恐慌随风飘散,自胜终于可以缓一口气了!

"下午两点后到公司签合同,广润大厦203。这是我们公司的小资料,你看看。"张经理说道。

自胜把小册子接了过来。

从会场走出来,自胜难得的带上了笑脸,生活的节奏变换的这么快,他甚至还轻声哼起了音乐,这个世界在他为难的时候总算拉了他一把,给了他回旋的余地。天空高远,太阳似乎都在对他微笑。

工作有了着落,回旅馆的这段路走得意气昂扬,今天终于不怕见到旅馆老板了。

"小伙子,今天工作怎么样?"老板看着电脑屏幕上波动的股价问道。

"找好了。"

"我就说看你今天神色都好了很多,今天上楼再不用踮脚尖了。"老板对着电脑屏幕说着。

"哦?"自胜若有所悟。

"我就说你别挑工作就好找。听你说你是大学生,你炒股票吗?"

"偶尔看看。"

"妈妈的,老子前几个月买了个分析软件,五千块钱一年,专门看资金流进流出,天天盯着这屏幕眼睛都看花了,也没赚到钱,你能不能帮我看看?"

"老板,股市是为公司融资促进经济发展的,不是用来炒用来投机的,投机的好处永远没有坏处多。"

"我没这个文化,哪管那么多,钱能到手里就好。"

"如果投机,就算暂时赚了,迟早也会赔进去。多少耕耘,多少收获。你的钱只有支持了公司发展,得来的收益才是安稳的,正当的。"

"你说的这个我可听不懂。你看,这股票刚快涨停,一下子又跌了下来。真是比天气变得还快!"

"嗯,价格变化快。老板,我下午要去签劳动合同,能不能先把身份证给我?"

老板疑惑地瞟了他一眼。

"你放心，我不会拿了身份证就走人的。"

老板还是没有作声。

"这样，我把我带的这块玉先押给你，这我女朋友给我的，新疆和田玉。"自胜把和田玉拿了出来，他也只有这个有分量的东西。

"其实明摆着不信任人，这面子我也很难抹开，但……"

"我知道，我知道，你不用说我都知道。"自胜说道。

老板拿过和田玉看了看，"我虽是个老粗，也稍懂点，这质地不错。你把女朋友给你的情物押给我，不怕她不高兴？"

"暂时寄存在老板这而已。"

下午签过合同，自胜取回了徐绽给他的和田玉。结算完住宿费，他背上简单的行李前往公司宿舍。这时心里已没有上午从人才市场走出来的那份轻松。他开始想这工作的前景，他什么时候能立下足来？什么时候能自豪地告诉徐绽他的工作？

读了四年大学，从销售员做起，心里总是有点不甘心。但有什么办法，身上没钱了。销售工作的优势是按业绩拿提成，如果业绩好，收入应该也是可观的。河流源头的深浅并不能决定其水量、流域面积，生活的起点也决定不了人生的高度跟广度。今后是江水滔滔还是溪水潺潺，谁知道了！

走出旅馆，自胜多次地回头张望。这小旅馆里有过他的狼狈跟不堪，有着他二十多天的彷徨，现在算是告一阶段了。接下来会怎么样，他又会走出条什么样的路来，人生不可测！

第二十五章

时间都让工作充塞，忙碌起来，会忘记时间，忘记朋友，忘记工作之外的一切。不知不觉，白昼开始变短，早晚的微风有了凉意，一个半月过去了。

销售员驻扎在市场的第一线，每天起早贪黑应对顾客的咨询、投诉、建议，再怎么疲于应对也得笑脸迎人。生活教会你把自己的性格、情绪隐藏起来，也许这就是所谓的成熟！

一个月，自胜有了职业化的语言，有了职业化的笑脸，当然也有了职业化所需的基本知识。让人欣喜的是这个行业市场前景非常好，如果做到一定的级别，收入是很可观的。

今天是发工资的日子，心里多了期盼，面对顾客的笑脸也真实了些许。中午时自胜打电话通知室友刘誉说晚上请他吃饭，现在已是五点半，六点一到就下班了。

一个半月，每天都是工作餐，今天拿了工资，换换口味改善下生活。

时针指到六点，自胜从商场走了出来。他立马跑到自动取款机查看卡里有多少钱，四千二，这个月的绩效考核过关了。

自胜取上钱，向约定的饭馆走去。

下班高峰期，街道、马路挤得水泄不通，人声、汽车的鸣笛声造成这繁华、喧扰的世界。自胜第一次有心情留意街头的熙熙攘攘，但他并没有放慢脚步，今天他做东，可不能让刘誉等他。

到餐馆坐下不久，刘誉如约而来。刘誉差不多跟他同时入职，两人住同一间宿舍但分在不同门店，业务上基本没关系，自胜把他当朋友，今天发了工资好好请他吃一顿。

点过菜，两人七七八八地说了些杂事。

"自胜，今天怎么请我吃饭？有事吗？"

"没事，就想改善下伙食。这一个多月工作餐天天都是那几样菜，都吃腻了。"

"哦？"刘誉神情有点疑惑，脸上打出了个大大的惊叹号。

"是没事啊，今天领了工资，咱们哥们，一块聚聚。"

"没事那咱们平摊。"

"不用，说了我请。"

菜端上来，又开了几瓶啤酒，话渐渐多了起来。

"自胜，你真不错，今天张经理给我们训话，专门拿你跟我们组对比了，说你如何如何地能干。"

"你可不要往我脸上贴金，张经理在我面前也说你们组的员工如何如何能干，说我们如何的不好，让我们多跟你们学习，这都是领导御人的办法。"自胜克制着得意反过来恭维道。

"那不，张经理在我们组是多次提到你，不是今天这一次。"

"说这些干吗。吃菜。"

"你这个月拿了多少工资？"

"四千二。"自胜不假思索地说。

刘誉猛喝了口酒,"我才两千五。"

这时自胜才意识到刘誉的神情有些不自然,但这一丝念头也马上略了过去。

"我运气好点而已,下个月你就超过我了。"

刘誉闷声吃着菜,气氛有点压抑。

是不是他说错了什么,哦,难道刚刚说工资时在他面前得意了?这实在是无心之失,他也没想到刘誉没完成销售任务。

刘誉喝了几口酒道:"自胜,在我们那,男女之间相亲约会都是平摊,只有定亲后男方才会请女方吃个饭什么的,在这之前,都是各出各的。"

"每个地方风俗不一样吧。"

"今天你请我吃饭,有什么就直说,有什么需要我出力的我尽力,你也不用跟我客气。"

"真没什么事,吃个饭罢了,不必放心上。"

"如果真没事,那就平摊。"

自胜不知怎么说才好,他还没跟刘誉熟到可以当面指责的程度。请人吃饭一定要有事?换句话说,请人吃饭总是有着什么实际的目的?是他阅历不足过于单纯还是别人想得太多,话说到这分上,怎么接?

自胜吃了口菜道:"今天算我的吧,我叫你的。"

刘誉显得意外,像是他从来没见到过自胜这样的人。

原本的兴致勃勃一下变得意兴阑珊,自胜开始谨言慎语。

夜色欲浓,城市的华灯变得愈加璀璨,欢闹、喧嚣遮盖了人心的疏离,钢筋水泥造成的建筑里,人心惶惶,人们都为各自的工作生活操劳着。不知过去多久,街上的车辆少了,市声悄悄退去,城市缓缓进入夜的节奏,餐馆里的言谈声轻了许多。

"自胜,张经理老拿你做我们的样板,特别器重你,将来如果有提拔的机会多帮我美言几句。"

"相互吧,有好事咱们共享。"自胜已经一身酒气。

结过账,两人坐了会,起身回公司宿舍。

炫目的灯光五颜六色,城市在灯光的装点下几乎要把黑夜驱散。街道上的行人已不多。偶尔牵手走过的情侣衬出他们的落寞。两人快步回了寝室。

明天休息,自胜仰躺着思绪翩翩。也只有这个时候,他才有精力去想一点工作之外的事。

酒精作用下,思绪浮乱,像一堆乱麻理不出头,自胜有些昏昏沉沉。

今天领到了来深圳的第一笔工资,总算在社会上站住了脚跟。钱虽不多,但这是第一次自食其力,想起刚到深圳时的狼狈,他想与人分享这份喜悦。这个人是谁?她不在身边,毕业后也没再联系,此刻他很想念她!她在干什么,她在忙碌之余是否也会记起他?

时间带走了青春,带走了年华,带来故事汇成一段段的人生。

时间把今天变成昨天,把今年变成去年,把一切都抛到过去,让人再也摸不到、碰不着。

时间如奔腾的江水,一去不返,让人空留留恋跟缅怀。

时间也把未来变成现在,把明天变成今天,把希望变成现实。

时间总是弃旧迎新,每一个日子都是崭新的。

你不能把回忆当饭吃,它只是生活的佐料,不是可有可无,但也不是必需的。

自胜戴着耳机仰躺着听着莫文蔚的《电台情歌》跟《宝贝》,大一时徐绽听的时候觉得难听,现在一遍一遍地回放,怀念不已,这是徐绽喜欢的音乐。过去跟她在一起的日子一片片地在脑海里浮现出来,她的笑脸,她的有趣,不由得让人感怀。

耳机里响起了《忽然之间》这首歌,自胜细听着歌词:

"我想起了你,再想到自己,我为什么总在非常脆弱的时候怀念你;我明白太放不开你的爱,太熟悉你的关怀,分不开,想你算是安慰还是悲哀……"

歌词带着旋律让人不能自已。回首四年大学时光,一阵唏嘘感慨。李季白、张章、陈帅现在都比自己要好,想起开学时对高考分数的争论,高考分数又算得了什么。那点分数是表示不了一个人的前途的。

他起身下了床铺打开行李箱,翻出徐绽的照片跟她给他的那块和田玉。徐绽当时把和田玉给他时说的话还记得清清楚楚:"想我的时候你就看看这块和田玉,看到和田玉就等于看到我了。"对着相片跟和田玉,过去的一幕幕闪现出来,心潮起伏,像是吃过酸枣吃苦瓜,一阵酸涩接着一阵苦涩。照片上的徐绽笑得甜甜的,他还有没有机会当面再见她的笑脸?自胜不敢想下去!他把相册合上,继续翻着行李箱。在一个小塑料袋里,自胜翻出在学校用过的电话卡,还能不能用,应该没停机吧?他把旧手机拿出来把卡装了进去。

短短几秒钟的开机时间是漫长的等待。显示屏亮后,又不等手机反应过来,急切的按键节奏又多卡了几十秒。手机显示还有信号,自胜想看看这卡里还留有什么。相册、音乐栏是空白,他翻到了短信。

点开短信,细分的目录是储存于手机,存储于SIM卡,存储在手机里的多是来深圳后的联络短信,自胜点到存储于SIM卡。点开,十一个熟悉的数字排列跃然眼前,满屏幕的号码下是什么内容,自胜翻到最后一页看起来。

二十多条短信从零八年下半年跨度到零九年上半年，那时候手机内存不够，短信收件箱满了就得删掉，自胜把最舍不得删的短信转到了SIM卡。

短信寥寥几字总让他思索半天，像是这明摆着的语句下深藏着什么。这些信息多是最开始跟徐绽交往时发的，过去的回忆快速萌发起来。切断思念，斩断联系，以为就能把过去抹掉，但从看到徐绽照片的那刻起，艰难筑起来的防线就崩溃了。短信一条条地看下去，每一句话都能对应过去的情景，情感的洪流开始决堤，也许能拥有回忆也是某种幸福。

现在，他非常想念徐绽！非常非常想念她！

自胜急不可待地按了徐绽的号码，在按下拨通键的时候，像是用尽了毕生的勇气，须臾间他又有些害怕，但这时挂断已来不及，徐绽手机上肯定都已经显示来电了。很快，听筒里响起了彩铃声。

想快点听到她的声音，又怕接通了无话可说，更害怕她的漠然。

二十秒、三十秒、四十秒，电话还是没接，紧张中自胜缓了口气，看来她是不会接了，也好，一刀两断，今天这个电话算自己犯贱。

短短一分钟，从期盼到懊悔，感情从山峰跌到山谷，剧烈的波动让人喘不过气来。先前殷切的期望瞬间替代为讥讽跟轻笑，她还真以为有多值钱，多了不起！

播而未接的电话等于做了无声的了结，原来他保有的回忆只是自作多情，自己舍不得放下但徐绽早已不放心上。你在等她回来，但她放下过去，走向了远方！

哎，真是自我作贱！短暂的自悔被强行而来的宽慰取代。也好，她这样决绝，彼此间再也不会有什么瓜葛，与其背着过去的包袱，不如重新来过。也许以后的每一页都是崭新的。有些人本来就是人生的过客，还是期待下一站的风景吧。

心思全在一个不把你当回事的人身上，男子汉不至于这么窝囊。女人如衣裳，没有谁是了不起的！

这种藐视一切的自我保护，极端的心理上的轻视，是有益于走出情感沼泽还是会错失姻缘，统计学能有所揭示吗？

自胜把手机放到一边，翻起了报纸。

满页的铅字密密麻麻，排版拥挤，内容却很空洞。有好材料却摆不出一桌好菜，恐怕是报纸的通病。自胜一目十行，草草浏览，想心无旁骛，但心里还是忍不住地想她。洗漱早点休息吧。

自胜正刷着牙，刘誉喊道："你电话响了。"

这么晚谁会来电话，不会又有任务布置吧，自胜没有理会。

"你的电话响了。"刘誉又喊着。

"不接了，肯定是张经理布置任务，明早打过去。"

洗漱好后，躺床上继续翻看报纸，不知为什么，刚刚强制按捺下去的思念又涌上来，他放下报纸，头枕着手仰躺着。想要从心所欲，现实却是如此的无可奈何。早点睡吧。

"你还看报纸吗？不看关灯了。"刘誉道。

"不看。"

房间里黑下来，从窗户漏进来的光线稀释着夜的浓度，自胜大睁着眼，像在黑夜中寻找依稀的光明。

他拿起手机，一个未接来电显示在屏幕上。

解锁，十一个排序熟悉的数字赫然显示在屏幕。惊喜中有点发慌。

是她的号码，是徐绽的号码，刚刚是她打来的，真是不可置信！

她竟然打电话过来了，她主动拨过来！自胜突然有点过去恋爱时的滋味,就像大一时绞尽脑汁逗她开心,短信发出去,总是捧着手机等着她的回应,她短信回过来手机振动的那刻,是多么甜蜜的快乐。现在这个未接来电,又让他重温了青春。

既然她打过来了,自己应该回过去。但打通后说什么,自胜又是一阵畏惧。好像伤疤刚好,理智上不敢随意去碰触,还是发短信吧。

"你打错电话了吧?"寥寥几字,再三斟酌,多一个字,少一个字,加不加标点,是要显得郑重还是显得随意,他再三推敲,生怕自己失了面子,更怕引起徐绽不开心。

短信发过去,她会做何反应?自胜拿着手机,像是已把他的未来都寄托给了她!

时间在毫秒、秒中过去。时间像是在沙漏中卡住了,显得额外地漫长,焦心地等待消磨人的信心,自胜真想把手机关了好解脱这纠结的心结。

手机屏幕闪了一下,接着振动起来,屏幕上显出短信提示。

希望燃起了,是她回的信息。

"没有啊,你打来没接上,就回过来了。"

简单明了的话自胜反复揣摩,像是需要解码,里面包含了其他深意似的。

再也忍耐不住,自胜起来走到走廊,拨通了徐绽的号码。

"喂。"话筒里是清脆的声音。

久违了,声音像一股电流传遍了全身,麻酥酥的。

"你还没有睡?"自胜感到喉咙有点发干。

"睡什么,阿克苏的太阳还没下山了。"徐绽声音听起来平静。

"真好。准备干吗?"

"准备围着火炉吃西瓜。你上班了没有,还好吧?"

"上班了。我没什么事,就想听听你的声音。"
"哦。"
一阵长久的沉默。
"你好好工作吧。"
"姐,你还打电话了,快过来。"听筒里传来吆喝声。
"我弟叫我搬哈密瓜去,拜拜了。"
想要多说几句,看来没有必要。
自胜沉默不语,几秒钟后徐绽挂断了电话。
一时怅然若失,她是这样冷淡,刚刚又是自作多情了。局面已是天涯海角,这样的联系还有意义吗?
如果有所惋惜,那只能怪自己,谁叫你当初那么混账。
生活得向前看,时间长了,一切都会淡忘的?

第二十六章

在想联系徐绽又不敢联系徐绽的日子里,繁忙的工作过后,自胜开始时常想起小青。小青也在深圳,这真是没有想到。自大二的那次聚会后,一晃两年不见了。她在中国平安上班,对女孩子来说,这单位算不错了。她大学四年恋爱顺利不顺利,现在的感情状态是什么样子,会是单身吗?自胜有时候会想到这些问题,随之而来的是高一一整学年的回忆。自从有了徐绽,这些记忆封存好久好久了。本来想着他们间不会再有交点,想不到现在都在深圳,隔得这样近。

这样想着跟小青在一起的情景,原本思念徐绽的时间就少了很多。思念一个人又不能联系,这滋味太难受,某种程度上说,小青的存在冲淡了许多苦涩难熬的时间。

小青、徐绽,春兰秋菊,自胜有时候会在心中做着对比。情感上似乎是更加地偏重于徐绽,可是她又离得那么远,他们还有可能接近吗?

白天工作忙碌,晚上回到寝室总是冷冷清清,深圳这个偌大的城市,下班后却找不到人说话。自胜只得借电脑打开湖南卫视的娱乐节目来增添寝室里的欢笑,这看似的欢闹愈加勾起对过往的回忆。

现在他有小青的号码,该不该联系她?

老是犹豫,纠结中总是不得不断这个念头。他现在这个样子,怎么好意思联系她,她要问起他的工作,他又该怎么说!自胜只得以对过去的回忆来充实下班后倍感空虚的时间。

日月轮转,徐绽的暑假被日历一天天翻过去。

上大学以来,这是她第一次如此充分的感受家乡的夏天。白天骄阳似火,晚上夜凉如水,白昼、黑夜划出了明显的界线。

盛夏是一年最忙的季节,哈密瓜、西瓜、葡萄都在这个时节成熟,每天戴着草帽在田间地里挥汗如雨,但收获的喜悦让人顾不上劳作的艰辛,带着汗水的笑脸,感谢土地的馈赠。

徐绽上大学是村里的骄傲,现在又考上研究生,几乎成了明星。走在村里碰到乡亲们,总要夸赞她几句。村里人见到她父母总是说他们女儿有出息,父母每天都洋溢着笑脸,这些天都显得年轻了一些。

女儿大了,又是研究生,再也不好对她吆喝使唤,吩咐她干这干那。但父母不吩咐,徐绽也闲不下来。一日三餐抢着做,白天太阳大时在风房挂葡萄,傍晚时又在棉花地里拔叶除草。惹得她妈妈说她:"都研究生了,还干这些活,说了不用你干,没点读书人的样子。"他爸又接口说道:"干活手会变得粗糙,男生牵你手时结果你一手的茧,会硌到人家。谈了男朋友就带回来看看,让爸爸给你把把关。"徐绽羞得脸色通红。

每天的日子忙忙碌碌,劳动带给人充实,徐绽甚至几乎忘了家乡之外的世界。只在夜晚时,对着明月跟繁星,才会有隐隐的哀愁,一切都过去了?她不敢设想,不敢期盼,她怕愿望落空再次带来伤害。

家乡的夜空像深蓝色的幕布高挂着，星月挂在幕布上辉映着大地，月光冷冷的，带着沁人的凉意。在星月光辉的交织下，夜色朦朦胧胧。虫鸣、蛙鸣时而响起，偶尔闪烁着萤火虫，轻风吹动庄稼的沙沙声，这远离了城市的世外桃源，夜总是额外静谧。

这样的夜晚，家人睡去后，徐绽总会在院子里多坐一会，对着满天的繁星若有所思，至于想了什么，她自己也说不清楚。常常是在凉意袭人时，她才起身去睡觉。这样一天天的，两个月的暑假也过去了。

坐长途火车，报到，新生聚餐，国庆之后生活总算走上了正轨，研究生生涯开始了。

当所有的新鲜、好奇折旧，想象中的光彩不复存在，研究生的生活也进入了日复一日的循环中。照着课表上课，照着学校评奖学金的要求设法去达到相应的条件。生活总是身不由己！

对徐绽来说，上研究生她并没有多少憧憬，她只是为个学历，为找一份稍好的工作。但如果能拿到一等奖学金，甚至国家奖学金，那当然是求之不得。在了解了奖学金评定的相关细则后，她就行动起来。

研究生奖学金评定一看考试成绩，二看科研成果，其中科研成果占了大头。所谓的科研成果并不一定要有学术上的价值，而是只要在所谓的学术期刊上发表了就是成果，好比一个舞台，挤到台上去了的就是演员。这个成果不是学术价值上的成果，而是评奖学金，评优评先的敲门砖。

在上课之余，徐绽跟着导师许教授做起了各种各样的研究，诸如公务员贪腐跟出身背景的研究、上课出勤率跟成绩的研究。有时候徐绽怀疑这样抄来抄去，没有实际用处的研究有什么意义,但风气如此,何必深究,谁会跟自己的利益过不去?你改变不了环境,你还不能适应环境?

  研究生都配有导师,跟导师相处,徐绽也是开阔了眼界。除了所谓的学术研究,也少不了端茶倒水、带孩子、搞卫生、找发票……不一而足,为兼顾学生的全面发展,所谓导师真是煞费苦心。研究生虽心有怨言,但一般都不敢忤逆导师,你的毕业论文要导师签字,还不好好表现!导师,有时候是个触目惊心的词汇!

  为发表所谓论文,徐绽对许教授的吩咐当然不敢怠慢。她打听清楚了,即使是自己独立完成的论文也要加上导师为第一作者,而在评奖学金时,如果导师是第一作者,则在相应的评选中自动把学生看作第一作者,都是心知肚明但又习以为常,甚至是约定俗成!

  学习的忙碌让她没有多少时间考虑学习本身之外的事情。只是吃过晚饭在校园散步时,看到操场、小道上徜徉的情侣,她才会想起什么。过去的甜蜜混着当前的酸楚,感觉涩涩的。这时候,她总会加快脚步往图书馆走去,只有埋首书堆才能赶走心中的纷扰。

  自八月接到自胜电话以来,两个多月过去了。

  看到未接电话显示他的号码时,徐绽不敢相信自己的眼睛。电话接通后,她虽心潮澎湃,但语言刻意显得平静,她不想让他感到她在等待他,她在期盼他。故作平淡匆匆挂断了电话,本以为会是个开始,却料想不到又是个结束,两个月没一点消息。自胜对她是个什么态度,现在一点把握也没有!而徐绽为了让自胜能联系上她,以前的号码一直用着,随身带两个手机。

  白天在教室、图书馆,只有晚上回寝室后,才有点清闲的时间。上上网,看看新闻,跟室友聊聊天,这简单的生活也不平静，往往这个时候，感情的熔浆活动得最为剧烈。

想发条短信，总是犹豫踌躇。想看看他最近的动态，QQ号早已删除。想两个人吃饭，什么也不说对着傻笑。想跟大一时一样拉着手散步……想了解他当前的一切，但就是迈不出这一步。放不下，但又怕新的伤害。何况，要是只是一厢情愿了？

想念一个人，能够联系他但又要自我控制着不去联系他是什么滋味，徐绽实实在在尝尽了。

在她纠结，为此困扰的时候，学校里好几个男生想走近她。发短信，打电话，约她吃饭，请她出游，一切的行为跟自胜大一时一模一样，虽然她不得不谨慎，但男生的亲近总是给灰暗的心情增添了色彩，被人喜欢毕竟是美好的，只是有时她会俏皮地想：难道男生追女生都只是这些伎俩？

邀约纷至沓来，徐绽都以各种借口搪塞回去。几次之后有的男生就不那么热乎，围着她身边的人也少了，只有个叫陈少登的坚持不懈，甚至都策动她室友马静静讲好话。而陈少登以请她们寝室吃饭的名义，邀过好几次了。

有一次关灯后，马静静跟她拉起了话。

"徐绽，你一天忙什么，每晚都十一点多回，是不是背着人约会去了？"

"导师布置的任务多着，忙都忙不过来，哪有时间约会。"

"还是你导师好，我导师理都不理我。"

"导师要理你无非就是要你给他干活，有时候还巴不得不理你。就我这导师吧，叫我给他课题找资料，写文章，然后发表，大部分工作是我做的，但发表时第一作者却要写他，不过我也认了，评奖学金时导师是第一作者的论文，学生按第一作者评分。"

"你还想拿奖学金，我没你那么多追求，我求顺利毕业就好。跟你说个事,我老乡陈少登又要请我们吃饭。"

"他钱可真多。他老这样请,咱也不好意思去吧?要不我们回请他一次,还个人情?"

"你要真想还他一个人情,这次你一个人去,他肯定高兴。"

"什么意思?"

"我们老乡认识好几年他都没请我几次,明摆着请我们吃饭主要是为了你。我从他眼神里看出来了。"

"得了吧,别开玩笑。"

"我可没开玩笑。男生再三请女生吃饭,他不会有所图?我跟少登很熟,他知道我有男朋友的。这些日子来,他做的一切都是想接近你,讨你欢心。我了,去了实在多余。"

以前虽然隐隐约约有些察觉,但总隔着层纱。马静静这几句话把这层纱全扯掉了。

"你跟他熟,那你告诉他,我也有男朋友的。"

"真的假的,别骗我,你有男朋友,怎么电话都不见你打过?"

"我们短信啊。"

"别逗了,陈少登还问我有没有人经常给你打电话,我说你很少接电话。徐绽,你别骗我,陈少登是我老乡,这人我了解,家境不错,人也踏实,虽没什么花招,但人真诚。"

"你还成了他的说客。我可没骗你,我真有男朋友。"徐绽把她跟自胜的事说了出来。

马静静口吻不再轻松,"既然是这样,那我也不好说什么。只不过,徐绽,他两个多月不给你电话,心里还有你吗?"

"他工作忙,也许还在跟我较劲。我不也一直没给他电话,但我心里满满的都是他。"

"这么痴情的傻姑娘。你这样等下去得等到什么时候,时间长了,一切都会生疏的。你们有共同的朋友吗,叫朋友给他通点你的消息,就说学校有人追求你,刺激刺激他,看他给不给你电话。"

男女关系是一场战争、谋略与心机,好像谁要是先表示出了态度就降了身价,处于从属地位似的。我们都说要敞开心扉,实际上却全是在自设围墙。

很快,通过王晴,自胜知道了徐绽的近况,这中间当然少不了渲染出来的诸多追求者。

听到有人追求徐绽,自胜心急火燎!但当他冷静下来,心平气静地考虑这个问题时,又觉得情绪为她波动犯不着。上次那个电话她不是挂得很干脆吗?她不把你当一回事,你又何必把她放在心上。这样想的时候,自胜能有短暂地解脱。

如果人都有这么理智,都能收放自如地控制自己的感情,那世界上就不会有形容负面情绪的那些词汇。往往片刻的宁静之后,自胜心里又掀起狂风巨浪,嫉妒、不甘心、不服气,总想挽回什么,总想证明什么。

现在这样的局面是谁造成的,能怪谁?说来说去责任全在自己。这个时候想起徐绽,自胜全是深深的歉意。至于她现在的那些追求者,平心来说,这是她的魅力,你跟她分开了,别人还不能接近她?她是研究生,你现在这个样子,配不配得上她!

王晴传来的消息,局势是越来越险,自胜终于忍不住拿起了电话。

电话打过来时,徐绽正往食堂走着。接通后自胜听徐绽那边是嘈杂的人声,不过他还是尽量克制着情绪。

"你在干吗?"

"吃饭。"

"在哪吃饭，这么吵？"

"同学请吃饭，刚开始吃。"徐绽强作镇定。

"男同学还是女同学？"

"男同学。你有事吗？我还要吃饭，先挂了。"

根据马静静交代，电话不能长谈。如果他在乎你，你越是冷淡，越会激起他的战斗力。

既然她在吃饭，这个不待见的电话只是打扰了她，惹得她讨厌。自胜强忍着不舍，平静地说了声再见。

挂断电话后，徐绽快步走到食堂后面的小山，真想哭一场。好不容易盼来的电话又只说了寥寥几语，这是在干什么？你怎么忍心这样残忍地对待他？

不过看来马静静的计划奏效了，他听到有人追求自己按捺不住，说明他在乎她，不然怎么会打电话。下一步，得叫王晴加油添醋，煽风点火，到时候他会来学校看我的。想到这，徐绽总算勉强露出了笑脸。

对自胜来说，毕业后鼓起勇气的两次电话都是仓促地被挂断，看来徐绽对他的态度是比较明朗。心里难受，但想到他过去的所作所为，现在两人的差距，理智上徐绽这样对他是正常的，只是情感上他还转不过这弯，他还想念她，舍不得就这样放下她。但又能怎么样？你已经给她带去不少痛苦，现在她要开始新的生活，还要纠缠不清？放手吧，只要她过得快乐，你也应该为她开心的。

这个电话后，自胜接二连三地从王晴那里得来徐绽的消息，王晴虽然说得隐晦，但所有的话语经过自胜的想象，那就是现在徐绽被很多很多男生喜欢着，追求着，他很难受！难受啊，这可真是难受！

从此，从王晴那得到的消息越多，自胜越对自己没有信心。徐绽的前景那么美好，他又怎么忍心去打扰她！该怎办？现在隔得这么远，还能奢望什么！

对徐绽的思念越浓，这个时候往往也是想起小青的时候。如果徐绽注定是要远去，那小青了？他们间还有着共同的记忆，有没有可能把过去放下的重拾起来？自胜总是以小青来化解徐绽带来的失落，但以目前的状况来看，他还不想以现在这个样子去联系小青。

期许中的联络并没有如意。从王晴反馈来的消息，现在跟自胜说起她的事，他再也没有先前追问的热情，消息发过去回复得很慢，很多时候只是一个哦字。

他真的把我放下，对我不感兴趣了？徐绽一阵心痛。是不是前两次电话太冷淡，伤了他的心？跟马静静说起他最近的变化，马静静给她做了翻分析。

"这个人要不是真不把你当一回事，要不就是自尊心太强。你说一开始还追问你的消息，但上次电话后就变了，大概要不是对你失望，要不就是受挫了。我看更可能是后一种情况吧。信心不足，自尊心太强，他不会以低姿态来接近你，你冷淡他一次，他就退缩了，怎么说了，不知道是好还是不好。"

"那我该怎么办？"

"怎么办，也许该怪我。没弄清楚他的脾气就叫你冷淡他，用什么方法都得按性格来。"

"现在是不是晚了？还来得及吗？"

"不会吧，徐绽，你大学男朋友让你这么着迷？学校里这么多人接近你，挑一个就好，何必舍近求远，远水可解不了近渴。"马静静忍不住加了句笑话。

"我是想把他放下，但我做不到。"

男女相恋，让人神往，也让人神伤。

四季有阴晴雨雪，草木有枯荣滋长，波浪有来回地起伏，世界上就没有一条完全平坦笔直的道路。

长时间没有等来自胜的电话,你本来期盼一个晴天,但晴天非但没盼来反倒迎来了风雨,虽有不适,但时间长了也就习惯了。

徐绽渐渐习惯了期盼中的失望,有时候她想着要不要她主动一点,但她又怕会搅乱彼此的生活。如果注定要有伤痛、遗憾,她愿一个人担下来。

第二十七章

也许感情只是闲暇时间的调味品,当你忙碌起来,紧张的生活会把它挤出你的思维。人们都为感情闹心,其实感情可能是最可有可无,最能让人放下的。譬如事业跟爱情冲突时,大部分人会选事业吧?矛盾的是,换工作基本上不会留恋前一个工作,而爱情作为最容易放下的筹码,却总不能让人全身而退,千丝万缕永远纠结,甚至纠缠不清。最轻易放弃的,为何最难让人抽身出来?或许是彼此间投入跟收获不相等,对方带给你情感上的波澜不大可能一笔勾销,而被动的一方更容易歇斯底里。好聚好散,需要度量,还需要两个人心理价位上的一致。

日升日落,潮涨潮汐,大自然永远在循环。今天跟昨天看起来没有什么不同,明天跟今天似乎又没有多大差别,日子每天都相似,时间却在不知不觉中流逝,已接近年底了。

虽已是十二月,厦门的天气照常明丽,蓝天、白云、彩霞驱散了冬日的阴晦。节气上已过冬至,天气还徜徉在秋日的温暖中。如果不是即将而至的元旦，徐绽甚至还在等待秋风中飘落的黄叶。

这是她第一次在南方上学，没有落叶，秋却过去了。上天雨水、光热都偏袒南方，家乡这个时候早已寒风猎猎，这里却依旧暖意洋洋。

自听从马静静的主意，通过王晴向自胜吹风换来那个电话后，又快两个月过去了。接到电话的那几天，她手机没离手，生怕错过了自胜的来电，可伤心的是根本没有他的电话错过！每天盼着电话响起，每天响起的电话都是期许之外的人打来的。生活没有支柱，明朗的日子过得灰暗。

马静静的主意没奏效后，她再也不敢出谋划策。只是有时看着徐绽的低落，她从中掂量出徐绽口中的自胜的分量后会说上一句："既然你这么放不下，那就打电话过去呗。相爱的人，还讲这么多面子干吗。"

对啊，打电话过去。徐绽有时也会对自己这么说，但是她又不确定自胜的想法。伤痕没有痊愈，毫无把握地贴上去，如果自胜对她既往的冷漠，那不是揭开伤口撒盐，她怕了，过去伤得太深了！

努力不去想起他，徐绽找了个研究方向，查文献，找数据，撰写论文，早上八点进图书馆，晚上十一点闭馆回寝室，成天成天的忙碌让她稍微解脱。两个月的劳动，徐绽写了出论文。导师许教授署上第一作者后投了出去，很快被期刊采用了。据许教授说，之所以采用是因为他的人脉，他是第一作者，学术期刊不敢不采用，不过徐绽还是得出版面费。写文章不但不能赚钱，还要赔钱去发表，不知道这是不是千古奇闻？忙完论文，她可以歇一歇的时候，已是十二月底。

十二月，厦门的阳光既往温暖明媚，树木依旧枝叶繁茂，这不是记忆中的冬天。

学校的放假安排早出来了，元旦三天假。

同学们已蠢蠢欲动，结伙结队商量着出游的计划，不少同学问她愿不愿意一起出游，徐绽都是客气地推脱了。

再过几天就是新年，又是一年过去，校园里携手的情侣的欢声笑语让人难以平静下来，她又想起了他。思念像水从各个缝隙渗了进来，想堵住已是徒然。

他现在做什么工作？过得好不好？会不会忘了我谈起了恋爱？

长时间强制封存的感情再也压不住，快半年了，她很想见到他。

徐绽立即买上三十一号的票，她怕平静下去后的理智阻挠她，傻就傻一回吧！

三十一号，有旅行计划的人相继离校，徐绽上午背着行李包到了火车站，九点多上了到深圳的动车。

动车开动起来，载着她前往深圳，徐绽的心都飞了起来。她从未去过深圳，高中学地理时看地图上离家乡那么遥远，似乎一辈子也去不了那么远的地方。深圳是经济特区，那时候她只能遥想深圳是一番怎样的景色，想不到今天下午就能看到。这个地方还有她想念的人，这会是一个怎样美丽的地方？徐绽在脑海中勾画着深圳，带给她无限的想象空间。几个小时后就能看到他，她嘴角不由露出了浅浅的笑意。

"小姑娘，你是放假回家还是旅游？"一个女声说着。

动车开在建在滩涂上的高架桥上，浅海处一群白鹭展翅滑翔，远处的碧海蓝天与墨色的山峦连成了一线。

刚有人说话,怎么没人回应?徐绽视线收回来,邻座阿姨看着她。

哦,原来是跟我说话。徐绽这才反应过来。

"我是去旅游。"

"一个人去旅游?那有什么好玩的。"

"也不是,我去看,去看,去看男朋友。"

"小姑娘说去看男朋友吞吞吐吐不好意思啊,我看你都笑成一朵花了。还是年轻人好,有活力,老了就不中用了。你现在要我舟车劳顿去约会,还不如坐家里。"

"那是因为您是过来人,见识过了,都腻了吧。"

"怎么会腻了,我是有少女的心,但没有少女的脸蛋,再也没有人哄你了。女人啊,年轻时就应该好好折磨男人,青春就那么几年,他们为你花心思也就那几年。过了这几年,你自己就得知趣。嗨,都是当时年少不懂事,还主动投怀送抱。"阿姨说完叹了口气,逗得徐绽差点笑出来。

"您的情感故事一定很精彩。"徐绽恭维道。

"未必,未必,只是跌跌撞撞多了些感悟罢了。老了,不提当年了。"阿姨像在回味,声音一下柔和了许多。

"您还年轻,阿姨。"

"真的吗?"阿姨摸着半个脸颊,从手提包里拿出镜子来。

"小姑娘,你嘴巴真甜。又漂亮,又会说话,你男朋友真是捡了个宝贝。"阿姨看着镜子说着。

"小姑娘,刚说去看男朋友还羞答答的。阿姨刚跟你开玩笑,男女相悦是最好的事,相互之间千万不要斗气,患得患失。敞开心扉,风风火火地去做想做的事。像你这个年纪，哪里还有比谈恋爱更重要的事。"

徐绽羞怯地笑着。

"你男朋友过来接你吗？"

"没告诉他我去看他，出了站再联系，不能耽误他的工作。"

"出了站再联系？你这么漂亮可爱，肯定会来接你的。何不早点告诉他，免得在车站等。"

"不能耽误他工作。到火车站打个电话他要在上班我就自己找过去，不要他来接。"

"小姑娘真是体贴。"

动车顺着海岸线飞速南下，一时晴空万里，一时雨雾迷蒙。窗外是满眼的翠绿，冬日像是不曾来过。徐绽虽在厦门感受了东南的天气，但现在坐动车上看窗外退去的景色还是觉得新鲜。

深圳在南海边，那是个怎样的地方？

对着钟表，五个多小时占到表框的十二分之五，如果看着秒钟数下去，像是数不到尽头。但要是怡情悦目，时间总是匆匆而过。相见的期盼充盈于心，为了等这一天，半年过去了。纵使过去有不少纠结、怨恨，现在都搁置到一边去，带着笑脸去迎接一切吧。

下午两点多，徐绽出了深圳火车站。

车站熙熙攘攘，人群如潮。深圳的阳光温煦地照耀着，时而吹来的轻风带来轻微的凉意，随风摇曳的棕榈树枝叶像是在点头欢迎她的到来。

徐绽拨了自胜的电话，听筒里马上响起嘟嘟声，她心怦怦跳起来。

想快点听到他的声音，又怕电话接通后的语塞。熟悉？陌生？中间像隔了层玻璃，看得清对方却不能彼此靠近。

每嘟一下都离自胜接电话的时间更近，徐绽心里这样想着。

时间慢慢拉长，这无声的等待中希望在一点点地递减，最后听筒里听到的是无人接听的提示音。

他都不接我电话！一阵言说不了的心痛。

出站口的人群逐渐散去，只有她站那里不知走向何方。

他是不是没有听到电话？暑假的时候打过去没接上，后来他打过来了。他是在忙工作吧，不然不会不接我电话的。

这时候她要的不是怨恨，失望马上给希望取代，她又拨了自胜的号码。

听筒照例传来嘟嘟声，每嘟一声，希望中弥漫起渐浓的失望，直至自动挂断了电话。

现在该去哪？都没说一声就跑来，这么莽撞，要是自胜不在深圳怎么办？徐绽突然感到了害怕。

街道上人来人往，却没有期盼的面孔。阳光明媚，世界却没有多少光彩。他不会不在深圳了吧？徐绽一阵冷笑。

没有了他你就要难过、失落？你就不能当一个人来深圳旅游？

没有时间给你失意，没有时间让你悲伤，生活是一个舞台，每个人都有自己的剧情。你要走出框架，当心上台的将是另一批角色。

徐绽镇定了片刻，既然电话没有接，不如朝好的方面想，他在上班没看到，等他看到后他会打过来的。

但是现在去哪里？在火车站等着吗？找个地方坐一会

吧，徐绽进了星巴克要了杯咖啡。

此时的自胜，确实是在忙着工作。经过四个月的销售员锻炼，他考核成绩前茅，提到了部门经理，负责协调各个卖场之间的货物调配。正是年关，各个卖场兴起各种促销优惠，市场火爆，是一年中最忙碌的时节。

今天上班后，跑来跑去没有歇口气。商场生意好，月底工资拿得多，累一点也是心甘情愿。好不容易忙到了下班时间。张经理开过总结大会，今天的任务就结束了。走出会场的时候，张经理从后面追上来拍着自胜的肩膀："自胜，你这个月的销售额又有突破，我会跟上面反映的。对了，你上次说跟你同宿舍的那个刘誉，如果有升职的机会我也会跟上面提他，你说的话我都放心上了。"自胜对张经理表示了谢意。

公司走出来，阳光拉出了长长的身影。今天是今年的最后一天，街道上到处张灯结彩。人多起来，大家都挂着笑脸期盼着新年的到来。走在人群中，自胜有些轻飘飘的，工作照这样干下去，两三年内就能晋升到管理层，到时大有可为。他加快脚步回了寝室。

推开门，刘誉正玩着电脑。

"今天销量怎么样？"

"还不错。"刘誉站起来给自胜发了支烟。

"你走运了，今天张经理跟我说有机会就提你，你可要好好干，咱们争取在公司干出点名堂来。"

刘誉一脸诧异，张经理要提他？公司这么多销售员怎么轮得到他？他一时没反应过来，但提他是好事。他换上笑脸道："这是张经理看得起。你给我带了这么好的消息，谢谢你。"

好久，刘誉才隐约记起他跟自胜说过要他在张经理面前多多美言，当时只当是交际的话，说过后自己都忘了。

换下工作服，自胜坐到床铺上。明天就是元旦，一晃眼又是新年了，这样的日子，难免有些感思。

工作的电话用了一天快没电，自胜把桌子上的手机拿了过来。

屏幕上显示两个未接来电。谁打的？这号码是学校里用的号码，只是改成了全球通，工作用的专门的工作号。

解锁，打开通话记录，熟悉的数字排列！

自胜心怦怦跳起来，他顾不上思考什么，立马拨了过去。

还没听到嘟的声音电话就接通了，徐绽那边是嘈杂的人声。

"我看到未接来电，就打过来了。"自胜克制着语调说。

"你等会，有点吵。"

终于等来了电话，自己猜想的没错。他是在上班才没有接我的电话。徐绽面容舒展开来，语调也轻快了。

"你在哪了？"

"我在深圳。"

"这么巧，我也在深圳。"

"你说什么？"这突然的消息，自胜怕是听错了！

"我说我在深圳。"

"那你在深圳……开玩笑，你在深圳！"自胜刚要追问徐绽在深圳哪里，但马上意识徐绽应该是在捉弄他。

"没跟你开玩笑，我在深圳北站。你不信，要不要听听火车站的广播？"

"你真在深圳？"

"是啊。"

"那我来……你是一个人还是有同伴一起？"

"现在是我一个人。"

"我想见你！"自胜声音低了许多。

"那你过来吧。"

他心急火燎地出了门，徐绽怎么会在深圳？兴奋、激动，思绪纷乱，来不及去细想，半小时后到了火车站。

徐绽已发短信告诉他具体位置，现在走到星巴克门口了。

半年了，马上就会见到她，自胜理不清情绪，他整了整衣领，深吸几口气。

不等他走进去，徐绽从里面出来了。

刹那间，云层遮翳的夕阳露了出来，金色的阳光照在徐绽身上，光彩夺目，她满含着笑影走了过来。

先前所有设想的话语都成了空白，市声像已宁静，深圳的存在像是只为了他们的相遇。自胜大步走了上去。

徐绽还是以前的徐绽，只是皮肤比在西北稍白了些，而且更有生机。

隔着一米的距离，他们相互打量，像是在辨认，像是在回忆。

"你怎么来深圳了？"自胜打破了沉默。

"我来……我跟导师来参加学术会议。导师临时有事坐飞机去了广州，我要是坐飞机，票不能报销，所以来了火车站，结果也没买上票。"

自胜哦了一声，一阵失落。

"那你准备买什么时候的票？"

"不清楚，还没买到票。"

"你没网络订票？"

"我没网银。要不你在这等我，我先去买票。"

"不,不,我有网银。我可以给你买。"自胜生怕徐绽真买上了票。

"好,你帮我买,我把钱给你。"

总是隔阂着什么。

自胜嗫嚅道:"你要不急,可以在深圳玩几天的。"

"也好,反正有几天假。"形势变成是自胜要留她玩,徐绽终于放松下来。

"我们先吃饭去。"

点过菜,服务员退出了包间。两人互看着一声不发,像是不曾熟悉。

自胜猛然想起第一次请徐绽吃饭时的情景,一下子四年过去了。

"你工作怎么样?明天上班吗?"

"还好,年底跟年初是最忙的时候,当然上班。你了,学校里日子过得怎么样?"

"也还好,挺充实的。下午怎么不接我电话?"

"上班时间用的工作号,那个手机没带,回去才看到。"

说话小心翼翼,斯斯文文,像初恋时的陌生,像情疏后的淡然。一切都平平静静,空气都像纹丝不动。

徐绽把一边的头发撩到耳后道:"不要这么严肃,我们轻松点。"

"有严肃吗?"自胜勉强一笑。

菜端上来,自胜给徐绽盛上饭,"南方不比北方,慷慨得很,饭随便吃,吃多少都不算钱。"

"南方人真是精明,会招徕生意。"

吃过饭出来,城市的灯火已经亮起。虽然明天就是元旦,深圳的夜晚只有轻微的凉意。

吃饭的时候,自胜忘了要订票,徐绽也根本没有提起,现在去哪里?

他们都没有说话,只是顺着人群,朝着灯火明亮处走着。遥望去,远处的灯连成一片,造成一个辉煌的世界。每走一段距离,先前视野所及连成的一片灯火变成一盏盏隔着距离的明灯,但是街道像是走不到尽头,远处一直都有一片灯海,怎么都不能接近。

自胜电话响起来,街上太吵,他开了免提。

"自胜,你在干什么?"是小青的声音。来深圳这半年跟她联系过两三次,但一直没有见面,小青怎么现在打电话过来了?自胜瞟了眼徐绽,徐绽敏锐起来。

"刚吃了饭,有什么事?"他语气平静。

"元旦放假了,明天有安排吗,要不明天下午我们一起逛公园去?"

徐绽脚步跟上自胜的节奏,并且拉近了距离。

"董青,有什么事明天说好吧,我这会忙着,明天要加班去不了。"

"哦,好吧,明天不行可以后天,后天有时间吧?"传过来的声音带着委屈。

"后天要是有时间我再告诉你。"

挂断电话后,徐绽加快了脚步。自胜开始没有在意,直至拉开了距离他才追了上去。

"你走得好快。"自胜喊着。但徐绽并没有放慢脚步。

两人就这样快步走着,走了好远徐绽突然靠在栏杆上,泪水夺眶而出。

自胜不知所措,慌忙走了上去。

"怎么了?"自胜边说边拍着徐绽的肩膀。

"我们去那边坐会。"他拉着徐绽的衣袖坐到了广场上的长条凳上。

"你是怎么了？哭什么？"

自胜试探着去擦她眼角的泪水，但徐绽躲开了。

"我们是什么关系？"徐绽看着自胜。

"我也不知道我们是什么关系。"说完把脸侧到了一边。

"你看着我说。你又谈女朋友了？"

"没有。"

"那怎么刚有女生约你逛公园？"

"那是以前的同学。"

"骗子！你这个大骗子！"

"骗你干吗，没有骗你。工作这么忙，哪有空闲。"

"哦，心里想，只是没有空哦。"

原来徐绽还在意他！

"你了，听王晴说追你的人不少，不知谁有这福气。"自胜酸溜溜地说道。

"她胡说，她跟你说有很多人追我？当然骗你的。我这么丑的，没人看得上。"

"她不说我也知道会有很多人对你有意的。"

"你太看得起我了。"

"你本来就招人喜欢。"

街上的行人稀散起来，商店开始关门，夜凉了许多。

"忘了买火车票，不会耽误你的事吧？"自胜突然说道。

"我也忘了。"

"你给我看看有哪天的票。"

自胜翻开手机，"只有二号下午的票。"

"那没办法,只能买二号的票。"徐绽表现得有点无可奈何。

"不早了,给你找个地方住宿吧。"

登记好酒店,自胜把徐绽送上了楼。

"你今天住这里,明天下班后我带你出去转转。"

"你要回去?"徐绽迟疑着说道。

"嗯,明天得上班。"

"有点晚了,回去来得及吗?"

"不回去明天上班赶不上。"

"好吧。"

徐绽目送着自胜的背影消失在酒店楼梯的转角。

酒店走出来,街道空旷,是下半夜了。从下班到现在发生了什么,这些一一在脑海里回放起来,他完全没有料到会在深圳见到徐绽,真是惊喜!

她还是原来的样子,南方的天气甚至把她滋养得多添了光彩。她是既往的轻盈可爱,自胜想呵护她,想把过去丢下的再捡起来。

但是能做到吗?他已不是四年前的大一新生,他们已走在不同的道路上,还能携手同行?有时候拉开了的距离是难以缩回去的。

明显的,摆在徐绽面前的是一片灿烂的前景,房子、车子、票子都在等着她。而他了,虽说也许前景不错,但两个人根本不是一个层次的人。已经上了不同的船,一切交给舵手吧。

这样一想,心里不安分的那点想象被克制下去。过去的一切都已灰飞烟灭,现在也衔接不起来了,他要把她当成朋友好好招待她。是的,朋友。

打定主意,像是卸下了一副重担,顿时轻松了许多。

那无法挽回的感情，那再也不能追溯的过往让他眼角有了泪水。

迎面的风吹来，吹落了眼角的泪珠。城市灯光变得昏暗，汽车呼啸而过。

这是到哪了？街道、建筑完全陌生。自胜叫了辆出租车。

回去第一件事把个人号码设置了呼叫转移转到深圳的工作号码，他怕徐绽明天打电话来又接不上。

新年第一天上班是一年中最忙碌的。经济的发展，生活水平的提高，人们像逛菜市场般把大件小件的电器往家里搬。个个满面笑容，生活真是美好。

自胜协调各部门运作，没一刻清闲的时间，忙碌一天，好不容易熬到了下班。徐绽在等着他，自胜出了商场，忙往酒店赶去。

昨晚定好了基调，今天就从容了。他要让徐绽快快乐乐地过在深圳的时光。

相见、吃饭、逛街、逗乐子，徐绽不时开怀大笑，给自胜留下了回想的笑脸。

"今天新年第一天，你想要什么礼物？"

徐绽没有作声。

自胜领着她往商业街走，很快一排服装店出现在眼前。

"咱们进去看看。"

徐绽想要推却，但自胜走在前头，她不得不跟上去。

各式各样的品牌服装让徐绽看得眼花缭乱，这个时候她完全成了个小女孩。

"都很好看，你买给我啊。"她像个犯了错的小孩没底气的跟大人提要求似的。

"随便你挑。"

"太好了。"徐绽想挽住自胜的手,但节制住了。

马上,营业员拿了好几套衣服过来,徐绽一一试着。

"你觉得我穿哪套最好看?"

"穿你身上都好看。"

"你给我挑一套嘛。"

徐绽穿上自胜指的那套在他面前转了好几个圈。

"怎么样,还行吧?"

"靓仔,这套跟给你女朋友定做的一样,合身得不得了。"营业员说着。

徐绽涨红了脸,她转过身,对着镜子摆弄着衣服。

"靓仔,你女朋友挑的那套有情侣装,很相配的,要不要试穿下?"

"你给自己也买套,去试试。"

"不用,我工作根本穿不上。"

虽然心里定下了标准,但与徐绽走在一块,仿佛过去生活的重续,给他极大的欢乐与温馨。好几次,自胜想越过自定的界限,但总算把持住了。

"咱们能不能走近点,隔那么远,像是不认识似的。"

"是你隔我远吧。"自胜淡淡地说。

买好衣服后,看了场电影,元旦过去了。虽意犹未尽,但时间已匆匆而过。

对徐绽来说,这趟深圳之行似乎没有露出疑点,她只是凑巧留下,而不是特意来看他,只是看起来自胜真信了!

晚上,自胜送她回酒店。

劳累了一天,自胜躺沙发上靠着,不知不觉睡着了。

徐绽看了会他沉睡中的面容,提起包走出了房间。

这一觉睡得额外深沉,但时间短暂。

醒来后不见徐绽,她去哪了?难道不辞而别?自胜慌得不知如何是好,电话打过去不在服务区,她真的就回学校了?

时间掐算下来,他睡了不到半个小时而已,徐绽就趁这半小时离他而去?今天始终跟她保持着距离,难道她也不再留恋,真已把过去抛得一干二净?急不可耐又无丝毫办法,自胜心急如焚,原来徐绽还是会带给他这么大的情感波动。他一遍遍地拨着电话,不在服务区的提示音让他歇斯底里。自胜拳头狠狠捶击着墙壁,一边喊着徐绽的名字,声嘶力竭,心力交瘁!一会后他疲惫地蹲在墙角回想往日的时光,她真的离开他了?她真的就回厦门了?心痛,心好痛……

过了一会,门外响起了敲门声。谁?仿佛看到了希望,会是她吗?来不及细想,他匆忙起身开了门。

门口站着的是徐绽,脸色平淡地看着他。

她回来了!徐绽回来了!她没有不辞而别!惊喜!感动!像是失而复得,自胜尽量让心情平静下来,他真想好好抱抱她。

徐绽手里提着个服装袋,平静地放到了床铺上。两人也不言语,各自琢磨着对方的心思。

"刚你电话怎么打不通,急死我了。我还以为你回厦门了。"

"漫游信号不好吧。这我给你买的衣服,你看能穿吗?"

自胜把衣服拿出来,跟徐绽刚买的是情侣款,一股热流漫过了心田。

"买这个干吗,我穿不上,你是多有钱!"

"你试一下,看合身吗?"

自胜不知说什么好,去卫生间换上了新衣,对着镜子把每一个衣角都扯得顺顺的。

穿上新衣服走出来,徐绽上下打量着他,眼里放光。

"也是给你定做的一样。要不,要不我也穿上咱们拍个合照吧。"

自胜不置可否,徐绽去卫生间换上了衣服。走出来时,满脸洋溢着光彩跟欢欣。

"你过来,我们拍个合照。"

自胜坐了过去。

"坐过来点,镜头没那么大。"徐绽拿着手机试着拍了几张。

"再过来点,你手搭我肩膀上,节省点空间。"

自胜瑟缩着把手放到了徐绽肩膀上。

"这样就好了。笑一笑,带个微笑的表情啊。"徐绽拿着手机,手臂伸得直直的。

"要拍了,笑一个哦。"

自胜挤出个笑脸。

咔嚓一声,徐绽按下了拍摄键。

"效果还好。"

自胜看到照片里他跟徐绽穿着情侣装,满脸笑容,亲密无间,当手搭在她肩膀上时,这是过去熟悉的感觉,但这感觉也只存在了拍照的瞬间。而照片带给人的永远只是回忆。回忆!如果生活足够美好还有必要回忆过去的温情?

"我回去了QQ发给你,加下你QQ。"

自胜没有回应,两个人又陷入了沉默。

明天就回校,一切还未开始,又要离开,心里堵得慌。

"你早点休息,明天时间要是来得及我送你。"

"你就要回?你等会,我有话跟你说。"

"什么话?"

"你说我们是什么关系?"

自胜猝不及防,他愣了会道:"我不知道,在你面前我都没有自信。"

"那你还喜欢我吗?"

自胜转过身背对着徐绽,"不知道。"

"那我们这是在干吗?我爸问我交男朋友没?我该怎么说?"

"如实说呗。"

"我说谈了。"

"嗯,很好。"自胜冷笑着继续说道,"你这么好看,身边不缺男生。"

"你什么意思?"

"我没什么意思。"

"我爸叫我过年带男朋友回去让他看看,你知道,在我们那二十多岁算大龄了。"

"好事啊。"

"但我不知道能不能带回去?"

"追你的人多,不好挑吗,也只有你才有这种资本。"

泪水像开了阀的水管,哗哗泻下来。她顾不得揩眼泪,拿起枕头砸向自胜,然后蹲到床脚边呜呜哭起来,自胜只是木立着。

不知什么时候下起了雨。窗外的雨丝飞舞着飘落在玻璃上,放眼望去,天地间一片迷蒙。

好久,徐绽才停止了啜泣。

"你不知道,我这次是专门来看你的。根本不是参加什么学术会议。你去不去我家?"

徐绽是专门来看他的,还要他去她家。这话像轰隆的雷声唤醒了自胜沉睡的心。徐绽一直把他当男朋友,这次还特意来看他,自胜柔和的心被触动了。

但有什么用?两人已拉开差距,见到她父母问起话来,能抬得起头?

"我不去啦。"

"为什么?"

"过年还得加班,没时间。"

"你是瞧不起我还是瞧不起我父母?"

"我瞧不起我自己。"

"那你走,你走,我真是看错了你!"

徐绽到洗手间擦着眼角的泪水,自胜趁这点间隙,把一叠钱放到了徐绽背包里。钱,总能表达一些他放不下但又不能对她说的爱意。

人心捉摸不来,有时一意孤行,有时又瞻前顾后,自身本是个矛盾体,何况男女关系还要两个人的契合。自胜跟徐绽会怎么发展,说什么都是臆测,还是等着时间来宣判吧。

第二十八章

翻过年坎，不知不觉到了四月。温度升起来了，似乎只为早点凑成炎热的夏天，人们都已轻衣薄裳，融入阳光明媚的世界。

徐绽的生活没有太多波澜，每天在图书馆、寝室间来回穿梭。从上次去深圳看自胜后，他们间的联络虽然依旧轻淡，但毕竟多了起来。两个人都在小心翼翼地接近，过去的关系似乎将要修复。这个月来，积郁的心情开朗了许多。去年写的论文已经发表，而这个学期又写了一篇，默认导师许教授为第一作者投出去后，不久又被采用了，许教授照旧说这个杂志的总编辑是他同学，所以让徐绽发表，他挂名第一作者，是堂而皇之的，不过当然还是免不了得交版面费。

一年发表两篇论文，这是少有的。凭着两篇论文，评奖学金没一点问题。努力有了回报，有时候她也免不了得意洋洋。一切看起来都很顺遂，甚至有时那些恼人的问题都自动抛到了脑后。但是很快，心里的这点平静给打乱了。

系里的教学秘书在班级群里发消息说今年公派留学生的工

作已经启动,学院有五个名额,有兴趣的同学自由申报,学校审核。审核的主要方面是科研能力,英语水平。徐绽看到这个消息,有些犹豫。公派出国,这是个机会,她该不该把握?科研成果她遥遥领先,英语早考了雅思,如果申请的话,问题应该不大。

马上,徐绽把电话打给了父亲,她得征求家里的意见。他父亲一开始听她说要申请留学,直说:"你要能出去就出去,家里把房子卖了都支持你。"等徐绽告诉父亲是公费出国,不用自己掏钱,那当然更没话说。

得到了父母的首肯,徐绽开始准备申请材料。虽然踌躇满志,但一想到自胜,又不知道这对他们意味着什么?能意味着什么了?他们是什么关系?

想要逃避,想要放下,一切都是掩耳盗铃,都是她不能自由掌控的。如果申请成功,这一出去得好几年,好几年的时间生活会发生什么变化?如果真出国了,跟自胜相隔天涯海角,那他们的感情还有希望吗?深圳跟厦门这点距离大半年都只见了一次面,到了异国他乡更不用说了。该怎么办?应该如何选择?生活怎么总是单项选择题!

在拿不定主意的时候徐绽还是把申请材料在申请截止日期前一天提交了上去,虽然她还没做最后的决定,但要做选择题起码得先把选项握在手里。先提交下材料,看能不能申请上,没申请上也没关系,申请上了再考虑那些扰人的问题吧。

很快,申请结果出来了,徐绽名列在册,一时成了学校的红人。同学们都对她表示祝贺,为此她还请了一次客,在公众场合总是欢声笑语,但这欢乐的背后本来一直刻意回避的这个问题再也躲不开了。现在申请成功了,她跟自胜该怎么走下去?

虽然自她去了次深圳后他们联系多了起来,但自胜并没有表示出明确的意思，这也是她为此揪心的原因所在。他到底怎么看待他们的将来？能在一起的话那什么都不用说了，但如果感情没有结果那学业上总要有点收获吧？一边考虑着这个问题，一边得为出国办各种繁复的手续，两个选项总要是两个完整的选项。办这些手续时，日子一天天临近了。

每天时而亢奋，时而低落。一边想念着自胜，一边又憧憬着异国的风光。自胜要是挽留她，那一切的问题都没有了。要是他不做表示，那这一出去，不知什么时候回来，国外的博士得读五年，五年内能不能顺利毕业？

有两个选择，有两种结果。在结果没有做出来之前得为选项打好基础。

如果出国的话她得回家一趟，徐绽回了趟家，之后她又给自胜发了短信，叫他最迟五一假期过来。这次他来厦门，他要留我，我们要能走下去，那我就不去了。他要是依旧是上次在深圳时的态度，那……

下班回到寝室，劳累了一天，自胜喝了口水就躺到了床铺上。工作早已熟练，只是这样日复一日的重复劳动意义在哪里？为了钱！为了生存！当他看到徐绽发来的短信，萎靡的精神一下抖擞起来，她要他去厦门，去厦门干什么？自胜想马上飞奔而至，但身边的工作离不开他。于是他回短信给徐绽委婉地说明了情况，约定五一的时候去看她。

销售业绩蒸蒸日上，屡创新高。为鼓励员工的积极性，公司把原来的季度考核改成了月度考核，这意味着每个月都不能放松。但如果通过考核，每月都有奖金，升职的机会也会更多。

每个月都不能松懈，常盼着月底能歇一口气，但月底考核完又得为下一个月的销售使劲，工作很劳累，只是每月发下来的钱还能稍慰于心。自实行这个制度以来，自胜每个月都要比以前多拿将近两千块钱。照这样干下去,再过段时间他又要升职了。

三四月份,是销售的淡季。到了三月,一般的消费者都在盼着五一的促销优惠,很多人都只是观望。但自胜所带小组,在他的得力领导下还是超额完成了三月份的目标。每天下班后,工作的成就感抵消了部分劳累,他也可以稍稍放松。

但是原本相对轻松的四月,很快忙碌起来。

公司营销总部下发通知,对这半年来业绩出色的经理集中培训半个月。自胜收到营销总部通知后不免得意,一般来说,公司进行这样的培训,被选中的人意味着引起了总部的关注,培训基本上是镀金,是今后升职的重要依据。自胜收到通知后就启程前往公司总部的培训基地。

培训学员从全国各地集中到营销总部通知的培训点,自胜从深圳赶往广州路程并不远。到了广州,驱车前往培训基地,穿过闹市上了平坦的水泥路,沿路风光旖旎,一派悠然的南国风光,想不到培训地会选在一个相对偏远的地方。当他到总部的培训基地时,基地的建筑、设施、环境开了眼界。这是一个五星级的度假村,星级酒店、大泳池、高尔夫球场、网球场、篮球场样样不少。度假村给花草树木围绕,看起来是个修身养性的好场所。自胜出示工作证件,马上办妥了入住手续。

酒店给公司员工配有专门自助餐厅,晚饭时进得餐厅,全是陌生的面孔,相互间靠胸前挂着的证件来识别。自胜打上菜坐下来刚吃了几口,有人拍了他的肩膀。

"你也来了?"

自胜回头一看是张经理,赶忙放下筷子站了起来。

"是啊。"在这里见到张经理自胜一脸的惊喜。

"这次培训是营销总部直接通知,我都不知道下面有哪些人来了,这等于削权啊。"张经理边说边坐了下来。

"自胜，你运气真好。刚入职半年多就得到了培训机会，还是这种五星级的度假村，我在公司干了两三年才培训了一次，来这种星级度假村七八年这可是第一次，你倒是后来居上。"

"不敢不敢。"自胜这时才看到张经理神色不比以前。

自胜低头吃着饭，张经理继续不满地发着牢骚。

"真想不到公司这样器重你，看来你是不用我栽培了。你是有亲戚在高层？你上去了也不要忘了我。"

"没有亲戚了。"

"那你更了不得，小伙子还完全靠本事吃饭，我看中的人果然没错。"

培训的内容大致有待人接物的礼仪，营销的技巧。相比培训，更像是来消闲度假。每天两小时课程后就是自由时间，自胜也乐得在紧张的工作中有这么段放松的时间。

但这几天来，相比最初入职时张经理的热情，这些天客气了许多。自胜开始不解张经理的变化，后来才大概琢磨出来。

十多天的培训匆匆而过，全当休息了十多天，这十多天也让自胜跟张经理间有了隔阂。回到深圳，继续开展工作，接连的好消息传来。深圳市政府建设的廉租房要装空调，每个区的政府采购网站都公布了相应的招标程序跟日期。自胜所在公司得到消息后紧锣密鼓地准备起来，政府采购这可是很大的一个需求量，如果能中标，那这一年的业绩能翻好几番，年底的奖金还用说吗？

公司营销总部针对每一个区成立了竞标小组，自胜幸运地成为了一个区的竞标组长。接到任务后，他全副心思准备起来。

制作标书，核算最低的成本，计算竞争对手大概的出标价，自胜把团队每一个成员的工作都细分到位，自己做最后统筹。经过一个星期的准备，这些材料都制作好了。计算出来竞争对手大致的出标价后，自胜公司的空调在这个最低价下还有可观的利润，看起来这次竞标是稳拿的。

公司总部又为竞标的事召集了会议，杨董事长语重心长一再强调务必要取得这场战役的胜利，相关负责人在这番鼓舞下各个显得踌躇满志。自胜在这种气氛的感染下似乎也是志在必得。会议在一番豪言壮语的誓师后结束。走出会场时几个竞标组长冷淡地寒暄了几句。

"你又来开会了？"张经理迎面走了过来。

"嗯。"自胜应承着。

"怎么样，有没有信心中标？"

"尽力而为吧。"

"你有没有参与过竞标？"

"没有。"

"公司的发展也许会败在一些新人手里，加油。"张经理说完扬长而去。

自胜回到办公室，再一次的召集组员核对标书，讨论竞标的相关细节。

"你们都谈一谈竞标要注意哪些方面，我是第一次负责这工作，你们有的人应该对这方面的经验比我多。"

大家先后发言谈了自己对投标的看法，言之有理但也是些陈词。将要散会时，刘誉示意还有话要说。

"前一个月我跟张经理参加过一次竞标，据我得到的经验，能不能中标报价是一回事，另外打点也是很重要的一环，甚至是至关重要的一环。"

"怎么个打点法？"

"先给好处，给采购处的干部。"

"给好处？"

"嗯,这是行规了。"

"怎么个给法?这钱公司出吗?"

"当然是先个人掏腰包,公司肯定不敢这样明目张胆,这是违法的。不过公司也默许,全看下面的人灵活不灵活。就是先个人花点钱把管政府采购的工作人员约出来意思意思,跟他们谈好中标后的回扣比例,这事就谈成了。"

"先个人掏腰包意思意思?"

"嗯。你先掏了这个钱,中标后公司会有奖金的,奖金额当然比这个多得多。那些采购处的人员,级别又不高,他们的胃口还是可以满足的。"

自胜没有接话,组里其他人员纷纷议论开来。

说实话,在新闻报纸上自胜不知看到过多少回竞标行贿的事,想不到现在他的工作也要去竞标。进公司不过大半年就有这样的机会,这是公司器重他,也是证明能力的时候,如果这次竞标失败公司高层会怎么看待他?无疑上升的通道就此堵塞。更何况如果别的组都中标,而只有他的组没中标时那脸往哪搁?自胜这才意识到这次竞标对他来说是多么大的考验。本以为探好竞争对手的成本底线就一切无虞,想不到这里面还有这么多的门道。真是把问题想得太简单!

"这打点怎么个打点法?"

"上次张经理是请相关部门管采购的喝咖啡,只要他们应约了,你把准备好的钱塞给他们这意思就到了。钱打卡里银行能查到账,得用现金。他们领会了你的意思就会跟你谈回扣的比例,就这样操作。"

"哦。你们有什么看法?"自胜问着组员。

大家七嘴八舌各抒己见,大多数的意见附和着刘誉的说法。

"好了,大家为标书都出了一份力,如果不能中标那这点努力就是打水漂了。今天先散会，我再考虑考虑。"

回到宿舍，自胜轻松不起来。想要正经做点事，但形势是这样为难。恪守既定的道德标准不留瑕疵，但这样能中标？如果不能中标又有什么用。公司高层绝不会说你品格好，他们都只看最后的结果，给公司带来了多少效益。你对公司没有贡献，公司怎么回馈你，怎么给你上升的通道？

自胜左右权衡，思想上进行着激烈的斗争。一边是保有自我的操守，一边是向当前的形势妥协。保有道德操守有什么意义？当今社会竞标吃回扣司空见惯，你不适用规则，马上就会被淘汰。何况这又不是什么罪大恶极的事。照经济学理论，交易有交易成本，如果行贿能让交易变得简单，就能润滑经济，那对社会也是有益的，能让经济更有效率地运行。为了给自己找到行动上的支撑点，自胜把考研时看来的一点皮毛来做理论上的论证。目前这形势，要想把这个标拿下，不得不走这一步。什么清者自清，浊者自浊，出淤泥而不染在过去自给自足的社会尚且行得通，现在处处要跟人打交道，性格再刚毅，总不能逆社会潮流而行，顺势而为才是成功之道。你又不是什么大人物，何必苛求自己。有钱就是成功，你一无所有品格再高尚又有什么意义？难道你忘了刚来深圳时没钱的日子？什么叫游刃有余！

在这番心理的暗示下，自胜基本上打定了主意。这个标一定要拿下来，至于用何种办法，哪种办法能中标就用哪种办法。只要能到达终点，得到想要的结果，谁会在意你走的是哪条路！

打定主意后，自胜马上吩咐组员行动起来。打听区采购部门相关的负责人员，知道是哪些人后又想尽办法取得他们的联系方式，一切都在往想象中的路上走着。这个时候，从同事私底下传来的消息，各个组的负责人都已把各自负责区管采购的工作人员伺候好了,尤其张经理,这几天见到自胜那个得意的笑啊。竞标会下个星期举行,再迟缓不得。

本来觉得一切都会得心应手,但事到临头真要跟采购人员接触时,自胜没料到他没有想象中的那么洒脱。行贿!谈回扣比例!怎么都不像是他做的事。何况这大半年来赚的那点工资那几个管采购的公职人员会看得上?自胜不断地琢磨这个事,这时候他才发现原来这件事并没有过自己的关!走后门拉关系,这是他能做出来的?正经做事何必走那些旁门左道向人低头?你还有没有尊严?这世道还有没有公正?

一番激烈地自省,自胜更加犹豫踌躇,这个事到底该怎么办?一边是事业的前景,一边是职业的操守,本该相辅相成现在却处在分岔路口?该选哪一条路?

自胜猛然间想到了考研时的英语考场,陈帅发来答案时的欣喜,考场里抄答案时的胆战心惊,抄完答案后走出考场的得意。然而不过两天,这事惊动教育部,最终因作弊取消英语单科成绩,准备一年多的考研结果功败垂成。如果答案发来了自己断然拒绝也不至于落到今天的地步。如果当初没有陈帅发来的答案,他现在会在哪里?应该是跟徐绽一起在厦门大学吧。他当时还想把答案给徐绽,幸好分手了,不然徐绽的前途都给毁了。同样的学校,努力程度也差不多,为何现在跟徐绽殊途,全都出在没能抵制住答案的诱惑上,而这根本原因又是品格的瑕疵,抱侥幸心理。退一步说,英语明明是最有优势的科目,为何当有考前答案时会经不住诱惑?就算英语不是很有优势,考中发挥失常考不上研究生也不至于会拿不上毕业证。而因为没拿上毕业证,找工作碰了多少回壁,吃了多少苦头,受了多少轻蔑又忘了吗?

已经上过一次当,跌倒过一回还不吸取教训?当初就是因为品格不过关而铸成大错,难道现在还不知悔改?

竞标行贿肯定是违法行为，有必要去冒这个险？社会上难道就没有一个正经办事的人？自己思想不纯正把采购人员想成贪财好利，如果遇到正派的工作人员，你给他送礼人家只会认为你侮辱了他的人格，结果会适得其反！

到底该怎么办？自胜像是处于迷宫，明明想走正路但又有诸多的迷惑干扰，规章制度规定该怎么办就怎么办吧。

小组成员都付出了汗水，完全拂逆组员的意见会破坏组织的团结。自胜跟组员说采购人员已经打点好，但照采购人员的口气似乎不止他们一家公司打点，所以能不能中标还得看当天竞标的实际情况。组员听到他这个说法喜忧参半，看来直到竞标结束工作才能放松。自胜这个说法也避免了他成为组中的众矢之的。

竞标会有六家公司参加，自胜再三角逐报出最低价也没能中标。这段时间的努力白费，公司把这么重要的任务交到他身上他却辜负了领导的栽培，今后在公司的发展空间恐怕不大了。但是如果行贿成功中标又会轻松吗？第一次去竞标就行贿，开了这个头以后会不会成为习惯？而当把违法的事当成习惯，会不会有东窗事发之日？东窗事发之时恐怕就再也没有回头路，整个人生就毁了。把希望寄托于侥幸，不如把命运掌握在自己手里，也许品格才是最有效的护身符。

这样想的时候自胜就有底气得多了，他甚至还骄傲地认为做了次正确的决定。

得知竞标失败后组员们都很沮丧。第二天下班后公司开总结开会，五个区的采购计划公司竟得了三个。这个业绩对公司来说是不错了。三个标中以张经理负责区的标的最大，总价最高，董事长自然少不了对他一番褒扬，激动之下还把张经理列为公司的学习标兵。张经理在会上总结经验一番吹嘘后建议公司在招标环节最好不要随意启用新员工，员工都得经过一段时间的磨炼后才能适应相应的工作岗位。董事长看着自胜,自胜目光游离,不敢对视。

  入职以来,凭借在销售业绩上的突出成绩,自胜几乎被视为公司的明日之星。工作不到一年,公司高层就让他负责竞标,显而易见是在培养他。现在竞标失败,晴空立马变得阴霾,甚至组里的成员都没以前热情,人情世故的变化一下子看得这么清楚。心有不快但也不至于被这点事给羁绊,这个公司如果不再有上升的空间,等到六月份回学校拿到毕业证再找工作也行。竞标失败对自胜并没有多少挫败感,相反他欣喜自己做了正确的事。

  早晨的太阳不一定能照耀一整天,生活会发生什么事真的说不来。当公司开始准备标的货物的时候,竞标失败的多家厂家向深圳市纪委举报招标过程不透明。市纪委的工作人员收到举报信后立马行动起来。当前正是党风廉政建设的关键时期,对顶风作案的人员绝不手软。市纪委分派各区纪委顺带对廉租房建设的各个环节进行审计核查,空调采购环节的违规违法问题马上水落石出。

  在区纪委的核查下,在采购中接受中标方贿赂的相关人员基本查了出来,市委对此的处理结果是凡是涉嫌收受贿赂的政府工作人员一律免职,接受组织调查;而对于涉嫌行贿取得合同的供货商则取消合同,并向公安机关报案。

  这一切的揭晓在接近月底的一个周五,周五开四月底的总结大会,深圳市的全部员工都会出席,公安机关当然早调查好了。

  当一队警车高鸣着往公司开来时,公司还沉浸在本月业绩大增的喜庆中。警车在公司门口停下来,几个英挺的警员小跑着把守了会场的出入口,办案人员又告知公司大厅工作人员,大厅工作人员进入会场走上主席台耳语通知大会的主持人,马上主席台上开始交头接耳。短暂的一阵喧扰后杨董事长讲话了。

"上次三个中标小组的工作人员到主席台上来。"

马上整个会场站起来十几个人，在他们往主席台上走的时候，会场里响起了雷鸣般的掌声，十几个人个个得意自满，看来公司就要给予他们额外的奖励，在全公司大会上能上主席台亮相，这是巨大的荣誉。自胜看着他们往主席台上走的身影若有所思，如果当初行贿中标那么他也会是其中一员，此刻有没有一丝悔意自己也捉摸不来。

十几个人先后走上主席台后，门口把守的便衣警察对在外等候的队友挥手示意，二十几个警察进了会场，小跑上了主席台，会场一片哗然。出示相关证件后，警察又逐一核对了十几个人的身份，马上每两个警察带一个人出了会场，十几个人的身影立马消失在主席台，会场坐着的员工个个面面相觑，不知发生了什么事情。董事长脸色苍白，宣布散会时声音都沙哑了。

散会出来，员工们纷纷议论开来。他们怎么会被警察带走？为的什么事？董事长那句上次中标的三组人员上主席台他们还以为有什么惊喜，没料到进来的是二十多个警察，虽是置身其外，但也虚惊一场。他们犯了什么事，难道是在竞标中有违法行为？

同事们左顾右盼，窃窃私语，这突然发生的情况让人惊愕不已。自胜走在人群中，好几个先前的组员上来跟他打了声招呼。刚刚十多个人上主席台时他们还略微有些羡慕，想不到不到一分钟就是这样的局面，生活真不知道下一秒会发生什么！

自胜又想起当初竞标时内心的挣扎，真险！好在他做出了正确的决定。虽然竞标失败一度让他颜面无光，但现在看来相比他们竞标时的成功，此刻至少没有失败。生活不能只图得意于一时，生活是细水长流，只有脚踏实地才是安稳的！

　　对于这个事件，公司高层马上请来律师召开会议。会议有两个核心议题：第一个律师想办法证明行贿是员工个人行为，公司并不知情，也不承担连带责任；第二个研究当前社会形势，调整今后企业竞标的策略。过去那些心知肚明的行贿、让采购人员吃回扣的方法看来行不通了，现在新闻媒体天天报道经济犯罪，企业要想发展，得有硬功夫，得选出实实在在做事的人，这个任务分派到了人力资源部。

　　自胜考研时没能抵挡住一时的诱惑，落魄了一段时间。但走上社会后总算吸取了之前的教训，这也给人心灵上一点安慰。据人力资源部的考核结果，自胜又选入了公司重点培养对象，上次竞标失败的负面影响已经过去，走向公司高层的通道又打开了。

　　四月底，徐绽催他去厦门的短信发来好几次。将近的五一工作虽然繁忙，但之前答应了她那就去吧。自胜跟公司请上假，四月三十号清早上了去厦门的动车。徐绽叫他去厦门有什么事？

第二十九章

　　富兰克林书里说五月最是好春光，爱在五月时分。自然的气象五月正是万物繁荣滋长的时期，荒冬早已换上春色，春的花朵有的含苞欲放，有的结出青果挂在了枝头。
　　自胜坐厦深高铁的动车，快到站时发短信给徐绽，徐绽说上课来不及接他。出了站，自胜独自到了厦门大学。
　　校园的风景在徐绽的言语、空间发的照片感受过，可身临其境，也有另一番滋味。
　　畅步校园，春意正浓，温度升起来了。女学生像枝头的花朵换上清凉的夏装招展着争奇斗艳，黑丝袜、短裙、低胸露臂的吊带包裹的裸体散发的青春气息盈溢着校园，到处显得生机勃勃。
　　自胜打问着到了徐绽上课的南强教学楼。
　　教学楼围绕的花草散发着馥郁的花香，楼跟楼之间耸立的凤凰树上缀满了红色的花蕾。窗外望进去，老师站讲台上指着幻灯片自言自语，台下的学生手机玩得不亦乐乎。不多久，下课铃响了，学生潮水般从各个教室涌出来，三两成行，男女结伴，边走边高声说笑着。

自胜站在离楼梯口几步远的地方等着徐绽，因为怕徐绽漏过去，顺带看遍了每一个女生。好在人家脚步匆匆，并未留意他目光的侵犯。

人潮退去，徐绽跟人交谈的声音从楼上传下来，男生的俏皮话逗得她哈哈大笑，自胜大生醋意。很快，在四五个男生簇拥下，徐绽出现在他的视野，自胜看着她目不转睛！

到楼梯拐角，一个爽朗的男声说道："徐绽，周末没事一块爬山去吧，我们几个一块邀请你去，都跟你说好几次了！"边说边对同行的男生使着眼色。

同行的人马上心领神会地应和着："对，不只是陈少登，我们几个一块邀请你去，你不去，不好玩，把你班的女生都叫上吧。"

徐绽嘿嘿笑着："你们想追人家，自己约，我不牵线做红娘，也不当电灯泡。"

发出邀请的男生急了，"那不成，别人不去可以，你不能不去。我们请客，你不能再扫我面子。"

徐绽扭过头，看他一本正经的模样抱歉地笑了笑："我大学男同学来了，时间紧凑，不好意思，真不去了。"

那男生脸马上涨得通红，想说什么，但什么也没说出来。同行的人体察了这点微妙，切换话题把这点尴尬岔开了。

走过楼梯拐角，久违的分别重逢了。

"让我过一下！"徐绽喊着挡在前头的男生，快步走了下来。

"等多久了，刚又讨论了个问题下来就晚了，你来得这么快!"边说边往自胜这边靠,目光热切地看着他。

同行的男生脸色大变,拘谨地笑着。

徐绽挥挥手道:"你们先走吧。"

几个男生走出去好远,先前涨红了脸的那个还不断地回头张望着。

"要上课,也是最后几节课了,没去接你,还好,你没走错。"徐绽温情地说着。

自胜目光灼灼,"你真是一朵花,绕着你的人这么多!"

"这是选修课的同学,各个院系凑到一块上课,分组讨论又分在一组,其实不熟的。"说完拉他往自己这边靠。

徐绽这样一说,自胜稍稍释然。

"走,吃饭去。"

五月的厦门,历书上的节气还是春天。但事实上特区的温度跟特区的风气一样走在前头,气温上已是初夏了。

徐绽乌黑的头发直披肩头,上身是白底蓝花的短袖,下身的短裤露出修长光洁的大腿,浑身洋溢着蓬勃的青春气息。自胜忍不住地多次上下打量,像是鉴赏着艺术品。他这种看人功夫,把徐绽看得脸颊泛红了。

"不认识我了?"徐绽把一边的头发别到耳后,言语中带着欣喜跟羞涩。

"你是越来越时髦了!"

"这边天气是这样,大家都这么穿。怎么样,风景不错吧?"徐绽拉着他迈开了步子。

"风景是不错,"自胜抬起目光扫了下校园后又落到徐绽身上,他又接口说道,"风景固然是好看,但没你衣服好看!"

徐绽扭过头瞥他一眼,又赶忙低头打量自己的衣着,"真的吗?真的吗?我这身衣服真有这么好看?你眼光不错,我在亚马逊上挑了好久才挑到。"

"嗯,你是衣服比风景好看,人又比衣服好看,不得了!"

"你工作一年,更加油嘴滑舌了。不过你说的基本上也是个事实。"徐绽已是心花怒放。

"衣服比风景好看,人又比衣服好看,照此推理,那你不穿衣服是最好看的!"

徐绽惊诧地看了他一眼,噘起小嘴快步走到了前头。自胜赶紧追了上去。

他们一语不发,一前一后隔着几米的距离走着,这看似无声的沉默,在刻意板着的面孔下又传递着多少情愫?两人都故作平静,强抑着心中涌起的波澜。

阳光和煦,风温和地吹着。花草树木领略着春意,把校园装扮得五彩缤纷。穿梭在红花、绿树夹道的小径,一切都在不言中。他们在情人谷偏僻角落的长条凳上坐了下来。

自胜本是嘻嘻哈哈的表情,但坐下后徐绽长时间的愁容不展使他开始暗自责备自己语言的轻薄。现在,他们远离了教学区域,耳边只有鸟雀啼啭,角落又被花草掩映,像是脱离尘世的世外桃源。

良久,徐绽打破了沉默,"我有话想跟你说。"

"你说,我听。"

"我,我。"徐绽几次欲语凝噎。

"我什么,吞吞吐吐?对了,你这次叫我来干什么?"

徐绽怔怔地看着他说道:"三天后我可能要出国学

习！"说完忙把脸别了过去。

"出国，别开玩笑了。"

"没开玩笑，真的，不过也只是可能啊。"她语气消沉下来，说完抬手揩了揩湿润了的眼角。

自胜一把把徐绽搂过来正对着他，徐绽眼眶泛红，看来不是戏言！

出国！三天后出国！突来的消息，自胜的心猛地沉了下去！

她是叫他来道别？那看来这局面……时间不容许过长的沉默，更何况这对徐绽是个好事。

自胜深吸几口气，又一吐而出，心中的不满跟不舍会不会顺着空气散去？他克制着把心平伏下来，又调整了表情，像是平淡地说道："我早就知道了。"

"谁告诉你的？"

"成谣。"

"她怎么知道！"说完顿了顿，带着怨恨地说道，"那你还这么开心！"

"这是你的好事，当然替你开心。你现在跑在上坡路上，我跟不上你，在这个点上，在你将要腾飞的时候分开最好，以后还会充满回忆。你还会往上走，我不过是陪伴你一段路程的过客，以后你会遇上别的人，你的人生也会更加多彩……"

"不要说了！"想象中他会挽留，但自胜的平静伤了她的心。

"你出国，去多久，什么时候回来？"自胜说完心都抽空了！

"不知道，也不一定就要出去的！"

"你去干什么，还不一定？"

"读博,去不去得看有没有人留我,有人留我的话我就不去了。"徐绽期盼地看着自胜。

"出国读博!徐绽,从认识你的那天起,我就知道你迟早会盛开,现在终于来了!"

"现在的博士也不怎么值钱,我还不一定去了。去了也不知道什么时候能毕业,什么时候能回,短则几年,长的话……"

"那你就在外面好好学习。"

"我没有说一定就去!学习,你什么时候看得起课堂学习,你别取笑我了。"

"没取笑你,衷心为你开心。你们班有几个?"

"就我一个。"

"那你厉害呗。"

"没什么的,其实。我发表了两篇论文,就这样挑了我。"

"那是你努力。"

"嗯,我努力,为发表所谓学术论文,我比同学们都舍得花钱,花了八千块钱版面费发了两篇。"

"这么说你的文章还挺值钱!"

"你就不能嘲笑我,我做什么事你都看不上!"

"这样的文章发表有意思吗?"

"我不知道,大家都是这样干,心知肚明。好像皇帝的新衣,没有喊破之前都是这样,这就是大部分的所谓学术。不只学生掏钱发文章,很多教授们也这么干!其实读研,知识倒没学什么,但开阔了眼界。有些博士、教授、专家也没什么货。就我知道的文科所谓学术,基本上就是把一句话的常识凑几万字去说明。还有,有的论文中文不能发表,但翻译成英文却能发表,英文真是比中文高级!

我有一篇就是翻译成英文发表的。"

"你能出国念书,真为你高兴。"

"我没说一定会去,得看有没有人留我!你说我们怎么办?"

"你有什么想法直接说,我不会拖累你的!"

"这一年你在深圳我在厦门,中间隔着几个小时车程罢了。如果真到了国外,那就隔着太平洋!我们可能就分开了。所以,我得看有没有人……"

"不要说了,徐绽,我大概知道你的意思了。"

"你知道我什么意思,我没那个意思!"

"其实你考上研,我们之间就拉开了距离,虽然你不计前嫌,不计我过去对你造成的伤害,但我们之间真的有了隔阂。你身边围着那么多男生,但你心中还是有我,这对我是巨大安慰。说实话,工作挺累的,但从今年起,每收到你的短信,听到你的声音,看到你的照片,就觉得生活有盼头,就想着多赚点钱为我们谋一个将来,但现在……既然各自上了不同的赛道,那就朝自己的方向努力吧。"

"你说什么了,我都明确暗示你了,你都不能说句留我下来的话?"

自胜仰望着蓝天,广阔的天空下白云、彩霞随风流转变幻,天空那么高远,白云、彩霞都只能远远地看着。

"你该奔向更好的前途,将来说不定能在电视上看到你。"

"我是女生,我没多大追求,我只想过体面一点的生活,我没想成为什么什么家上电视空发议论骗人。何况,骗人非得上电视吗?我花钱买版面,当初是为了评奖学金,没想到因为这个公派留学生也轮到了我,歪打正着,好像不是我应得的。我也不一定就会去!"

自胜把徐绽搂过来,捏着她的脸颊道:"是你应得的,你比别人都努力。"

"我比别人都舍得花钱买版面!"

"你都要出国了,我们就开开心心的,这样分开以后记得的也是彼此的笑脸。校园美,不带我转转?这里离海远吗?"

"我没你豁达,我快乐不起来。今天晚了,到我寝室去吧,这几天室友不在。明天我们逛校园,下午去海边。"

自胜竟然真的毫不做表示,徐绽心里是难言的滋味!难道就没有另外一种选择?

第二天醒来,徐绽正在梳妆。她边进行着美容工程边说道:"豆浆、白糖包子买回来了,都是你喜欢的。"

自胜瞟了眼桌上的早餐,没有作声。

"还不起来,难道还要我伺候你穿衣服?"

他笑了起来:"要你伺候,没那个命。"说完一骨碌爬了起来。

清晨的校园笼罩着薄薄的雾气,花草树木沾着露水在晨雾中显得朦胧。校园还没有喧闹起来,只有偶尔的鸟雀声在清晨的静谧中啼啭。

一上午,徐绽带自胜畅游了校园,风景如画,美不胜收。

"怎么样,这里美女多吧。"徐绽有时会这样傻傻地问他。

见自胜没有作声又加句:"是美女如云啊!"

自胜忍不住撩拨她道:"美女如云,天空这么高,摘云太难了!"说完对着徐绽顽皮地眨眼睛。

这时候，相聚的快乐让人忘记了即将的分别。

中午过后，徐绽带着他沿着白城栈道漫步海边，两人靠在一起慢慢走着，海风时而吹拂，似乎渲染着一些浪漫情怀。

有时候徐绽会突然揪一下自胜然后撒腿就跑，于是自胜在后面追她，往往在快要追上的时候又故意放缓脚步，直到徐绽跑得累起来主动求饶才停下来。嬉笑追逐，情意浓得化不开。

欢快的时光总是转瞬即逝，不知不觉太阳挂到了山尖，阳光铺在海上，放眼望去，海面金灿灿的。

徐绽坐在了沙滩上，"我走不动了，歇歇。"

自胜靠徐绽坐下来，"累了趴我腿上。"

他们坐了一会后，徐绽说道："那边有个小客栈，我们去那里吧，那个角度还能看夕阳。"

夕阳西下，沙滩上的人群渐渐散开。时间不早了，客栈生意冷清，面海的座椅都空着。

两个人坐下后，老板带着笑脸过来问他们要什么，徐绽代自胜要了椰汁。

椰汁端过来不久，客栈里传出轻扬的音乐，放的是英文歌。

"你都快出国的人，这英文歌听得懂吗？"

徐绽吸着椰汁，欢乐的神情骤然凝固下来。

自胜自知不该提什么出国，抱憾地低头不语！

徐绽沉默了一会，合着调子轻声唱起来："and if thou remember, and if thou wilt forget……Haply I may remember, and haply I may forget……

徐绽沉吟着，像是在轻声诉说什么。

"调子不错，是谁的歌？"

徐绽抬起头，"Christina Rossetti。"

"你唱得挺投入的，歌词什么意思？"

"歌词意思是……如果你愿意，请记得我；如果你甘心，请忘了我……也许我会记得你，也许我会把你忘记。"

"哦。"自胜扭过头，极远处已是云海苍茫，广阔的大海翻涌着波涛层层迭进，这是自然的张力。

"你英文真好，都能听得懂英文歌。今后到了国外，你可要在英文句子里加中文才能显出你的英文水平。你记得这样的调调吗：'我们下次课找个topic来做个presentation。今后你可以说：Next class we find a 主题 to do a 报告。'额，有没有说错？是这么说吗？弘扬中华文化，责任在你呀。"

徐绽脑子里闪过那个课堂中偷着牵手的场景。

"你说到哪里去了，刚刚还在说音乐。你不用岔开话题，这是歌词的意思。也许……也许到这里坐的都是些情侣，老板放这些意味深长的歌。"

自胜回过头，指着天空，"你看夕阳多美！"

徐绽仰头向着手指的方向望去，天边墨色山峦上的夕阳在隐去、隐去，周围的云彩渲染得红通通的。

"好歹，就算你出国了，我们看的也是同一个夕阳。"

"也许夕阳不喜欢我们分隔两地看它。你就不能劝我不去？"

"劝你不去？可不能因为我而让你的人生有所失色！"

"可是没有你，我一辈子可能都黯淡无光！"

"那不至于，会有人给你带来光彩跟欢乐的。"自胜轻捏着徐绽的脸蛋。

"别捏，痛。"

夕阳渐渐沉落，圆、半圆……不久隐没在山峦之后，只剩下一片橙黄明亮的天空。

"假如我们分开了，你会忘了我吗？"徐绽靠着自胜轻柔地说着。

天空的光亮渐渐退去，远处的山峦开始晦暗不明。

自胜轻叹一口气道："我会记得你很久！"

说完拉起她的手，"你到了国外，代我看一场美职篮，你看了也当我实现一个夙愿。"

"记得我很久？什么是记得我很久？"徐绽满是迷惑地看着他。

"我也不知道。人生能够遇上你，这可是我一生中最好的运气！"自胜抚着徐绽的发丝轻说着。

"你别这么说，你才二十多岁，你的好运还在后头了……"徐绽眼眶潮润，声音哽咽了。

天边云层的红晕已经消失，天空是黑夜前的素净与明亮。

不一会儿，云层像是冲淡的黑墨水浸染过，一片淡淡的灰黑，天色暗下来，海面上刮起了大风。海涛层层叠叠永不停歇地拍打着海岸。夜色笼罩，客栈橘黄的灯光亮起。先前在沙滩上嬉戏的人在上涨潮水一波又一波的逼迫下来到了客栈，顿时增添了小店的生机。远处海面上的灯塔亮起，云海苍茫中缀着小明星。这是农历四月上旬，上弦月挂在东边的天空，放出皎洁的月光。

"徐绽。"自胜指着弯月道，"你看，海上生明月。"

"下句是天涯共此时吧？好像是首情诗。"

"下面几句我也记得：情人怨遥夜，竟夕起相思。灭烛怜光满，披衣觉露滋。不堪盈手赠，还寝梦佳期。"

"写得挺不错的，相恋的人看着明月寄托相思之情，期待相守的日期，意境不错。这里还真是海上生明月……."

晚风吹起，消释了白昼的燠热。他们彼此依偎着不语，算是体会到了什么是无声胜有声。

不知过去了多久，猛然刮起一阵强风打乱了他们的二人世界。

"我们往回走吧，不然就晚了。"

徐绽顺着木栈道往回走，木栈道两边亮着的小灯泡远看像荧光虫般晶晶闪闪。时而刮起的大风惊起海涛拍打在木栈道下的岩石上溅到腿上来。栈道上星星点点的灯火照不亮脚下的路，前面一片幽暗。

徐绽、自胜没走多远，最后还是打车回了寝室。

吃完晚饭回来，狭窄逼仄的寝室闷热闷热的。

"去阳台上坐会吧，外面挺凉快的。"

宿舍楼在山脚下，花草绿树围绕，熄灯之后有山间旷野的幽静。

徐绽靠着阳台，自胜站在旁边左手搭在她肩上，山风吹来，带来丝丝凉意。

"这里环境真好。"

"是啊，如果两个人生活在这里那是挺惬意的。"

自胜拉着徐绽的手让她转过来正对着他说道："徐绽，大一时你不是说看了《A Farewell to Arms》吗？那时候追求你，想了解你，连带你看的书都起了兴趣。最后男女主角对话还记得吗？"

徐绽略作思索，"记得啊，凯瑟琳问男主角：你会对别的女人说我们之间说过的话,做我们之间做过的事吗?"

"不,不会的。"自胜急促地说着。

徐绽踮起脚尖轻吻了他的额头。

"可凯瑟琳说:你应该去做,应该还有其他女人给你带来快乐。现实中的海明威也说:对不同女人都要说同样的话!"

自胜一把搂住她贴到身上来,"徐绽,大一时咱们经常吃新疆拌面,这一年在深圳,隔段时间我就会去吃一次,虽不是正宗原味,但像在回忆过去,重温过去。怀念一种味道,往往是在怀念一个人。有时经过什么广场,看着那木制的长条凳子,我就想起我俩坐在一起的情景……"两人贴得更严合了。

"今天挺开心的,我们之间只有欢乐,不要掺进其他东西。如果以后真难见到你,至少还有你的笑脸可以回想。"

"要是我们不曾相遇多好,这样就不会彼此牵挂。"徐绽喃喃地说着。

三天在欢声笑脸中过去,风景如画的厦门留下了两人的印记。

白天在外玩一天,晚上回来顾不得洗澡一头倒在床上,醒来时头枕着徐绽大腿,口水把她裤子都沾湿了。自胜想坐起来,徐绽就稍稍用力往下按示意他躺着,他就这样躺在她大腿上。

"你终于醒了,我腿都麻了,又怕弄醒你,没事,你不要起来,我腿挪一下就好,你再躺会。"

自胜抬起头让徐绽挪了个舒服的位置。

"好了,躺上来。"

徐绽左手摸着自胜的脸，右手在他发际间轻轻抚拭着。过了会她摩挲着他的耳朵说道："你耳朵硬，真犟！"

自胜默不作声，良久过去低声说道："明天下午去飞机场，我不送你了。"

徐绽手一摊，神情落寞，自胜借势坐了起来。

黑暗中只有对方的鼻息声。四目对视，隔壁灯光大方的泄漏过来，映在脸上勉强清晰了面容。

"把灯打开吧，太暗了。"徐绽说着。

"不，好像莎岗写过：'唯有你的目光，才能照亮我的黑暗'。"

这句话在莎岗哪本书里看的，他一时也回想不起来。

"你为什么不送我？"徐绽双手摇着他的手臂，语气中带着希冀、不解跟请求。

"因为送你去，心里总会等着你回来！也许……也许，今后我就不再期待了！"

自胜强抑着涌出的泪水，挣脱徐绽拉着的手臂用袖口揩干眼角。喉头哽塞，心都酸了！

"你就不送送我期待我回来，也许我会很快回来的。"徐绽倚过来，下巴靠到了他肩膀上。

"明天下午三点半的飞机，我三点一十五的动车，时间也来不及。"

徐绽立身起来，后退两步，不可置信地看着他，似乎这个人她不曾相识！伤心，失望，悔恨，不甘？再多的词汇也不够形容。她只是轻声抽泣着，泪水顺着鼻翼淌下来，嘴角一阵苦涩的咸味。

"我怕你以后从来对我没有恨，"徐绽停了一下接着说道，"也怕你对我从来没有爱。或许，恨我也是好的，恨我至少说明你心中有我！"

黑夜静悄悄，不知什么时候宿舍楼灯全熄了，路灯下只看到斑驳的树影。

冲了澡，两人背靠背侧卧着。没过多久，徐绽开始低声啜泣。

自胜转过身把她揽在怀里，在夜幕中等候天明。

也不知什么时候睡着的。第二天自胜醒来，徐绽还在睡梦中，脸上挂着昨夜的泪痕。

醒来洗漱完毕，收拾物品，几个同学过来送她去机场。

徐绽看着自胜说不用他们送，众人以为他俩要独享二人时光自认知趣地告退。

两人在食堂吃过午饭，席间一言未发，到寝室休息到了一点。

在这段时间里，自胜心中翻江倒海，他想要徐绽留下来，但又怕耽搁她的前程，好几次挽留的话到嘴边硬是给吞了下去。好的感情是成全对方，徐绽的好在他脑海一遍遍放映，怎么忍心耽误她的前程。为不给自己反悔的机会，他把手机电池卸下来扔了，他怕徐绽上车后会忍不住打电话。

"你真不送我吗，我包好重的。"徐绽表示她提包很吃力。

"不去了，我送你上出租车。送了你，我坐公交车去火车站。"自胜木木地说着。

徐绽掼上门，上了锁，提着行李包迈开了脚步，自胜跟在后头，心里千言万语却不知说哪一句话。

出了校门，徐绽头也不回拦下辆出租车，车门拉开，立马钻了进去。自胜有话说，但终是不知道怎么开口。

这踌躇的瞬间，车开走了！

他往前跟了几步，木立在穿梭不息的人群中。

出租车很快混进车流消失在视野。在快要拐弯处，徐绽回过头，但车已拐过弯了……

这时候，自胜才意识到他们都没有挥手说再见！再见？他们还会再见？

那天下午，去火车站的路上雷电交加，下起了倾盆大雨。

自胜坐在动车上，车开出厦门，雨点打在玻璃窗上迷蒙了视野。

雨线朦胧中一架飞机迎着风雨冲上了云霄，大概是徐绽那趟班机吧。

自胜热泪盈眶，惊得邻座的人不知何故。

到深圳，空气是暴雨冲刷过后的清新。天空澄澈，是难得的爽透。回到公司宿舍，刘誉正在电脑上看着财经新闻。

"回来了，怎么这么颓废，下午你电话响了好久，都响到没电了，你赶快回过去吧。"刘誉边看新闻边说着。

他给工作电话充上电，一会儿开机号码显示是徐绽。

徐绽怎么知道他工作电话的？

哦，恍然间他叹了口气。去年年底徐绽来深圳，他在公司上班没带个人电话结果没接到徐绽来电，后来就设置了呼叫转移，看来徐绽打过来的电话转到深圳这号上了。

既然她打了电话，那会不会有信息？

他赶忙跑出去买了块手机电池装上，开机的这十几秒，他不自主地颤栗起来，这是人生有史以来最漫长的一次等待！

开机一会，手机震动了，屏幕上方闪烁着新信息的提示。

　　自胜赶忙打开收件箱，是徐绽发过来的：自胜，你可真够狠心的！我打你电话那么多次，你都不接。我想，如果你接，我们说说话，你挽留一下我，或许我就不去了。但你能做到那么决绝，我知道我再这样没有必要，可能你认为是在成全我吧！其实我原本想跟你说：我宁愿与你过平淡的岁月，也不愿跟他人过绚烂的一生。一切都过去了，如果将来我们再会，会说些什么了？我们还会再会吗？祝你好运。

　　自胜心潮翻动着酸楚的洪流，遗憾、委屈，这时候才感到什么是心痛、心碎的感觉！躺在床铺上含泪揣着和田玉，感觉天都塌下来了！

　　第二天早上八点多，徐绽应该下飞机了吧。

　　他拉开一线窗帘，阳光透过玻璃窗的罅隙穿进来，给寝室带来了几丝光亮。窗外，是浓郁的春的气息。新绿装点着枝头，鸟儿在跳跃、啼啭，微风拂着蓓蕾，在晨光的照耀下徐徐绽放……

　　自胜忐忑中拨了徐绽的电话，听筒里传来了《今生共相伴》的歌声……

2012年10月动笔
写于厦门大学、宁波职业技术学院、中南大学